السونيتات الكاملة

TO. THE. ONLY. BEGETTER. OF.
THESE. ENSUING. SONNETS.
Mr. W.H. ALL. HAPPINESS.
AND. THAT. ETERNITY.
PROMISED.
BY.
OUR. EVER-LIVING. POET.
WISHETH.
THE. WELL-WISHING.
ADVENTURER. IN.
SETTING.
FORTH.

SHAKE-SPEARES

SONNETS.

Neuer before Imprinted.

AT LONDON
By *G. Eld* for *T. T.* and are
to be solde by *Iohn Wright*, dwelling
at Christ Church gate.
1609.

18

SHall I compare thee to a Summers day?
Thou art more louely and more temperate:
Rough windes do shake the darling buds of Maie,
And Sommers lease hath all too short a date:
Sometime too hot the eye of heauen shines,
And often is his gold complexion dimm'd,
And euery faire from faire some-time declines,
By chance,or natures changing course vntrim'd:
But thy eternall Sommer shall not fade,
Nor loose possession of that faire thou ow'st,
Nor shall death brag thou wandr'st in his shade,
When in eternall lines to time thou grow'st,
   So long as men can breath or eyes can see,
   So long liues this,and this giues life to thee,

وليم شيكسبير

السونيتات
أو
التواشيح الكاملة

باللغتين العربية والإنكليزية

نقلها إلى العربية وصاغ ٥٢ منها شعراً
الدكتور كمال أبو ديب

دار
الساقي

بيروت ـ لندن

William Shakespeare, *Complete Sonnets and Poems*

© Oxford University Press, 2002

الطبعة العربية

© دار الساقي
جميع الحقوق محفوظة

الطبعة الأولى ٢٠١٢

ISBN 978-1-85516-349-2

دار الساقي
بناية النور، شارع العويني، فردان، ص.ب: ١١٣/٥٣٤٢ بيروت، لبنان
الرمز البريدي: ٦١١٤ ـ ٢٠٣٣
هاتف: ٨٦٦٤٤٢ ١ ٩٦١ ٠، فاكس: ٨٦٦٤٤٣ ١ ٩٦١ ٠
e-mail: info@daralsaqi.com
يمكنكم شراء كتبنا عبر موقعنا الإلكتروني
www.daralsaqi.com

وردةُ مودة،

ووشاحُ عيدِ ميلاد

إلى

الداكنة

هي أيضاً

التي أحبت سونيتات شيكسبير بلغتها الإنكليزية الفاتنة،
وتمنت أن تقرأها، فتحبّها، تواشيحَ منسوجة بلغتها العربية الفاتنة.
وهل ثمّة ما هو أجملُ من أن يحقق المرء
أمنية جميلة

لامرأةٍ أجملَ؟

المحتويات

وليم شيكسبير وفنّ السونيت، وعلاقة السونيت بالموشّحات الأندلسية ... ١١

وليم شيكسبير: لمحات من سيرة موجزة ٦٥

ملحق رقم ١: المُسمَّط في الشعر العربي ٧١

ملحق رقم ٢: طبعات السونيتات ومراجع الدراسة ٧٥

شيكسبير: السونيتات أو التواشيح - الترجمة النثرية/ قصيدة النثر
مرتّبة ترتيباً متسلسلاً متتابعاً من ١ إلى ١٥٤ .... ٧٩

نخبة من السونيتات مترجمة شعراً: ٥٢ سونيت
مرتّبة تسلسلياً وتحمل الأرقام الأصلية التي تحملها في الترجمة النثرية، وهي: ١، ٣، ٥، ١٢، ١٤، ١٥، ١٦، ١٨، ١٩، ٣٠، ٣٠، ٣٠، ٣٣، ٤٣، ٥٣، ٥٤، ٥٥، ٦٠، ٦٣، ٦٤، ٦٥، ٦٦، ٧١، ٧٣، ٧٤، ٧٥، ٨١، ٩٠، ٩٣، ٩٩، ١٠٤، ١٠٥، ١٠٦، ١١٦، ١٢٦، ١٢٧، ١٢٩، ١٣٠، ١٣٠، ١٣٢، ١٣٧، ١٣٨، ١٣٩، ١٤١، ١٤٣، ١٤٤، ١٤٥، ١٤٦، ١٤٧، ١٤٨، ١٤٩، ١٥٠، ١٥١، ١٥٣، ١٥٤ .... ٣٩٩

ملحق رقم ٣: صيغ ثانية لثلاث سونيتات ٤٥٧

صيغة ثانية للسونيت رقم ١٨ .... ٤٦٣

٩

وليم شيكسبير وفنّ السونيت

وعلاقة السونيت بالموشّحات الأندلسية

- ١ -

أن تقترب من وليم شيكسبير لتترجمه يشبه، في خيالي الغرائبي، ودونما تجربة سابقة، أن تعرف أنك تقترب من المَطْهَر لتدخله وأنت مثقل حتى الإرهاق بالخطايا. تعلم علم اليقين أنك لن تخرج من المطهر إلى الجنّة، وأن أروع ما يمكن أن تمنَّ العناية الإلهية به عليك هو أن تحتجزك في المطهر، فلا تدفعك مكبّلاً بالسلاسل الزقوميّة إلى جهنّم. يغدو ذلك كلّ حلمك: أن لا تقذف إلى جهنّم، رغم أن كلّ النساء الجميلات عبر التاريخ يَمْرَغْنَ فيها ويُتْرِعْنَ، وأنت تحبّ النساء الجميلات وتسعى إليهنّ حيثما كنّ بشغف جهنّمي.

وأنا أعرف، وأنا أكثر العارفين جهلاً، أن الكثيرين في الثقافة العربية أولعوا بشيكسبير، وأن ثمة ترجمات عديدة لبعض من أهم أعماله. وأعرف بشكل خاص أن صديقاً غالياً رحل عنا تاركاً لنا بين مأثوراته ترجمات رائعة لشيكسبير. وأعرف أن هذا الراحل المدهش ترجم بين ما ترجم بعض «سونيتات شيكسبير». ولأن جبرا إبراهيم جبرا كان مترجماً رائعاً فإنني، بهيبة عميقة، اخترت أن أفعل ما أنا في سبيلي إلى فعله دون أن أقرأ ترجمته. فقراءتها قبل أن أترجم ستأسرني في قيد لا فكاك منه، وقد ترغمني على أن أتخلى عما أنوي أن أقوم به. ولأن لديّ أسباباً ملحّة لن أبوح بها الآن للتجرؤ على ترجمة سونيتات شيكسبير، فسأفعل ذلك دون تعريض نفسي لتأثير جبرا الذي قد يكون ماحقاً لو تركت له أن يعمل سحره في نفسي.

هكذا، إذن، أدخل المطهر مرتعداً مثقلاً بما لا طاقة لي على حمل أعبائه. وأبدأ بترجمة الـ «سونيتس». وأول ما أفعله هو أن ألحّ على ما لا يلحّ عليه غيري، وهو أن أترجم كلمة «سونيت» نفسها. وذلك ذروة العبث، وذروة الصعوبة. وأنا لا أتردد أبداً في فعل ما يراه الآخرون عبثاً لأنهم أقل جرأة من أن يحاولوا معالجة صعوباته. وسأترجم الـ «سونيت» بلفظة «توشيحة»، لا عبثاً، بل لأن بنية الـ «سونيت» هي في الواقع نوع من التوشيح الذي نراه في الموشح العربي في عشرات التجليات. وثمة سبب أقل عبثاً ويتطلب جرأة أعظم لإعلانه، هو أنني ـ دون تنفج ومنفخة على الطريقة العربية المألوفة ـ أظنّ (مدركاً أن بعض الظن إثم لكنّ كلّ الظنّ ليس كذلك)، أن الموشح العربي في الأندلس قد يكون النموذج الذي اقتبسه الشعراء الأوروبيون، ضمن عملية استعارتهم لشعر الحب العربي فيما يسمى (courtly love)، حين بدأوا ينظمون شعراً بتركيب معقد وصل في صيغته النهائية إلى الاستقرار في شكل أسموه الـ «سونيت». وذلك أمر يستحق البحث، وهو ما خصصته بهذه الدراسة التمهيدية.

غير أن لي غرضاً هاماً في هذا الجزء من هذه الدراسة، هو أن أشير إلى أنني في استغراقي في قراءة شيكسبير وترجمة الـ «سونيتات» كنتُ أُفتتن بروعة اللعبة اللغوية والفكرية التي يمارسها من أجل أن يضبط إيقاع السونيت ووزنها العروضي، ويؤمِّن في الوقت نفسه بنية نظام القوافي المطلوب فيها، وكنت أشعر بالأسى لأنني في ترجمتي لها نثراً أضيع هذا الثراء وتلك البراعة التي كانت دائماً، في ثقافتنا وثقافات غيرنا، بين أكثر ما يثير إعجاب المتلقين للشعر، وأجمل ما يطرونه فيه حيثما وجدوه. ثم اندلعت شرارة من كلمة قالتها لي روث أبو ديب، زوجتي، التي تحفظ الكثير من شيكسبير عن ظهر قلب ـ كما قالت العرب: «إن الترجمة المثلى للسونيتس ينبغي أن تكون قادرة على إبراز بنيتها، من العروض إلى نظام التقفية فيها، وإبراز علاقتها بالسونيت البتراركية ذات البنية المغايرة، وإلا ضاع الكثير من سحرها على المتلقي».

وبدا الأمر محالاً. وتذكرت مقولة الجاحظ قبل ١٢٠٠ سنة إن الشعر لا

يترجم. لكنّ لحظة عناد جمالي دفعتني إلى أن أحاول ترجمة عدد من الـ «سونيتات» بالطريقة المثلى هذه. وفعلتُ. غير أن المفاجأة الحقيقية أتت بعد ذلك بزمن، إذ وجدتني أغمغم بكلمات أولى لقصيدة تكاد تكتب نفسها لا علاقة لها بالترجمة، بل بي أنا وحسب. قصيدة لي تسعى إلى أن تولد. وما كدت أكتب السطرين الأولين منها حتى أدركت أن غواية شيطانية غريبة تقودني من لساني إلى كتابة القصيدة المخاضية في بنية الـ «سونيت» التي كنت قضيت أياماً منهمكاً فيها.

وكتبَتِ القصيدةُ نفسَها، ورأيت فيها إمكانية لكتابة شعرية بالعربية تستغل معرفتنا بشيكسبير وهذا النمط المركّب الغنيّ من التشكيل الشعري. تشكيل قديم لكتابة جديدة في زمن يكاد معظم من يكتبون الشعر بالعربية فيه أن يكتبوه بالنثر نابذين/ نابذات (خصوصاً هنّ) كلّ ذلك الثراء العظيم في إيقاعات الشعر العربي عبر تاريخه. وذلك وأيم الحق أمر جلل.

لكن كما يحدث في كل شكل شعري حين يمارسه كاتب لا يؤمن بإطاعة الأنظمة أيّاً كانت ـ شعرية أو سياسية أو أخلاقية ـ صاغت القصيدة التي كتبتها نفسَها في نهاية الأمر. فقد وصلتُ في لحظة ما إلى نقطة اكتملتْ معها الـ «سونيت» التي أكتبها بنمطها الشيكسبيري، من حيث النظام العروضي ونظام التقفية، لكنني وجدت اللغة تستمر في الانتساج متجاوزة نقطة اكتمال الـ «سونيت» وكأنما هي نهر يخترق ضفافه ويطلب حرية الانتشار في الأرض. فتركتها تفيض. وهكذا اكتمل نصّ يحقق بنية الـ «سونيت» أولاً ثم يمضي ليطوّرها إلى صيغة أكثر رحابة لكنها امتداد للنظام الذي تقوم عليه، لا نسف له.

- ٢ -

والنص الذي كتبته يحقق النظام المفترض في الـ «سونيت»، لكنه يضيف بعد ذلك فقرة خامسة لها تركيب سداسي يجمع، من حيث العدد، بين التركيب الرباعي للفقرات الثلاث الأولى والتركيب الثنائي للخاتمة، ويداخل بين قافية

«الخاتمة» وقافية جديدة، محققاً بذلك تواشجاً نغمياً بين الفقرات أو شبكة صوتية تضمّها. هكذا يمكن وصف هذا النظام بالطريقة التالية:

(أ ب أ ب/ت ث ت ث/ج ح ج ح/خ خ/د خ د خ د).

لكن ليس ثمة ما يمنع من أن يكون المقطع السداسي المضاف ذا قافيتين متناوبتين بالصورة: (د ذ د ذ د ذ). وسيكون شيّقاً أن نرى نصاً كهذا يكتب.

وقد رأيت أن أنشر هذا النص مع هذه الترجمة لأسباب عدة، أهمها أنه يكشف جانباً بعيد الدلالة من جوانب عملية الإبداع، يجلو كيف يمكن أن يبرز في عمل شاعر تحوّلٌ وتطوير لبنية موروثة يألفها تماماً، بصورة عفوية أحياناً ومتعمدة أحياناً، وأن آليات التأثر والتأثير لا تنتج دائماً صورة طبق الأصل عن بنية أو شكل أو نظام يكتسب المرء معرفة به من ثقافة أخرى أو من عمل داخل ثقافته الخاصة. وهذه النقطة على قدر كبير من الأهمية فيما يتعلق بالأطروحة التي أقدمها في هذا الكتاب عن نشوء السونيت من خلال المعرفة بالموشحات الأندلسية.

ـ ٣ ـ

ثمة نمطان من الترجمة في هذا الكتاب: الأولى نثرية (أو في صيغة قصيدة النثر)، والثانية منظومة ومقفّاة، وسيلاحظ بسرعة أن ثمة فروقاً جلية بين الترجمتين، تظهر كيف تفرض محاولة الترجمة إلى لغة المنظوم المقفّى متطلبات خاصة بها لا تضطر المرءَ إلى مثلها الترجمةُ النثرية.

وأودّ أن أشير إلى أنني لم أتقيد في الترجمة الشعرية، أو في النص الذي كتبته، بضرورة توفير عدد واحد من المقاطع الصوتية، أو من التفعيلات، في كل بيت من النص. فذلك فوق طاقتي بكثير ـ الآن، على الأقل.

مراوغة الحسّ والحلم

ترحلين إلى فتنةِ الحلمِ، من وَهَنِ الحِسِّ، مثلَ طيورٍ تهاجر في غسَق أبيض فوق بحرٍ بعيدْ.
خَدَرُ الحسِّ واللمسِ يُضْفِي عليكِ غلالةَ سحرٍ شفيفَهْ
وتصيرينَ مثلَ ندى كان أمسِ يلألئُ فوق البراعم عذباً وئيدْ
ثم فاجأهُ لهبُ الشمس، صار النهارُ سعيرَ شواظٍ عنيفَهْ.

في سعيرِ الغيابِ يزيغُ بنا الحسُّ، تصبحُ ذاكرةُ الطلِّ فوق البراعمِ وهماً توهّمَهُ البصرُ المتوهّجُ يوماً، وكانَ سَرابْ
ونصارعُ كي نستعيدَ برودةَ فجرٍ نديٍّ رهيفِ النسيمْ
ويُخاتِلنا عبقٌ نتخيّل أنّا شممناهُ حين ترامى على شجْرةِ الوردِ سربُ الزرازير بعدَ شهورِ الغيابْ
ويُخاتِلنا ملمسٌ لتويجاتها نتوهّم أن أناملَنا مَسَّدَتْهُ، وصوتٌ رخيمْ
للشحارير وهْيَ تُداعِبُ أفراخَها في ظلالِ الخميلَهْ
وتنقِّر حبَّاتِ قمحٍ وقطعة خبزٍ تركْنا لها فوق صحنٍ عتيقٍ مُرَفْرِفةً خائفَهْ،
ويُراوِغُنا عَسَلٌ لم نَذُقْهُ وآخرُ ذقناهُ، والجسدُ المسبكِرُّ يلوبُ بنا. وتُراوِغُنا صورٌ لم تكنْ. . أمْ، تُرى، أمسِ كانت ولكنّها. . مثلَ عينيكِ، مثلَ طراوةِ نهديكِ، مثلَ الحوافي الظليلَهْ
بين فخذيكِ، كانت مِنَ السّحرِ والدفءِ والفيضِ بالنشوةِ الراعفَهْ
بحيثُ استحالتْ إلى حُلُم لا نُصدِّقُ أنّا امتلكناه أمسِ، ككلِّ جميلٍ جميلْ
نتوقُ إليه طويلاً، ونملكُهُ مرّةً، فيفيضُ علينا بما يُذْهِلُ الحسَّ، يغمُرُهُ خَدَراً، ثمّ يهربُ منا إلى عالم الحُلُمِ، يصبحُ مُسْتغْرَباً مُستَحيلْ.

تهربينَ إلى غابة الحلم، مِن سَطْوَةِ الحسّ واللمس والشمّ والطعمِ، يصبحُ
نهداكِ، والعَبَقُ البَدويّ المُهَفْهِفُ ما بين فخذيكِ، والسُّرةُ الداكنةُ
واللمَى، وارتعادُكِ ما بين فخذيَّ، والشفتانِ المُعَرْبِدَتانِ، وهَسْهَسَةُ الشبَقِ
المُتطاير مِن هَجَمَاتِكِ فوقي وتحتي، ونُكْهَةُ وردتكِ الوثنيَّة، والغَمْغَماتُ،
ومِلمَسُ بَشرَتِكِ العسليّةِ، وهْجاً مِنَ الخَدَرِ العَذْبِ والمُشتهى المستحيلْ
ووَهْماً وَهِمْناهُ في لحظةٍ، بين وعيٍ وغيبوبةٍ، ماجنَةْ

مثلَ كلِّ جميلٍ جميلٍ
يُنالُ ويَنأى، فيصبحُ حُلماً بما لا يُنالُ، ويدخُلُ في غابةِ المستحيلْ
ويَطْويهِ في كهفِه، في اختلاطٍ وغيبوبةٍ، غَيْهَبُ الأَزْمِنَةْ.

– ٤ –

هل كان شيكسبير، أعظمُ شاعر في اللغة الإنكليزية، بصورة رئيسية،
مسرحياً أم شاعراً؟

سؤال على قدر من الغرابة، لكن أحد الشعراء الإنكليز المعاصرين طرحه
في آخر ما قرأته عن شيكسبير وأنا أكتب هذه المقدمة[1].

بل كان شاعراً ذا موهبة رائعة على تطويع رهافة الشعر للأداء المسرحي،
وسرد الحكايات، ورسم الشخصيات.

والحق أنه كان شاعراً عظيماً بقدر ما كان مسرحياً عظيماً. وتتجلى روعة
شعره في مسرحياته كما تتجلى في ما كتبه من قصائد مستقلة خارج
المسرحيات، من مثل: «فينوس وأدونيس»، و«اغتصاب لوكريس». لكن أروع
ما يجسّد جمال شعره هو دون شك سلسلة السونيتات التي كتبها، واشتهرت
قبل نشرها، ثم نشرت على مستدار القرن السابع عشر، عام ١٦٠٩. وقد وصل

Peter Porter, «Poet First», *The Times Literary Supplement*, London, (١)
Thursday, 7 March, 2008, pp. 3-5.

شيكسبير في هذه القصائد بفن السونيت إلى أسمى ذراه في اللغة الإنكليزية على الأقل، إن لم يكن في اللغات كلها.

وليس في شعر شيكسبير المسرحي أو في قصائده الأخرى ما هو أكثر جلاءً لذاته، وتجسيداً لنوائب عمره، وكشفاً للأغوار الدفينة في نفسه، ولمعضلاته الشخصية في علاقاته العاطفية والجنسية. وقد قال وليم ووردزورث (William Wordsworth)، شاعر الرومانتيكية الكبير، إن شيكسبير في السونيتات يسلمنا مفتاح قلبه.

وتتألف سلسلة السونيتات من ١٥٤ سونيت منفصلة ومستقلة رغم أن بعضها مترابط ترابط حلقات متتالية. وهي اكتناه للزمن والموت والحب والجمال والحق والشبق والوفاء والخيانة والأسئلة المعضلة التي يواجهها الإنسان في وجوده في العالم، وبوحٌ ببعض الأجوبة التي يقدّمها شاعر متأمّل متألّم لمثل هذه الأسئلة.

ولا تكاد تكون ثمة لغة حيّة في العالم لم تترجم إليها هذه السونيتات، وغالباً ما قام بالترجمة كبار الشعراء في هذه اللغات. ومن المحزن أن هذا لا يصدق على اللغة العربية. وإن في ذلك لشهادة ضد الخمول العربي لا تكاد تعادلها شهادة. وقد قام الصديق المرحوم جبرا إبراهيم جبرا بجهد رائع في ترجمة عدد من مسرحيات شيكسبير، وخصّ السونيتات بشيء من جهده، فترجم أربعين منها، معتذراً بأسباب لا غبار عليها عن اقتصاره عليها.

ولأسباب لا أعيها تماماً كنت بين عقد وعقد من الزمان أحاول ترجمة واحدة أو أخرى من السونيتات ثم أقلع عن ذلك. لكن رغبة عارمة ظلت تهجع في الأعماق في أن أعطي اللغة العربية ما أعطى كبار المشغوفين بالشعر وبشيكسبير لغاتهم: أي السونيتات مترجمة.

وكان أن قلت للداكنة ذات يوم: «شيكسبير منح الخلود لامرأة داكنة لا يعرف أحد هويّتها معرفة أكيدة. وأنت داكنة مثلها، لكن ليس لديك شيكسبير آخر ليمنحك الخلود». ثم قالت الداكنة: «أعشق السونيتس بلغة شيكسبير، لكنني أجدها بالغة الصعوبة، وحين تحدثني عنها أنتشي بها وأفهم ما لم أفهمه.

لماذا يُحرَم العربي من هذه الأشعار المذهلة ويعرفها الناس في كل أرض؟ ومَنْ غيرُكَ؟».

وكان أن......

‑ ٥ ‑

تتشكل السونيت الشيكسبيرية ضمن بنية محددة تتألف من محورين: الأول محور التنظيم التقفوي، والثاني محور التنظيم الوزني، في هيكل شعري محدود يتألف من ١٤ سطراً شعرياً أو بيتاً متصلاً لا ينقسم إلى شطرين.

على الصعيد الوزني، يتشكل البيت الشعري من عشرة مقاطع صوتية، والمقطع وحدة صوتية صغيرة: مثل كا (في كلمة «كاتب») / كِ (في كلمة «كِتاب») أو مثل كلمة يومْ الساكنة الميم. والمقطع في اللغة الإنكليزية هو الوحدة الصوتية التي على أساسها تكتسب اللفظة المفردة شخصيتها المتميزة، ومن خصائصها، حين تتركب مع غيرها في كلمات، يكتسب النظام الإيقاعي خصائصه. واللفظة في اللغة الإنكليزية تتشكل من مقطع واحد أو أكثر، فإذا تشكلت من أكثر من مقطع يكون أحد مقاطعها حاملاً لثقل في النطق يسمى النبر (stress) (وله نوعان: ثقيل وخفيف). وقد يكون أكثر من مقطع واحد (في الكلمات الطويلة) حاملاً للنبر. ويتشكل الوزن الشعري، ثم الإيقاع، من العلاقة بين المقاطع المنبورة وغير المنبورة في البيت الشعري. ويؤلف التتابع الصوتي لنمطي المقاطع تفعيلات شعرية متميّزة تسمى في الإنكليزية «الأقدام»، مفردها «قدم» (feet-foot). (والقياس بالقدم وبالذراع من مائزات الحياة الإنكليزية، في المسافات وغيرها). ثم يؤلف تتابع عدد من هذه التفعيلات تشكيلاً وزنياً هو البيت الشعري. وأشهر التشكيلات الوزنية في الإنكليزية هو البحر الإيامبي الذي يتألف من سلسلة وحدات وزنية (أقدام أو تفعيلات) ثنائية المقطع، كل منها تبدأ بمقطع غير منبور وتنتهي بمقطع منبور.

ومن عدد المقاطع والتفعيلات المستخدمة في تشكيل البيت الشعري

يكتسب البحر المستخدم وصفاً له أو شخصية مستقلة . فإذا كان عدد المقاطع عشرة مشكلة خمس تفعيلات سمّي البحر بالخماسي (pentametre)، وإذا كان اثني عشر مقطعاً/ست تفعيلات سمّي بالسداسي (hexametre)، وهكذا.

يستخدم شيكسبير البحر الإيامبي الخماسي في تشكيل البيت الشعري في السونيتات . ويكون كل بيت في السونيت الواحدة مؤلفاً من عشرة مقاطع منتظمة في خمس تفعيلات إيامبية، كل تفعيلة تبدأ بمقطع غير منبور وتنتهي بمقطع منبور . لكن شيكسبير كثيراً ما يخرج على المتطلبات النظرية للعروض . والثقافة الإنكليزية أكثر حرية وتقبلاً لكسر النظام العروضي بدرجات عديدة من الثقافة العربية، والشعر كذلك . وما يصدق على شيكسبير يصدق على غيره من الشعراء . بل إن التمسك الصارم بالنظام يعتبر عيباً لا فضيلة، ويخلق، في نظر الثقافة الإنكليزية، إحساساً بالرتابة والملل .

أما النظام التقفوي في السونيت الشيكسبيرية فإنه يتشكل بالطريقة التالية :

ا ب ا ب

ت ث ت ث

ج ح ج ح

خ خ

أي أن السونيت تتشكل من ثلاث فقرات رباعية وفقرة ثنائية . الفقرة الرباعية تشكل نظاماً تقفوياً من نمط : (ا ب ا ب)، وكل فقرة تنبني على رويّين مختلفين . أما الفقرة الرابعة فهي القفلة وتتشكل من مزدوجة تخالف قافيتها جميع الفقرات الثلاث، ولها قافية واحدة : خ خ .
هكذا يسهل وصف النظام التقفوي بالرموز التالية :

ABAB DLDL MNMN SS

وهذه طريقة أكثر دقّة من الطريقة المتبعة في الدراسات الإنكليزية وغيرها حيث توصف السونيت كما يلي :

ABAB CDCD EFEF GG

٢١

لأن هذا الوصف الشائع قد يوحي للمتلقي بأن القوافي يجب أن تكون فيما بينها متسلسلة أبجدياً، كما فهمتْ إحدى طالباتي وأنا أشرح نظام التقفية ذات يوم. والحق أن القوافي في السونيت تكون متباينة ولا تتبع ترتيباً أبجدياً من نمط: (ا ب ا ب ت ث ت ث ج ح ج ح خ خ). وقد يكون أكثر وضوحاً أن نستخدم الأرقام بدلاً من الحروف لتمثيل نظام التقفية فنقول إن القوافي في السونيت الشيكسبيرية تكون كما يلي: (١ ٣ ١ ٣/٥ ٨ ٥ ٨/٧ ٢ ٧ ٢/٤ ٤) وليس بينها تسلسل رقمي من ١ إلى ٨.

وإذا استخدمنا الأرقام المتسلسلة فقد تنكشف خصيصة مدهشة للسونيت هي دور الرقم ٧ فيها، والسبعة أحد الأرقام السحرية في كثير من الثقافات بما فيها العربية. أما كيفية ظهور ذلك فهي التالية:

باستخدام الأرقام نقول إن نظام التقفية في السونيت هو التالي:

١
٢
١
٢
٣
٤
٣
٤
٥
٦
٥
٦
٧
٧

أي أن السونيت المؤلفة من ١٤ بيتاً هي في الواقع سلسلة مزدوجات تشكّل سباعيتين، ويمكن أن تكتب بنظام الشطرين العربي كما يلي:

١ ٢

١ ٢

٣ ٤

٣ ٤

٥ ٦

٥ ٦

٧ ٧

وهو نظام متبع في الشعر العربي وله نماذج عديدة في الموشحات.

وفي سونيتات شيكسبير انتظام شبه مطلق من حيث تكوين الفقرات والقوافي فيها، سوى أن واحدة منها (١٢٦) تبدو غير تامة إذ تتألف من اثني عشر بيتاً، وتتبع نظام التقفية في المزدوجات، كما سأوضح في ترجمتها، كما أن واحدة منها (٩٩) تتألف من خمسة عشر بيتاً (يقع البيت الزائد في الفقرة الأولى مشكلاً نظاماً تقفوياً لها كالتالي: (ا ب ا ب).

على صعيد آخر هو البنية الدلالية أو الفكرية، تتميّز بنية السونيت بتغيّر يشبه «الفتلة» في الفقرة الثالثة منها، وكثيراً ما تأتي في البيت التاسع، وهي أحياناً تشكل انقلاباً في المقولة التي تكون قد تشكلت حتى تلك اللحظة، أو نقضاً لها أو رداً عليها، أي انعطافاً عنها بشكل أو آخر. وقد تحدث هذه الفتلة في الفقرة الختامية خصوصاً في سونيتات شيكسبير. لكن موقع الثقل الدلالي، والكثافة والتركيز الفكري - اللغوي في السونيت هو دونما شك الفقرة المزدوجة الخاتمة التي تتميّز عن كل ما سبق دلالياً - فكرياً أو شعورياً، كما تتميّز في لغتها وفي التقفية فيها، إذ تكون كما أشرت ذات قافية واحدة في البيتين. وبهذه الخصائص تكون هذه المزدوجة التي يشبّهها أحد الباحثين الإنكليز بـ الـ (cap) («السدادة» التي تسد قارورة مفتوحة أو القبعة التي تغطي

رأساً مكشوفاً، فهي ختم في كلتا الحالتين)، صورة دقيقة لـ «الخرجة» في الموشح كما يصفها ابن سناء الملك (١١٥٥-١٢١١)[٢]. هوذا وصفه لها:

«والخرجة عبارة عن القفل الأخير من الموشح. والشرط فيها أن تكون حجّاجيّة من قبل السخف، قزمانية من قبل اللحن، حارة محرقة، حادة منضجة، من ألفاظ العامة ولغات الداصّة، فإن كانت معربة الألفاظ منسوجة على منوال ما تقدّمها من الأبيات والأقفال خرج الموشح من أن يكون موشحاً اللهم إلا إن كان موشح مدح وذكر الممدوح في الخرجة... وقد تكون الخرجة معربة وإن لم يكن فيها اسم الممدوح ولكن بشرط أن تكون ألفاظها غزلة جداً، هزّازة سحّارة خلّابة، بينها وبين الصبا قرابة، وهذا معجز معوز...

والمشروع بل المفروض في الخرجة أن يجعل الخروج إليها وثباً واستطراداً وقولاً مستعاراً على بعض الألسنة إما ألسنة الناطق أو الصامت، أو على الأغراض المختلفة الأجناس. وأكثر ما تجعل على ألسنة الصبيان والنسوان والسكرى والسكران. ولا بد في البيت الذي قبل الخرجة من: قال أو قلت أو غنّى أو غنّيت أو غنّت.

والخرجة هي أبزار الموشّح وملحه وسكّره ومسكه وعنبره، وهي العاقبة وينبغي أن تكون حميدة والخاتمة بل السابقة وإن كانت الأخيرة، وقولي السابقة لأنها التي ينبغي أن يسبق الخاطر إليها.. فكيف ما جاءه اللفظ والوزن خفيفاً على القلب أنيقاً عند السمع مطبوعاً عند النفس حلواً عند الذوق تناوله وعامله وعمله وبنى عليه الموشح لأنه قد وجد الأساس وأمسك الذنب ونصب عليه الرأس».

ولا أعرف في الدراسات الإنكليزية الكثيرة التي قرأتها وصفاً يليق بالفقرة المزدوجة الختامية في سونيتات شيكسبير أكثر من هذا الوصف البديع للخرجة عند ابن سناء.

---

(٢) **دار الطراز في عمل الموشحات**، تح. جودة الركابي، ط٢، دار الفكر (دمشق، ١٩٩٧) صص ٤٠-٤١.

- ٦ -

لم يبتكر شيكسبير فن السونيت. بل يعود ابتكاره، في العرف الشائع، إلى القرن الرابع عشر في إيطاليا، وينسب تاريخياً في كثير من المراجع إلى الشاعر الإيطالي بترارك (Petrarca). وبعد بترارك انتشر فن السونيت انتشاراً شاسعاً عبر اللغات الأوروبية الناشئة، ومرّ في اللغة الإنكليزية بمراحل من التطوير والتغيير قبل أن يصل إلى زمن شيكسبير فيكتسب الصيغة التي اشتهر بها في شعره. ومن أعلام فن السونيت في الإنكليزية قبل شيكسبير فيليب سيدني (Phillip Sidney) الذي اشتهرت السونيت على يديه في الصيغة التي ورثها شيكسبير واستخدمها بروعة جعلتها تعرف بعده بالسونيت الإنكليزية أو الشيكسبيرية.

وقد استمرت السونيت بعد شيكسبير تستقطب اهتمام الشعراء، مع أنها مرّت بمراحل من الهمود النسبي. بيد أن معظم شعراء الإنكليزية الكبار من ووردزورث إلى أودن كتبوا سونيتات، بعضها ذو شهرة كبيرة[٣]. وفي القرن العشرين خاصة، مع انتشار الشعر الحر، كتبت سونيتات دون قوافٍ، أو دون وزن منتظم، أو بنصف تقفية، أو نثراً، وكتبت سونيتات تزيد على الـ ١٤ بيتاً بقليل وبكثير.

- ٧ -

ثمة، إذن، بنيتان طاغيتان مختلفتان للسونيت تشكلتا عبر مراحل التحولات العديدة وأصبحتا عملياً البنيتين المعروفتين والمتداولتين. البنية الأولى هي التي تسمّى، تجاوزاً، النمط البتراركي، والثانية النمط الشيكسبيري.

---

(٣) منها القصائد الرائعة التالية :

John Donne, "Death Be Not Proud"; William Wordsworth, "Composed Upon Westminster Bridge"; Percy Shelley, "Ozmandias"; John Keats, "On First Looking Into Chapman's Homer"; Elizabeth Browning, "How Do I Love Thee"; Rupert Brooke, "Sonnet Reversed"; W. H. Auden, "Who's Who"; Phillip Larkin, "The Card-Players".

يتألف النمط البتراركي من أربعة عشر بيتاً تنقسم إلى كتلتين أو فقرتين: الفقرة الأولى مؤلفة من ثمانية أبيات، والثانية من ستة أبيات. وتتبع هذه البنية نظاماً تقفوياً من النمط التالي (مع تذكر ما قلته أعلاه عن عدم القصد إلى الترتيب الأبجدي):

اب اب اب اب ت ث ت ث ت ث

أو بشكل أدق:

اب اب اب اب م ل م ل م ل

ABABABABMLMLML

وقد تتنوّع القوافي في الفقرة السداسية فتكون كما يلي:

CDE CDE

وقد وجدت تنويعاً ذا أهمية خاصة بالنسبة لهذه الدراسة في بعض سونيتات بترارك له التركيب التالي:

ABBA ABBA ACD ACD

ويكثر أن يستخدم في هذا النمط نظام وزني عشري أو اثنا عشري إلخ، من حيث عدد المقاطع. والمقاطع في اللغة البتراركية تتنوّع بالطول والقصر لا بالنبر (فهي شبيهة بالعربية في العرف العام).

وفي مرحلة من مراحل تطور السونيت تحول النظام التقفوي تحولاً بارزاً في اللغة الإيطالية إلى أن أصبح السائد منه مستقراً يعرف بالنظام الإيطالي. وله التركيب التالي:

الكتلة الأولى الثمانية (الأوكتاف، وتسمّى أيضاً الـ أوكتت octet):

ABBA ABBA

الكتلة الثانية السداسية (الـ سستت sestet)(٤):

CDEDCE

(٤) وقد أخطأ كاتب مقالة السونيت في موسوعة *الويكيبيديا* حين قال إن الصيغة (CDCDCD) جاءت متأخرة خلال التطور التاريخي للسونيت الإيطالية، فهذه الصيغة ترد في شعر لنتينو.

والمعروف أن الصيغة الإيطالية دخلت الشعر الإنكليزي وشاعت إلى درجة عظيمة بصورتها المستقرة قبل أن تبدأ محاولات تحويرها لتصل إلى صيغتها الشيكسبيرية. والنص التالي من شعر جون ملتن نموذج جيد للسونيت الإيطالية في الشعر الإنكليزي:

On His Being Arrived to the Age of Twenty-three

How soon hath Time, the subtle thief of youth, (a)
Stol'n on his wing my three-and-twentieth year! (b)
My hasting days fly on with full career, (b)
But my late spring no bud or blossom shew'th. (a)
Perhaps my semblance might deceive the truth (a)
That I to manhood am arriv'd so near; (b)
And inward ripeness doth much less appear, (b)
That some more timely-happy spirits endu'th. (a)
Yet be it less or more, or soon or slow, (c)
It shall be still in strictest measure ev'n (d)
To that same lot, however mean or high, (e)
Toward which Time leads me, and the will of Heav'n: (d)
All is, if I have grace to use it so (c)
As ever in my great Task-Master's eye. (e)

أما النمط الشيكسبيري فإنه يتشكل بالطريقة التي شرحتها أعلاه.

ويحسن الآن أن أقدّم نموذجاً بالإنكليزية للسونيت الشيكسبيرية لتوضيح التركيب الوزني ومفهوم النبر. وسأشير إلى المقطع المنبور (الثقيل) بعلامة (ˆ) فوقه، وإلى غير المنبور بعلامة السكون المستخدمة في العربية (°)، وسأطبع المنبور بحرف أشد سواداً، وسأفصل بين التفعيلات (الأقدام) بالعارضة المائلة/ :

مطلع سونيت ١٨ :

° ٨ ° ٨ ° ٨ ° ٨ ° ٨
Shall **I**/ com**pare**/ thee **to**/ a **sum**/mer's **day**/?

° ٨ ° ٨ ° ٨ ° ٨ ° ٨
Thou **art**/ more **love**/ly **and**/ more **tem**/perate/.

عدد التفعيلات في كل بيت هنا خمس، وعدد المقاطع في كل بيت عشرة، والنبر الثقيل يوضع على الكلمات التي تتألف من أكثر من مقطع واحد بالطريقة التي تنطق بها طبيعياً في اللغة الإنكليزية، أما الكلمات المؤلفة من مقطع واحد فهي في اللغة في استخدامها العادي لا تحمل نبراً محدداً، ولذلك تقرأ منبورة أو غير منبورة حين تستخدم في الشعر بالطريقة التي يريدها الشاعر، وتبعاً لمقتضيات تشكيل البحر الشعري. بهذه الصورة يكون في كل من البيتين خمس نبرات ثقيلة. والمقاطع المنبورة هي التالية:

I / PARE / TO / SUM / DAY

ART / LOV / AND / TEM / RATE

وسأورد الآن السونيت ١٨ كاملة لتوضيح نظام التقفية في السونيت الشيكسبيرية، واضعاً خطاً تحت كلمات القافية، المطبوعة بحرف أعمق سواداً، لإبراز عملية تناوبها وترتيبها التام.

Shall I compare thee to a summer's **day**
Thou art more lovely and more **temperate**
Rough winds do shake the darling buds of **May**
And summer's lease has all too short a **date**

Sometimes too hot the eye of heaven **shines**
And often is his gold complexion **dimmed,**
And every fair from fair sometimes **declines,**
By chance or nature's changing course **untrimmed.**

But thy eternal summer shall not **fade,**
Nor lose possession of that fair thou **ow'st,**

Nor shall Death brag thou wand'rest in his **shade**,
When in eternal lines to time thou **grow'st**.

So long as men can breathe or eyes can **see**,
So long lives this, and this gives life to **thee**.

وقد قسّمتُ السونيت هنا طباعياً إلى ثلاث فقرات رباعية وفقرة رابعة ثنائية من أجل مزيد من التوضيح لبنيتها، لكنني أهرع لأؤكد أن هذا عمل شخصي مؤقت وأنه غير متبع في الطباعة الإنكليزية، بل تسرد السونيت فيها كتلة واحدة دون فواصل طباعية بين أبياتها الـ ١٤.

‫ـ ٨ ـ‬

قلت إن ابتكار السونيت ينسب في علم العامة (بل حتى عند كثير من المتخصّصين، وذلك أمر جلل) إلى بترارك. ولو صح ذلك لكان احتمال أن يكون هذا الشاعر الإيطالي قد ابتكر بنية معقدة كهذه فجأة ودونما سابق، برعمي على الأقل، لا يزيد رجاحة على احتمال أن يكون الله قد خلق آدم من لاشيء. والله نفسه لم يفعل ذلك ـ مع أنه كان قادراً عليه ـ بل خلق آدم من مادة سابقة عليه هي الطين (والطين تراب وماء) ونفَخَه من سابق عليه هو روح الله، وكان قد خلق قبله الملائكة (وبينهم من سيصبح بعد خلق آدم إبليس، طبعاً). وقد كنت لزمن قصير أرجّح أن بترارك عرف نماذج من فن التوشيح العربي استطاع بتقليدها أن ينشئ بنية بسيطة بالنسبة لفنّ التوشيح هي البنية التي اشتهر بها. ولو كان بترارك إسبانياً لما شككت لحظة في أن ما أقترحه أكثر من احتمال معقول. لكن بترارك إيطالي. ولا أعرف شيئاً الآن عن علاقته بإسبانيا، وهي أمر يستحق البحث. وقد أتقصّاه مستقبلاً.

غير أن في الأمر قنبلة موقوتة لا بد أن تُفجّر. فالحق أن بترارك لم يبتكر السونيت التي اشتهر بها. وما يرد في التواريخ الأدبية غير المدققة خاطئ. ثمة سابق لـ بترارك بقرن من الزمان تقريباً نسج قصائد لها البنية التي اشتهر بها بترارك فيما بعد. والقنبلة الموقوتة هي أن الشاعر الذي أعنيه كان صقلياً وعاش

في فترة قريبة العهد جداً من الحكم العربي لصقلية، وكان قريباً في الزمن من ابن حمديس الصقلي (من حوالى ١٠٥٦ - حوالى ١١٣٣)، بل إنه عاش في نفس المقاطعة التي عاش فيها ابن حمديس قبله، وهي سيراكيوز. وقد اشتهر ابن حمديس بالشعر الذي كتبه حنيناً إلى صقلية بعد خروجه منها. واسم هذا الشاعر جياكومو دا لنتينو (Giacomo Da Lentino) ويكتب أيضاً «لنتيني». وقد عاش في بلاط فريدريك الثاني (Frederick II) (١١٩٤-١٢٥٠)، وعمل لفترة من الزمن حاكماً للقلعة الصقلية المسمّاة كارسيلياتو (Carsiliato). والأهم من ذلك أنه كان زعيم المجموعة الأولى من الشعراء الإيطاليين. وقد نظم هو ومجموعة الشعراء من حوله إحدى وثلاثين سونيت، تنسب ٢٥ منها إليه. وليس هناك ما يدعو إلى الظن بأن أحداً كان قد نظم سونيتات قبل هؤلاء. ويبدو أن لنتينو كان مبتكر السونيت، كما يجزم أكثر من باحث.

وقد نقلتْ إلى إيطاليا حيث تلقنها فيما بعد بترارك وغيره.

والأهم من ذلك كله أن لنتينو عاش في بلاط فريدريك الثاني وكان كاتبَ عدلٍ له، وبلاط فريدريك هو عين البلاط الذي ولد فيه شعر الحب المسمّى «كورتلي لف» (courtly love) الذي اشتهر به الشعراء المغنّون الجوّالون (التروبادور) والذي اقتُبِس من الشعر العربي بشهادة باحثين متعددين[٥]. وقد كان فريدريك نفسه فيما يروى أحد رواد شعر الحب، ووليد بيئة تمازجت فيها الثقافات العربية واليونانية واللاتينية (وكان أحد قادة الحملات الصليبية وعلى معرفة وثيقة بالمشرق العربي). ومن الدال أيضاً أن لنتينو وجماعته كتبوا الشعر باللغة المحلية المحكية، خارجين عن اللغة البروفنسالية المستخدمة في حينها، وأن لغة صقلية تحمل تأثيراً عربياً واضحاً. ويحتمل أن استخدامهم للغة المحلية كان أيضاً بتأثير ما عرفوه من استخدام للعامية العربية في الزجل الذي اشتهر به ابن قزمان، وفي «الخرجة» في الموشح. ولقد ظهرت بحق عدة

_____

(٥) را. حول هذا الموضوع، مثلاً، سيغريد هنكه، شمس العرب تسطع على الغرب، دار الجيل ودار الآفاق الجديدة (بيروت، ١٩٩٣) خصوصاً الفصل الأخير.

أنماط شعرية في المنطقة (من صقلية إلى إيطاليا، إلى فرنسا وكاتالونيا وإسبانيا)، في لغاتها المختلفة، كما ظهرت في اللغة العبرية في بعض هذه البلدان، تتشابه مع أزجال ابن قزمان في بنيتها ونظام تقفيتها. وأكثر ما في هذا أهمية بالنسبة لأطروحتي الحالية هي أن جاكوبوني دا تودي (Jacopone Da Todi) (١٢٣٦-١٣٠٦) نظم قصائد تشبه الزجل أسميت (laude)[٦] في إيطاليا. وقد يكون تودي من المدرسة الصقلية التي تزعمها لنتينو.

وإذا كان لنتينو بحق اقتبس السونيت من العربية، فإن شيكسبير مدين للإبداع العربي بما هو أكثر بكثير من شخصية *عطيل* (أو *أوثيللو*) في مسرحيته الرائعة المروّعة. فلقد كان أثر لنتينو طاغياً، كما طغى فن السونيت في إيطاليا وفرنسا ثم في إنكلتره حيث تنامت السونيت التي بدأت مع لنتينو إلى أن أصبحت تعرف بالسونيت الإنكليزية أو الشيكسبيرية، كما أشرت. وإذا كانت أجيال من الشعراء تدين لـ لنتينو بالفضل، كما يقول ولكنز، فإن هذه الأجيال، في ما يبدو لي، تدين بفضل أكبر لعبادة بن ماء السماء (توفي عام ١٠٣٠)[٧] وغيره من الشعراء العرب الذين ابتكروا الموشح وطوروه ونظموه

---

(٦) را. الإشارات إلى ذلك في:

Henk Heijkoop and Otto Zwartjes, *Muwassah, Zajal, Kharja, Bibliography of Strophic Poetry and Music from al-Andalus and Their Influence in East and West,* Brill, Leiden, 2004, pp. ix - xvi.

وعن التأثير الباهر للثقافة العربية في تحريض بواعث النهضة والحداثة في أوروبا، را. كتاب جاك غوف وجان كلود شميت المذكور في المراجع وبشكل خاص الفصل الذي كتبه Pierre Guichard، صص: ٥٢٣-٥٣٩ والذي يضم واحداً من أجمل ما قرأته في الدراسات الأوروبية من اعترافات بفضل العرب على أوروبا.

(٧) ولادة الموشح غامضة، وثمة خلافات حولها لن أتطرق إليها هنا. يظن أن مخترع الموشح هو محمد بن حمود القبْري الضرير المولود في مدينة قبرة في الأندلس، وقد عاش في نهاية القرن الثالث الهجري (التاسع الميلادي). لكن موشحاته كانت محاولات أولية في ما يبدو، ثم جاء عبادة لينمي الموشح إلى فن قائم بذاته وله جمالياته وأسسه. را. ما يقوله جودة الركابي في مقدمة تحقيقه لكتاب ابن سناء الملك، **دار الطراز في عمل الموشحات**، ص ١٢.

بعشرات التنويعات والصيغ وجعلوه فناً رائعاً من فنون الشعر والغناء لقرون عديدة.

وأريد أن أتكهن قليلاً للمتعة العابرة إن لم يكن لشيء آخر، فأمتع النفس بتوهم أن كلمة سونيت (sonnet) نفسها ذات أصل عربي، فهي غير معروفة في اللاتينية، ويقال إنها من لغة البروفنسال، وأتوهم أنها تحريف للكلمة العربية: «السّمط»، التي تعني بين ما تعنيه «القلادة»، وكانت تستخدم في وصف الشعر (وهي مستخدمة في أكثر من موشح رأيته)، بل كان السمط أيضاً أحد التشكلات الشعرية القديمة وله تركيب يميزه، ولعل الله يهديني إلى نماذج منه قبل أن أنهي كتابة هذه الدراسة. (ورا. **الملحق رقم ١** في نهاية هذه الدراسة).

ولن أصاب بنوبة من الذهول إذا عرفت يوماً أن كلمة «سونيت» كانت قلباً لأصوات الكلمة العربية «نصت» من الإنصات، لأن السماع و(الإنصات) كان أساس الغناء الذي كتبت الموشحات من أجله، ولا يستقيم وزن معظمها عادة إلا به. فالإنصات مرتبط عضوياً بالموشح. وليس مثل هذا التحريف بغريب، خصوصاً حين ندرك أن لغة صقلية تحمل في مفرداتها تأثيراً عربياً واضحاً إضافة إلى تأثير الكاتالانية والإسبانية واللاتينية واليونانية[٨]، وليست درجة مثل هذا التحريف بغريبة في اللغات الأوروبية التي أخذت من العربية، فلقد أصبحت «دار الصناعة» العربية كلمة «آرسنال» الإنكليزية، وإنك لتحتاج إلى منجّم ليكشف لك ذلك، كما أصبحت «الطرف الأغر» كلمة «ترافلغار» اسم الساحة المشهورة في قلب لندن، وأنت تحتاج هنا إلى ملك المنجّمين ليكشف لك ذلك. وكذلك صار «الخوارزمي» «اللوغاريثم» ولن يستطيع حتى أمير الجنّ أن

---

(٨) را. ما تقوله موسوعة ويكيبيديا عن اللغة الصقلية، من أن فيها مفردات كثيرة مستعارة ومتأثرة بالعربية وغيرها:

"...are loan Words with slight changes, taking influence from Greek, Latin, Catalan, Arabic, Spanish and others. The Sicilian language is also spoken to some extent in Calabria and Apulia.

يكشف لك ذلك. وأصبح «ابن رشد» «أفيروس» و«ابن سينا» «أفيسين». فلا عجب أن تصبح «نَصَتَ» «صنت» أو «صونت». وسترى بعد قليل أنني سأتحدث بجدية ودون أي أثر للهزل أو للشوفينية عن احتمال أن يكون اسم «شيكسبير = شيك سبير» في الأصل «الشيخ إسبر» ثم «الشيك اسبر» ثم «الشيكسبر» ثم ببساطة «شيكسبر» وهي الطريقة التي كان يكتب وينطق بها اسمه في زمنه!!!!!

أما آخر ما يمكن الاستدلال به على احتمال أن يكون الموشح النموذج الذي انبثقت السونيت من النسج على منواله فهو اسم السونيت في دلالته اللغوية. يقال إن الكلمة مشتقة من البروفنسالية (sonet) أو الإيطالية (sonetto) وتعني «الأغنية الصغيرة»، أي أن السونيت منذ تصوّرها لدى لنتينو وسواه تُصوّرت غناءً. ولقد كان الموشح غناءً، والغناء لبابه وجوهره ومقصده، بل هو أيضاً مقيم أوزانه ومصوّبها إذا اختلت، والغناء أيضاً محكّ الجودة وانعدامها في نظم الموشح. وإليك هذه المقاطع التي كتبها ابن سناء الملك في الغناء ودوره في الموشح حين لا يكون وزنه منتظماً على أوزان الشعر العربي المألوفة:

«وما لها عروض إلا التلحين، ولا ضرب إلا الضرب، ولا أوتاد إلا الملاوي، ولا أسباب إلا الأوتار، فبهذا العروض يعرف الموزون من المكسور، والسالم من المزحوف. وأكثرها مبني على تأليف الأرغن، والغناء بها على غير الأرغن مستعار وعلى سواه مجاز».

«فما يعلم صالحه من مكسوره إلا بميزان التلحين، فإن منه ما يشهد الذوق بزحافه بل بكسره فيجبر التلحين كسره ويشفي سقمه ويرده صحيحاً ما به قلبة، وساكناً لا تضطرب فيه كلمة».

«وقسم لا يحتمله التلحين ولا يمشي به إلا بأن يتوكأ على لفظة لا معنى لها تكون دعامة للتلحين وعكّازاً للمغني»[٩].

---

(٩) ورد. صص ٤٧-٥٠.

«فعمل ما لا يجوز عمله وما لا يمشّيه التلحين له، وتظهر فضيحته فيه وقت غنائه، فإن المغني ببعض الآلات يحتاج إلى أن يغيّر شدّ الأوتار عند خروجه من القفل إلى البيت وعند خروجه من البيت إلى القفل. وهذا مكان ينبغي أن يلحظ ويحفظ»[١٠].

وتكشف هذه العبارة الأخيرة عن درجة التلاحم الكبيرة في الموشح بين تأليفه وغنائه وتأثير ذلك على بنيته.

وإذا لم يكن الموشح سوى أغنية، فإن الذين كانوا يستمعون إليه في البيئة العربية في إسبانيا وفي صقلية لم يكونوا ليعتبروه شيئاً سوى أغنية، فهم قد يعرفون لغته ويفهمون كلماته وقد لا، لكنهم ينصتون إليه يغنى وينصتون إلى الآلات الموسيقية تعزف معه، ويطربون ويفهمون. وتصور الآن في بيئة كهذه عربياً يسأله إسباني أو صقلي: «ما هذا؟ ما الذي يغنيه هذا المغني»؟ وسيكون الجواب طبعاً أي شيء سوى «موشح» لأن السائل لن يفقه شيئاً والمسؤول لن يعرف كيف يصف له الموشح ومعناه اللغوي، لا لأنه جاهل، بل لأن الحق أنه لا أحد – لا أنا ولا أنت ولا ابن سناء الملك ولا الأعمى التطيلي – يعرف بالضبط معنى لفظة «الموشح» أو يعرف لماذا سمي هذا الكلام الذي يغنيه المغني الـ «موشح»، أو يعرف كيف يترجمها ليفهمها سائل ذو لغة أجنبية. المسؤول، إذن، سيجيب بكلمة بسيطة: «هذا أغنية». أغنية، سمط، نصت. وحين ينظم السائل الصقلي ما يأخذه من الأغنية سيسميه «أغنية صغيرة» = «صنت» = «صونت» = sonetto-sonet.

ولقد ظلت السونيت مرتبطة بالغناء حتى حين تعقدت وصارت قصيدة غارقة في الفكر والتأمل الفلسفي في الإنكليزية وعند شيكسبير. وقد اشتهرت سونيت شيكسبير رقم ٢ (التي عنونتها «ضياع الجمال») كأغنية ولحنت مراراً منذ زمن تأليفها. وهناك عدة تلحينات معاصرة في أكثر من لغة لسونيتات، ولسونيتات شيكسبير خاصة.

---

(١٠) ورد. صص ٤٨-٤٩.

ـ ٩ ـ

يتركب الموشح، كما وصفه ابن سناء في أول تحديد له في العربية، من أقفال وأبيات. وتتفاوت الموشحات بساطة وتعقيداً. وللموشح نمطان: التامّ (ما يبدأ بقفل) ويتألف من ستة أقفال وخمسة أبيات، والأقرع (ما يبدأ ببيت) ويتألف من خمسة أبيات وخمسة أقفال. وأقل ما يتركب القفل من جزءين ثم إلى ثمانية أجزاء، وفي النادر أن يكون من تسعة أو عشرة أجزاء. وأقل ما يكون البيت ثلاثة أجزاء، وقد يكون في النادر من جزءين، وقد يكون من ثلاثة أجزاء ونصف، وأكثر ما يكون خمسة أجزاء. والجزء من القفل لا يكون إلا مفرداً، والجزء من البيت قد يكون مفرداً أو مركّباً. والمركّب لا يتركّب إلا من فقرتين أو ثلاث فقر، وقد يتركّب في الأقل من أربع فقر[١١].

ويتنوع نظام التقفية في الموشحات تنوعاً كبيراً، وضمن هذه التنوعات بنى تقفوية تضم بين ما تضم شكلاً تنظيمياً يكاد يكون هو بعينه الشكل الذي نجده في أولى السونيتات التي نظمها جياكومو دا لنتينو ورفاقه. ولو كتبت هذه السونيتات بالطريقة التي يكتب بها الموشح والشعر العربي القديم عامة، أي باعتبار كل سطرين بيتاً واحداً ذا شطرين، لظهر بوضوح أنها تشكل واحداً من الأنماط البسيطة نسبياً للموشح يتألف القفل فيه من جزءين كل منهما في ثلاث فقرات، والبيت من أربعة أجزاء كل جزء في فقرتين. ومما هو بعيد الدلالة أن ثلاثاً من سونيتات لنتينو تحوي قافية داخلية، أي أنها ببساطة تحوي تجزيئاً للبيت الشعري إلى ما يسمّيه ابن سناء «فقرات»، وذلك مما هو وارد في الموشح قفله وبيته. وسأكتب واحدة من سونيتات لنتينو الآن بالطريقة العربية لأوضح ما أقوله.

الشكل الحالي للسونيت له نظام التقفية التالي:

A
B

---

(١١) ورد. صص ٣٣-٣٤.

A
B
A
B
A
B
C
D
E
C
D
E

وقد ترد تنويعات أخرى في الأبيات الستة الأخيرة.

فإذا أعدنا كتابة السونيت بالطريقة العربية، يكون لها الشكل التالي:

A   B
A   B
A   B
A   B
C   D
E   C
D   E

وهذا التشكيل لا يعدو أن يكون أحد التشكيلات البسيطة نسبياً التي يتضمّنها الموشح في الأقفال والأبيات، حيث يشكل بيت ذو أربعة أجزاء، كل جزء من فقرتين مع قفل يتلوه مكرراً، ما يتمثل في سونيت لنتينو كما أعدت ترتيبها. وإذا بدا أنني أتجاوز المعقول علمياً بإعادة ترتيب السونيت بالطريقة العربية، فإن ذلك وهم. ولقد كان حظي عظيماً بعد أن فعلت ما فعلت إذ وجدت باحثاً متخصصاً يقول ما يلي:

«The octave rhymes in every case ABABABAB, and was regarded rather as a series of four distichs than as a pair of quatrains.»

وترجمة هذا القول أن «الكتلة الأولى الثمانية كانت مقفاة دائماً (ABABABAB) وكانت تعتبر سلسلة من أشطر أربعة لا مزدوجة من الأربعيّات»[(١٢)].

ولقد أثلج ذلك صدري حتى لجعله صقيعاً جليداً!!!

وتزداد درجة التطابق بين سونيتات لنتينو والموشح حين ننظر في سونيتات أخرى له تختلف تقفية الجزء السداسي منها عما ورد في السونيت الموصوفة أعلاه. فقد يكون القسم السداسي مرتب القوافي كما يلي:

CDCDCD
CDCCDC
ACDACD

وذلك نسق تقفوي نجده في الأقفال من الموشحات، كما نجد فيها تنويعات لا حصر لها قد تكون مثلت النموذج الكلي الذي اقتبس منه لنتينو وصحبه نمطاً راق لهم، وقد يكونون اقتبسوا معظم النسق الموجود في الموشح وحوّروه تحويراً بسيطاً لسبب أو لآخر. واللّهُ واللّهِ أعلم وأدرى.

وسأورد الآن نماذج من الموشحات يتجلى فيها تماماً أن بنية السونيت التي نظمها لنتينو ليست إلا اقتطاعاً لقسم من بنية الموشح يمثل بيتاً ذا أربعة أجزاء وقفلاً في جزءين، وكل منهما في أكثر من فقرة:

١ ـ

ما حوى محاسن الدهر	إلا غــزال	AB
معرق الجدّين من فهر	عمّ وخال	AB
نسبة للنايل الغمر	وللنزال	AB
فأنا أهواه للفخر	وللجمال	AB

وجهه وجه طليق للضيوف مشرق ويد تسطو على الأسد فتفرق CDED

(١٢) Ernest Wilkins, *Studies in Petrarch and Boccaccio*, p. 22.

٢ ـ

بثنايا كالأقاحي	فضحتْ سرّ المدامه	AB
وقناعٍ كالصباح	غلبت ألف غمامه	AB
فتنحّوا يا لواحي	واسألوا اللّه السلامه	AB
فلها على الملاح	بجمالها الإمامه	AB

ريقها دار الإمارة ثغرها عقد. (هنا كلمة ناقصة لكن رويّها «اره/» كما تظهر بقية الموشح) CC.

فلذا تصدَّ تيها	حين لا ترى شبيها	DD
أيّ حسن ما أجلاّ	ونوال ما أقلاّ	EE

٣ ـ

بنت الكرم	لها حسيس	قد سمعته النفوس
منه نفسي	تسمع أمره	
بأن أمسي	أشرب خمره	
أذكي حسي	منها بجمره	
هذا عرسي	شربت سره	
على رسمي	تجلى عروس	لها الثياب كؤوس

والنظام التقفوي هنا هو:

ABB
CD
CD
CD
CD
ABB

ونموذج آخر ثلاثي البيت:

٤ ـ

سلطان الحسن	جمّ الجمال	طاغي التيه
جنّات عدن	في برده	وما تكفيه
يسطو ويجني	وبعد هذا	درٌّ فيه
مظلوم المسواك	ثغر هداك	بالابتسام	إلى الغرام

ونظامه التقفوي هو:

ABC
ADC
AEC
FFGG

٥ ـ

ونموذج آخر ثلاثي القفل:

رأيت ألف مليح	ولا كهذا الرشا	في الدلّ والغنج
دريتم من عنيت	لم يدر إلا أنا	
عنيت من قد جنيت	من غصنها زهر المنى	
وطالما قد ثنيت	منها قواماً ليّنا	
ذاك القوام المروح	سقوه حتى انتشى	صرفاً بلا مزج

ونظامه التقفوي هو:

ABC
DE
DE
DE
ABC

٦ ـ

ونموذج آخر:

قامة الغصن ما لها مالت	فيه من غير ريح
وكذا الشمس ما لها حالت	عند وجه المليح
فاستمع للسماء إذ قالت	فيه قولاً صحيح:
نور شمسي من وجه ذا منسوخ	وهي أيضاً تقول
إن بدري لوجه ذا البدر	خادم أو رسول

ونظامه التقفوي هو:

AB
AB
AB
CDE
FFE

وقد اقتطعت هذه النماذج من كتاب ابن سناء الملك، لكنّ الشعراء العرب أبدعوا مئات الموشحات إضافة إلى ما أورده، وقد يكون بينها ما يتطابق إلى درجة أبعد مع بنية السونيت، وهو ما آمل أن أستطيع متابعة البحث عنه. والموشحات غالباً أطول من السونيت، لكن بعضها ليس كذلك. فقد وجدت موشحاً لابن سناء نفسه يتألف من خمسة عشر بيتاً، ولذيذ أن شيكسبير نفسه نظم السونيت ٩٩ في خمسة عشر بيتاً.

وأهم من ذلك أنني وجدت موشحاً لابن سهل الإشبيلي[١٣] (توفي ١٢٥١م) وهو معاصر لجياكومو دا لنتينو وكان مشهوراً وعرف بأنه شاعر إشبيلية ووشّاحها، يتألف فعلاً من سبعة أبيات أي من أربعة عشر سطراً، إذا كتب بالطريقة التي تكتب بها السونيت. ونظام القافية فيه هو:

ABCBDEDEDEABCB

---

(١٣) را. ديوان ابن سهل الأندلسي، تح. يسرى عبد الله، دار الكتب العلمية (بيروت، ١٩٨٨)، ص ٣٧.

وبين الأدلة التي يصعب جداً نقضها على كون السونيت مستعارة من الموشح تقسيم بنية السونيت، كما أشرت، إلى قسمين في سونيتات لنتينو وفي شكلها البتراركي، وهو تقسيم بقي سائداً في تأليف السونيت ودراستها في اللغات التي عرفتها وبينها الإنكليزية، رغم تغيّر النظام التقفوي لها وتطوّره. وما تزال السونيت تقسم إلى كتلتين أو قسمين: الأول يسمّى الـ (Octet) والثاني يسمّى الـ (sestet). وذلك ليس إلا مرآة للموشح المؤلف من أقفال وأبيات.

وخاتمة الأدلة هي أن بنية السونيت تختتم تقفوياً بمزدوجة على قافية واحدة في كلا البيتين، وقد أشرت إلى أنها كثيراً ما تكون على صعيد المعنى ذات طبيعة متميزة عن الأبيات الاثني عشر التي سبقتها، فتجيء وكأنها «فتلة» (تسمّى الـ volta) أو قفلة. وذلك من سمات الموشح الجوهرية في تكوين الأقفال، من جهة، وفي «الخرجة» التي هي مرتكزه والتي تتمتع بصفات خاصة بها تماماً على الصعيد اللفظي اللغوي وعلى الصعيد الدلالي.

وسأورد الآن السونيت التي يرجّح أحد الباحثين أنها أولى السونيتات التي نظمها جياكومو دا لنتينو. وسأوردها بلغتها الأصلية مع ترجمة شعرية لها إلى اللغة الإنكليزية، آملاً أن يستطيع القارئ/ة متابعة نظام التقفية فيها بشيء من السهولة. هي ذي:

Molti amadori la lor malatia
portano in core, che' m vista nom pare;
Ed io nom posso si celar la mia
ch' ella nom paia per lo mio penare;
Pero che son sotto altrui segnoria,
ne di meve non o neiente a fare,
Se non quanto madonna mia voria,
ch' ella mi pote morte e vita dare.
Su' e lo core, e suo sono tutto quanto,
e chi non a comsiglio da suo core,

non vive imfra la gente como deve.
Cad io nom sono mio ne piu ne tanto
se non quanto madonna e de mi fore,
ed un poco di spirito ch' e' n meve.

In other words:-
Many a liver beareth his distress
Within his heart, away from others' sight,
Yet can not conceal my bitterness
So that my look shall not reveal my plight.
Another holdeth me in her duress,
And over mine own self I have no might
Save as my lady deigns to acquiesce,
Who giveth life and death as of her right.
Hers is my heart, hers am I all in all;
And he that hath no counsel of his heart,
Liveth in gentle company but ill.
Nor am I verily in life at all
Save through my lady, from myself apart,
And the mere breath that bideth in me still.

ونظام التقفية فيها هو :

ABABABAB CDECDE

وآمل أن يكون واضحاً للعين المتقصّية إلى أي مدى يكاد هذا التنظيم أن
يتطابق مع التشكيلات التي وصفتها قبل قليل من الموشحات.

ومسك ختام لهذا البحث المتقصّي نسبياً في بنية الموشحات وبنية
السونيت، أود أن أصوغ أطروحتي النهائية للعلاقة بين السونيت والموشحات
كما يلي :

٤٢

إن السونيت التي «ابتكرها» جياكومو الصقلي ليست إلا جزءاً مقتطعاً من بنية الموشح الذي يبدأ ببيت (أي الأقرع بلغة ابن سناء) مؤلف من أربعة أجزاء وكل جزء مؤلف من فقرتين ثم يأتي أول قفل فيه مؤلفاً من جزءين وكل جزء مؤلف من ثلاث فقرات. وفي هذه الحالة يكون البيت موحّد الوزن لا القافية مع بقية أبيات الموشح، أما القفل فيكون عادة مختلف القوافي عن بقية الأقفال، وينشأ من ذلك تنوع القوافي في القسم السداسي من الموشح وهو قفله، والقسم السداسي (السستت) من السونيت، ولأن تنويعات القفل كثيرة في نظام التقفية فإن تنويعات القسم السداسي في السونيت كثيرة. والتمثيل التقفوي لما أصفه يكون كالتالي:

AB
AB
AB
AB
CDE

وأيّ من الإمكانيات التالية، أو غيرها.

CED
DEC
ECD
CDC
DEE
EFD
FDE
EGC

ومن اللذيذ أنني خلال قراءة بعد قراءة للموشحات وجدت واحداً منها على الأقل ينتهي القفل فيه بمزدوجة ذات قافية واحدة[14]، أي (ع ع، مثلاً،

---

(١٤) والموشح الذي أعنيه هو التالي:

باكر إلى الخمرِ   واستنشق الزهرا
فالعمر في خسرِ   ما لم يكن سكرا
=

أو H H). وهو موشح هام مع أنه نادر النمط[١٥] ويسمّيه ابن سناء شاذاً جداً لأن بيته مؤلف من جزءين مركبين من فقرتين. والخاتمة في هذا الموشح في ما

= فقلّ ما أسلو عن مرشف الأكواس وساحر الطرف مساعد الجلاس
فسقيني بنت الزراجين

فهاتها صرفا يا ذا الرشا الأحور
راح حكت وصفا من خدك الأقمر
رشاً هو النبل والعدل بين الناس والمسك في العرف من نفحة الأنفاس
فداريني عن مسك دارين

ويستمر هذا التشكيل حتى نهاية الموشح رقم ١٦ في ابن سناء ونظامه التقفوي يمكن أن يوصف كما يلي:

A B
A B
C D
E F
G G
H I
H I
C D
C D
G D

(١٥) ومن الموشّحات الهامة أيضاً لهذه الدراسة لأنها تظهر إلى أي مدى كان التنويع في نظام التقفية يحدث في الموشحات وتجعل تنوع القسم السداسي في السونيت يبدو مرتبطاً بذلك، الموشح ٣٢ الذي يصفه ابن سناء بأنه مضطرب النسج: ويمكن وصفه كما يلي:

A A
B B B
A A
C C C
A A
D D D
A A

ويمكن تقسيمه بطريقة أخرى.

اقتطعته منه هي الخاتمة التي ظهرت كقاعدة أساسية وعلامة مائزة في تطوير بنية السونيت الإنكليزية أو الشيكسبيرية بعد ذلك بقرون.

ومفهوم الاقتطاع من بنية أوسع هام جداً بالنسبة لأطروحتي، فالسونيت أصغر من الموشح. وقد يكون هذا هو السر في أنها سمّيت «أغنية صغيرة» (SONET, SONETTO) وقت اكتشافها ولم تسمّ ببساطة «أغنية» أو «أغنية كبيرة»، وهي بحق «أغنية صغيرة» بالقياس إلى الموشح لأنها ليست إلا جزءاً واحداً مقتطعاً من أجزائه الخمسة الممكنة. وذلك قد يكون خاتمة الأمر والفيصل فيه. والله وجياكومو دا لنتينو، في هذه الحالة، أعلم بالأمر وبما حدث في التاريخ. وأنا أجهلهم[(١٦)].

- ١٠ -

كان انتشار فن السونيت في إنكلتره متأخراً وبطيئاً. فقد ترجم تشوسر (Geoffrey Chaucer) (١٣٤٥-١٤٠٠)، مثلاً، إحدى سونيتات بترارك لكنه لم ينظم سونيت. وكان أول من نظم سونيت سير توماس وايت (Thomas Wyatt)، ودوق صري (Earl of Surrey). الأول عاش في السنوات (١٥٠٣-١٥٤٢)، والثاني (١٥١٧-١٥٤٧). وقد ترجم الأول، الذي كان دبلوماسياً عرف أوروبا جيداً وعمل فيها، عدداً من سونيتات بترارك إلى اللغة الإنكليزية، ونظم سلسلة من السونيتات مُدخِلاً فيها موقفاً، أو موضوعاً، مناقضاً لبترارك، هو رغبة العاشق في أن يخلع نير العشق عن عنقه[(١٧)]. وكان هذا بين ما تبنّاه شيكسبير لاحقاً. أما دوق صري، هنري هاورد (Henry Howard) فقد قدم

---

(١٦) والعلاقة بين الموشح وكل من الشعر العربي السابق على ظهوره من جهة والشعر الموجود في إسبانيا عند دخول العرب إليها وخلال وجودهم فيها موضوع ضخم عالجه الكثيرون. را. مقدمة موجزة لآراء بعض الباحثين:

Linda Fish Compton, *Andalusian Lyrical Poetry and Old Spanish Love Songs: The Muwashshah and its Kharja,* New York University Press (New York), 1976.

(١٧) وهذا موقف مألوف في الموشحات الأندلسية.

إسهامين هامين: طور نظام القافية البتراركي وأسس نظام التقفية الإنكليزي وهو: (ABAB CDCD EFEF GG). كما أضاف موضوعاً جديداً هو: الصداقة بين الذكور[١٨]. وقد تبنّى شيكسبير كلا الإسهامين. وقد نشرت قصائد وايت وصري عام ١٥٥٧ في كتاب عنوانه **أغنيات وسونيتات** *Songs and Sonnets*. ولم يترك هذا الكتاب أثراً واضحاً مباشرة، فلم تشهد العقود الثلاثة التالية له نشاطاً ملحوظاً في كتابة السونيت. لكن انفجاراً سونيتياً بدأ في التسعينات من القرن السادس عشر، وتحولت كتابة السونيت إلى هوس. وعام ١٥٩١ نشر كتاب فيليب سيدني (١٥٥٤-١٥٨٦) **أستروفيل و ستيللا** (*Astrophil and Stella*) الذي أضرم نار الولع بالسونيت، وجعل كتابتها متعة وحرفة يتنافس فيهما الشعراء. ونشر بعده بقليل كتاب إدموند سبنسر (Edmund Spencer) (١٥٥٢-١٥٩٩) **أموريتي** عام ١٥٩٥. وقد طوّر سبنسر صيغة للسونيت عرفت باسمه نظامها التقفوي (ABABBCBCCDCDEE). وفي هذا المناخ المحموم بعشق السونيت بدأت سونيتات شيكسبير تتكوّن وتولد. ويبدو أنها كانت معروفة ومتداولة مخطوطة بين أصدقائه قبل أن يُنشر أيّ منها، كما تشعر أول إشارة إليها في المصادر المعروفة، وهي إشارة فرانسيس ميرس (Francis Meres) عام ١٥٩٨ في كتابه **كنز** < **الإلهة** > **آثينا**[١٩] (*Palladis Tamia*). وعام ١٥٩٩ نشرت السونيتات رقم ١٢٨ و١٤٤ في كتاب **الحاج مشبوب العاطفة** (*The Passionate Pilgrim*). لكن ظهور السونيتات كاملة في كتاب لم يحدث حتى عام ١٦٠٩ حين نشر **الكوارتو** (*Quarto*) ويرمز له في الدراسات الشيكسبيرية بالحرف (Q) الذي يضم السونيتات إضافة إلى قصيدة طويلة هي «شكوى عاشق» (*A Lover's Complaint*)، وهو الأصل المعتمد حتى اليوم، مع النص المخطوط الأصلي في «المجلد» (The Folio)، في قراءة

---

(١٨) وهذا كثير في الموشحات كما كان بارزاً في الشعر العربي قبلها.
(١٩) ولا أستطيع صياغة ترجمة أدق لهذا العنوان الذي يبدو أنه يعني «خزانة من حكم الإلهة أثينا» أو «خازن حكمة أثينا» (أو منيرفا عند الرومان).

السونيتات وتحقيقها ونشرها (إضافة إلى مصادر أخرى ثانوية).

وقد قام بنشر الكوارتو ناشر اسمه توماس ثورب (Thomas Thorpe) وظهرت فيه مقدمة ملتبسة ما تزال تثير التكهنات والمغامرات البحثية حتى اليوم. فقد جاء فيها ما يلي:

«للمنجب الوحيد لهذه السونيتات التالية، السيد دبليو. إتش (.W.H) يتمنى السعادةَ كلها، وذلك الخلودَ الذي وَعَد به شاعرُنا الحيُّ أبداً (أو الخالد)، المغامرُ الذي يتمنى الخير وهو يشرع منطلقاً. تي. تي. (.T. T)».

وقد ورد على صفحة العنوان أن السونيتات لم تنشر من قبل أبداً، كما ورد اسم بائع الكتب الذي يبيعها في لندن وعنوانه. وبين أكثر ما يلفت نظري في صفحة العنوان الطريقة التي كتب بها اسم شيكسبير منقسماً كالتالي : Shake-speare، وسأعود إلى هذه النقطة في ما بعد.

ويبدو أن كاتب المقدمة هو توماس ثورب، الذي يشير إلى نفسه كمغامر يشرع في رحلة بحرية إذ يشرع في طباعة السونيتات ونشرها، ويتمنى الخير للسيد دبليو إتش المنجب أو المولّد الوحيد لها، كما يتمناه لنفسه. أما هوية دبليو إتش فما تزال مجهولة كما سأشرح بشيء من التفصيل في فقرة قادمة. وجدير بالذكر أن الفعل (Set - Setting) يستخدم للشروع في رحلة ويستخدم أيضاً لصفّ الحروف الطباعية.

وبعد واحد وثلاثين عاماً (١٦٤٠) قام ناشر آخر هو جون بنسون (John Benson) بنشر طبعة ثانية من السونيتات يتخذ منها معظم الباحثين الآن موقفاً نقدياً سلبياً وغاضباً أحياناً، لأنه أعاد ترتيب السونيتات ووضع بعضها في مجموعات تبعاً لمواضيع اختارها، وغيّر ضمير المذكر في بعضها إلى المؤنث ليجعلها غزلاً بامرأة فينفي عن شيكسبير، ضمناً على الأقل، تهمة الشذوذ الجنسي التي كانت اجتماعياً ودينياً لعنة إبليسية تماماً في زمنه. وقد استمر هذا النهج في نشر السونيتات، مجموعة مع قصائد أخرى لشيكسبير، حتى عام ١٧١١ حين قام ناشر آخر هو لينتوت (Lintot) بإعادة نشر الكوارتو الأصلي من طبعة ١٦٠٩. وفعل الشيء نفسه ناشر آخر هو إدموند مالون

(Edmond Malone) عام ١٧٨٠. ومنذ ذلك الحين ما تزال السونيتات تنشر مرتبة كما هي في طبعة ١٦٠٩، رغم محاولات كثيرة لإعادة ترتيبها انطلاقاً من أبحاث دقيقة في اللغة والأسلوب وأمور أخرى وبالاستناد إلى الأدوات التقنوية المتوافرة الآن للبحث العلمي.

‐ ١١ ‐

تتمحور سونيتات شيكسبير كلها حول ثالوث من العلاقات المعقدة والمتشابكة. في المركز من كل شيء الشاعر الذي ينطق النصوص، ولنقل إنه شيكسبير. وطرف الثالوث الثاني، والأشد حضوراً، هو رجل يبدو أنه في زهو الشباب، وينادى أحياناً بـ «الفتى»، وأحياناً بـ «الصبي»، لكنه يخاطب أحياناً بلغة مغايرة أكثر انسجاماً مع مكانة رجل سيد تجاوز الفتوة والصبا ويتمتع بموقع سلطوي. والطرف الثالث امرأة اشتهرت بصفة المرأة السوداء، أو الداكنة. الشاعر في خضم هائل من النشوة والعذاب والابتهال والتمرّد وبرحاء البعد ونعيم القرب عن كلا الرجل والمرأة. وفي هذا الخضم تنبجس مشاعره الحادة من القرف إلى التقديس، ومن المذلة إلى انتفاضة الكبرياء، ومن اليأس الفاجع إلى الأمل الخادع، ومن الضراعة إلى الطعن الذابح، ومن المتعة إلى الحرمان. وفي هذا الخضم يكشف أسراره العميقة وتأملاته المعذبة للمصير الإنساني، ولوحشية الزمن، ونهائية الموت، وعبثية الوجود — إلا إذا مارس الإنسان فيه فعلاً يعطيه ويعطي حياته فيه معنى ويمنحه القدرة على البقاء رغم حتمية الموت ونهائيته. ويرى الشاعر وسيلة للبقاء في الشعر حيناً، وفي النسل حيناً، وفي السمعة ونقاء الأثر حيناً، لكن ذلك كله لا يغيّر من الحقيقة الفاجعة. والشاعر يتناوس بين الحث والتحريض، والابتهال والاستجداء، للفتى الشاب أن يتزوج وينجب نسلاً يكون سبيلاً لبقائه بعد أن تطويه رياح الموت، وتخلد «نسخة» منه، في مقاطع رائعة يبدو فيها مفهوم الذات والآخر، الأصل والنسخة، عميقاً ومثيراً فكرياً لا شعرياً وحسب. وهو يقسو أحياناً ويلين أخرى في محاولاته لإقناع الفتى الجميل المبذر المهدر لطاقات الحياة في جسده. ويبدو أنه يخفق في تحقيق ما يصبو

إليه . ومع المرأة تتقاذفه الحياة والحب من شاطئ الصحو والمتعة إلى سواحل القهر والعذاب، بل والهجاء المعذب والاتهام بالفساد والخيانة . ويبلغ تعقيد العلاقة بين أطراف الثالوث حدّاً أقصى حين يدخل شاعر واحد – على الأقل – بارع الشعر حلبة المنافسة ويميل إليه الرجل، وحين تفصح السونيتات عن كون الرجل والمرأة، وهما معشوقا شيكسبير – أو الشاعر، لنقل – يعيشان خفية في علاقة جنسية معاً، وكلاهما بهذه الصورة يخون الشاعر ويطعنه في الروح، وعن كون المرأة تخونه مع رجال آخرين أيضاً . ويبحث الشاعر عن عزاء ما فيجده في استيهامات بلسمية، أو في ألعاب ذهنية بارعة، قد لا تكون أكثر من ممارسات بلاغية خالصة لا تجسّد التجربة الشخصية الإنسانية بصدق بقدر ما تجسّد مهارة مواهمة النفس عند الإنسان اليائس المجروح . وتنقسم السونيتات بهذه الطريقة قسمين كبيرين : من ١ إلى ١٢٦ تتوجّه كلها، في ما يقوله الدارسون، إلى الفتى الجميل، ومن ١٢٧ إلى النهاية تتوجّه كلها إلى المرأة أو تدور عليها . وعن طريق هذه التشابكات في التجربة الشخصية يكتب شيكسبير بعضاً من أجمل نصوصه عن الموت والحب والشهوة والجنس والطبيعة والزمن والتاريخ والخيانة والوفاء، وعن معركة الإنسان مع الإنسان، وصراعه مع الزمن، وعن الروح والجسد، وعن الشعر وتحولاته، وعن عظمة الشعر وقيمته بالنسبة للإنسان في ذلك كله، وعن التوق الإنساني إلى البقاء والخلود، وفواجعية إحساس الإنسان بحتمية الهزيمة . وهو يستخدم لغة الأسطورة حيناً، والتاريخ حيناً، والتراث الديني حيناً، والتراث القديم اليوناني واللاتيني حيناً، ويستعمل التعبير الاستعاري المفاجئ حيناً، واللغة المباشرة الفظة، بل الفاجرة الفاحشة، حيناً . وفي كل شيء يكتبه ينتج نصوصاً شعرية فائقة الجمال، خصوصاً في رهافة أفكارها، وذكاء تركيبها، والقدرة العجيبة على التلاعب بالنحو وتركيب الجملة، وبالدلالات التي تملكها الكلمات المفردة، وفي الصور الشعرية التي تكتظّ بها، رغم موقفه المعلن في عدد من السونيتات من «المقارنات والتشبيهات» التي يعتبرها محتشدة بالزيف . وفي الكثير مما يكتبه يؤسس للغة إنكليزية جديدة .

غير أن الباحثين والشعراء ينقسمون في نظرتهم إلى السونيتات، فمنهم من

يعتبرها تجسيداً لسيرة شخصية وتجربة احتدامية فعلية عاشها شيكسبير، ومنهم من ينظر إلى بعضها على الأقل بوصفها شعراً تخيّلياً بارعاً يستخدم ويكتنه ويطوّر المكوّنات البلاغية[٢٠] المتاحة للشاعر في الزمن الذي يحتمل أن شيكسبير نظم فيه السونيتات (بين ١٥٩١ و١٦٠٩ وهي سنة ظهور الطبعة الأولى ـ الكوارتو ـ كما أشرت). لكن الجميع يتفقون على أنها، سواء كانت هذا أو ذاك، شعر عظيم لشاعر عظيم، وأنها أروع شعر شيكسبير على الإطلاق، وذروة إنجازه الفني من حيث هو شاعر لا مسرحي وحسب.

ـ ١٢ ـ

بين أكثر المسائل تعقيداً وإثارة للتساؤلات والتكهنات في الدراسات الإنكليزية هوية الرجل وهوية المرأة في سونيتات شيكسبير. ولن أوغل في تقصّي هذه المسألة لأنها لم تحسم حتى الآن رغم أطنان من الأوراق التي حُبِّرت في محاولة لحسمها. لكن يبدو لي ببساطة أنه إذا كان الجانب التاريخي صحيحاً فإن هوية الرجل واضحة في السونيت رقم ١٣٥ حيث يذكر اسمه جلياً وهو وِلْ (Will) وهو تصغير وليم (William). ووليم هو اسم أحد الرجلين الرئيسيين اللذين تدور عليهما افتراضات الباحثين. الأول هو دوق بمبروك، واسمه وليم هربرت (William Herbert)، والثاني دوق ساوثهامبتون، واسمه هنري ريوثيسلي، كتابة، وينطق «رايزلي» وقد ينطق «روزلي» (Henry Wriothesley). وقد كان شيكسبير على علاقة بكليهما. وينسجم ما أفترضه مع كون الكوارتو في طبعته الأولى عام ١٦٠٩ يشير إلى السيد (.W. H) وهما في ما يبدو لي الحرفان الأولان من الاسم وليم هربرت[٢١]. أما المرأة، التي

(٢٠) را. مثلاً ما يقوله كولن بارو محرر طبعة أوكسفورد للسونيت، فهو يرفض فكرة البحث عن قصة حقيقية لعلاقة شخصية بين شيكسبير ورجل محدد وامرأة معينة، ويؤكد أهمية دراسة السونيتات كنصوص شعرية.

(٢١) لكن محرر طبعة بنغوين يرفض فكرة مشابهة للفكرة التي أقترحها، غير أن رفضه متمحّل ولا يستند إلى حجة مقنعة.

اشتهرت بصفة «السيدة الدكناء» (The Dark Lady) فيقال إنها كانت سيدة مجتمع ووصيفة للملكة أليزابيث الأولى، وكانت على علاقة غرامية بالسيد هربرت وأنجبت منه طفلاً، واسمها ماري فيتون (Mary Fitton)، وقد كانت سمراء أو سوداء الشعر أو داكنة. ويقال أيضاً إنها لوسي مورغان (Lucy Morgan) التي سجنت لأنها كانت تدير ماخورة، وكانت تعرف باسم لوسي نيغرو (Lucy Negro) وذلك اسم دالّ، ويقال إنها إميليا لانيير (Emilia Lanier) ابنة موسيقي في بلاط الملكة أليزابيث. بل يقال أيضاً إنها الملكة نفسها!!! والله في كل ذلك أعلم وأدرى، وليس ثمة اتفاق على أي من هذه الأمور في الثقافة الإنكليزية أو في الدراسات الشيكسبيرية.

على أية حال، ما يعنيني من الأمر يتعلق بطبيعة العلاقة بين أطراف الثالوث، ويبدو لي أنها، في كلتا الحالتين، كانت علاقة محتدمة، عاطفية وجسدية، بين شيكسبير وكل منهما، كما كانت كذلك بين الرجل والمرأة. ومن هنا أستطيع أن أقرأ بعض السونيتات بوصفها موجهة إلى المرأة في حين أنها تقع في القسم المنسوب عادة إلى علاقة شيكسبير مع الرجل. ولذلك حاولت ترجمة السونيت المشهورة رقم ١٨ بلغة عربية قابلة لأن تقرأ بالتذكير والتأنيث، مضحّياً بشيء من الدقة في عبارة واحدة. وأعتقد أن شاعر السونيتات – شيكسبير – كان نواسيّاً، أي يروق له جسد الرجل كما يلذّ له جسد المرأة، وأنه كان تعددياً، تروق له الكثرة ـ راجع السونيت رقم ١٣٨ خاصة ـ في النساء والرجال، وأنه كتب العديد من السونيتات بالصيغة المبهمة التي تحتمل التذكير والتأنيث (وذلك أمر سهل في الإنكليزية التي لا تميّز بين المذكر والمؤنث في لغة المخاطب ـ أنتَ ـ أنتِ) ببراعة، وأنه لم يسمّ فتى واحداً أو امرأة واحدة من أجل أن تكون سونيتاته قادرة على تجسيد شهواته النواسية هذه وتحتفظ مع ذلك بدرجة عالية من الالتباس وتعدّد الاحتمالات[٢٢]. وما قلته عن أهمية

(٢٢) را. ما يقوله جون كاريغن عن مسألة الشذوذ الجنسي أو المثلجنسية في زمن شيكسبير ومناقشته لموقف الشاعر من الأمر في Penguin Shakespeare, p. 55.

فكرة الأصل والنسخ والإنسال والتناسل عنده يبدو لي مرتبطاً بهذه السمة لسونيتاته[٢٣].

ومما يسوّغ بعض ظنوني هذه أن ترتيب السونيتات وترقيمها وتقسيمها إلى كتلتين كبيرتين ثم تقسيم الكتلة إلى مجموعات متواشجة ليس مما قام به شيكسبير نفسه، وليس ثمة دليل قاطع على أنه وافق على هذه التقسيمات والأرقام، بل الأمر من فعل الناشر الأول ثم من تلاه من الناشرين والدارسين. يضاف إلى هذا أن تواريخ تأليف كل سونيت وتسلسل التأليف غير معروفين بدقة، رغم جهود عشرات الباحثين لاكتشاف ذلك، ورغم كثرة التكهنات والتأويلات التي تتراوح بين ما يلجأ إلى شواهد تاريخية وما يتقصّى خصائص داخلية تتواشج في النصوص نفسها أسلوبياً ودلالياً وعاطفياً ولغوياً، إلخ. ومن الشيّق أن بعض الباحثين ينكر أن يكون شيكسبير قد كتب السونيتات لنفسه وللتعبير عن مشاعره، مقترحاً أنه كتبها لأشخاص آخرين يستخدمونها لأغراضهم الخاصة وأنه تلقى مقابلها مبالغ جيدة من المال جعلته قادراً وهو شاب على الذهاب إلى لندن وامتلاك حصة كبيرة من المسرح والفرق المسرحية التي عمل فيها ممثلاً ومنتجاً[٢٤].

ـ ١٣ ـ

راودتني، بعد أن بدأت بترجمة السونيت رقم ١٨ ترجمة نثرية، فكرة مغامرة جميلة، هي أن أترجمها شعراً إلى العربية. ويعود ولعي بهذه السونيت إلى زمن بعيد، وقد تجدد هذا الولع في حفل زفاف ابنتي أمية، إذ وجدت نفسي أكتب لأمسية الحفل الجميل قصيدة تمتزج فيها العربية بالإنكليزية، فقد

---

(٢٣) وهي فكرة شبيهة بفكرة محرر طبعة بنغوين في سياق مختلف قليلاً. را. صص ٢٥-٣٠ من مقدمة كتابه.

(٢٤) See *The Complete Works of Shakespeare,* ed. by Barry Cornwall. Studies by Richard Grant White and Others. Vol. III Historical Plays, Poems, and Sonnets. The London Printing and Publishing Company, (London and New York. n.d), pp. 609-610.

كان ضيوف الحفل العرب من متحدثي كلتا اللغتين: أما الإنكليز وبقية غير العرب فلم يكونوا يعرفون العربية. وقد طربت إذ بدأت بتحوير السونيت رقم ١٨ لأحيلها إلى احتفاء بالعروس وجمالها، باللغة الإنكليزية، ثم أستمر في النظم بالعربية. وكان وقع القصيدة جميلاً ومسلّياً في آن واحد. وبعد حين كنت أروي الحادثة لصديقة جميلة لم تتمكن من حضور الحفل، فطلبت مني كلا النصين. واستجابة لذلك قمت بترجمة السونيت رقم ١٨ إلى العربية. ومن هنا بدأ كل شيء، فقد كان تلقي الترجمة مدهشاً بحقّ ومنعشاً. وتحوّلت فكرة ترجمة السونيتات إلى مشروع أخّاذ سلبني النوم عشرات الليالي وصار هوساً لا أستطيع له مقاومة ولا صدّاً. وخلال القيام بالترجمة النثرية طاب لي أن أترجم رقم ١٨ ورقم ٣٠ شعــراً. وقد أسهمـت ردود فعـل عـدد مـن الأصدقاء والصديقات وصبايا أسرتي الصغيرة في التشجّع لترجمة المزيد من السونيتات شعراً. فقررت ترجمة اثنتي عشرة سونيت شعراً ووضعت ذلك حدّاً أقصى للطموح والهوس. لكن الزمن أظهر أن الغواية حين توسوس للفكر والدم والوهم، ويرافقها مذاق طيب، تصبح هواية (كما اكتشفت حوّاء دون شك بعد انزلاق الأفعوان الأول وإلقام التفاحة الأولى) وتتحول إلى ما يشبه حمّى الرغبة في الاستمرار والخلق. وهكذا استمررت في عمل دؤوب لا قدرة لي على إيقاف تدفقه إلى أن بلغ عدد السونيتات التي ترجمتها شعراً اثنتين وخمسين. عندها قلت: كفاك شراً: «واحدة لكل أسبوع من السنة». وكان ما كان.

وقد أرخيتُ لنفسي في الترجمة الشعرية العنان، وهو ما حرصت على ألا أسمح لنفسي به في الصيغة النثرية. ففي النثر حرصت على الدقة، واقتناص حتى ظلال المعاني وخفايا الدلالات، كما حاولت أن أجسّد قدراً من الخصائص التركيبية لنصوص شيكسبير، وخاصة ترتيب الأفكار والأبيات، وعلاقات ما يسمّيه عبد القاهر الجرجاني «النظم». ومع أنني حرصت على سلاسة العبارة العربية وجمالها، فقد ضحّيت أحياناً بهذا الجمال من أجل أن أكون أكثر إخلاصاً لخصائص نص شيكسبير. أما في الصيغة الشعرية فقد قررت أن أترك للشاعر في أعماقي درجة أعلى من الحرية وأن أوفر الدقة على صعيد

استيفاء دلالات النص الشيكسبيري لكن أن أزيد عليه وأغنيه حين بدا لي ذلك ضرورياً أو جميلاً، حتى إن لم يكن ضرورياً. كما سعيت إلى خلق سلاسة أكثر رونقاً وماءً، وترابطاً بين الأفكار والدلالات حين بدا النص الأصلي مفتقراً إليها. أي أنني أردت أن أنتج شعراً جميلاً بالعربية، وفي ذهني ما فعله فيتزجرالد في ما أسماه «ترجمة» إلى الإنكليزية لرباعيات الخيّام، وهي في الواقع خلق جديد للرباعيات أصبح صاحبه بإنتاجه له مشهوراً، بقدر ما أصبح الـخيّام نفسه مشهوراً. إلا أنني لم أسمح لنفسي بالابتعاد عن الأصل الشيكسبيري إلى درجة فيتزجرالد في علاقته بالخيّام، بل حرصت على كبح الرغبات والبقاء لصيقاً بالأصل في ما أنسجه من شعر عربي متمثل ومستوفٍ للنص الإنكليزي الأصلي ونابع منه.

وقد اقترفتُ في الترجمة الشعرية ذنباً لست نادماً عليه، إذ سمحت لنفسي في بضع سونيتات بزيادة فقرة كاملة، وفقرتين في حالات ثلاث، إلى الفقرات الأربع التي تتشكل منها بنية السونيت الشيكسبيرية. ووجدت ذلك لا ضرورياً فقط، بل ملزماً في السونيتات التي حدث فيها بسبب تعقيد الأفكار وتشابكها واستحالة التعبير عنها بدقة مستوفية في إطار أربع فقرات. ثم حاولت إلغاء الحالات التي زاد فيها عدد الفقرات فقرتين، مبقياً فقرة واحدة، بشعور بالخسران لما بدا لي بحق جميلاً في صيغته الزائدة فقرتين.

ولقد كانت المراجعة بعد المراجعة لترجماتي الشعرية تكشف ما ينبغي إعادة صياغته، وكان أكثر الأمور إيلاماً اكتشاف أن صيغة ما لسونيت نظمتها واعتبرتها صيغة جميلة، يكمن فيها خلل في ترتيب القوافي في فقرة منها فتكون (ABBA) بدلاً من (ABAB) كما هو مطلوب. ولقد آلمني أن أعيد الصياغة وأشوّه ما كنت صغته برضى تام. وبين الأمثلة على ذلك صياغتي للسونيت رقم ١٨. فقد كنت راضياً تماماً عن الصيغة التي اكتشفت فيها خللاً، ورأيت لذلك أن أثبت هذه الصيغة مثالاً في موضع خاص بها لأغراض المقارنة فقط، (را. نهاية **الملحق رقم ٣** أدناه)، بينما أثبتُ الصيغة الصحيحة في مكانها السليم.

كذلك سمحت لنفسي بكسر قواعد العروض العربي في عدد من العبارات،

٥٤

لأن كلمة ما بدت لي أساسية في النص الشيكسبيري ولم يكن ممكناً بحال أن أنظمها دون الخروج على القواعد في البحر الذي اخترته للسونيت التي ترد فيها. وقد شجعني على الخروج على القواعد أن شيكسبير نفسه بين أكبر الممارسين لهذا الخروج في شعره. وهكذا، مثلاً، ترد «الهاء» في ثلاثة مواضع غير مشبعة حيث تقول قواعد العروض إنها ينبغي أن تكون مشبعة» (مثلاً: في الجملة «رأيت أنه جميل ناعم»، في القاعدة ينبغي أن نقرأ «الهاء» مشبعة هكذا: «أنهو» ليستقيم الوزن). كذلك سمحت لنفسي بإشباع كاف المخاطب في عبارة واحدة (كِ تقرأ كِي). وكنت أتمنى أن أستطيع إثبات عبارة «خطوط الحياة» في السونيت رقم ١٦ لأنها أساسية في موضعها الأصلي، لكنني عدلتها لتصبح «خطوط حياتك» فيستقيم وزن البيت. وقد سمحت لنفسي أيضاً بدرجة أعلى من الحرية في التعامل مع بحر الخبب (فعلن فعلن فعلن فعلن)، وبأمور أخرى قليلة سيثير ملل القارئ غير المختص أن أناقشها الآن، أما القارئ المختص فسيدركها حين يواجهها في ترجمتي وسيتذمّر أو يطرب، تبعاً لموقفه الفكري من الحرية والالتزام بالقواعد. ولقد قال من قال: إن الإنسان لم يخلق من أجل القوانين، بل خلقت القوانين من أجل الإنسان. وأنا أثني على هذا القانون وأنتشي به ولا أرغب قطعاً في الخروج عليه.

أما على صعيد فعل الترجمة نفسه، فإن أبرز ما أود أن أقوله هو أن بعض الكلمات الأساسية في السونيتات لا معادل لها في العربية، وقد واجهتني صعوبات كبيرة في محاولة التعبير عنها. وأبرز هذه الكلمات «grace». وهي متعدّدة الدلالات ولا أعرف معادلاً لها في العربية. وقد كان الشاعر الإنكليزي روبرت غريفز (Robert Graves) حاول أن يترجم كلمة «البرَكة» العربية فلم يجد لها معادلاً في الإنكليزية فاقترح أن تترجم بكلمة «grace». وقد رأيت أن أعكس العملية وأفيد من نهجه في التفكير فترجمت «grace» بـ «البرَكة» إلا حيث استحال أن يكون لها معنى معقول في السياق، كما ترجمتها بـ «البهاء». ومن الكلمات الصعبة المفردات المستعملة في الحسابات المالية والديون والتأمين والإدارة والاستئجار (وقد كان شيكسبير مولعاً بها، وخاصة في

السونيتات، لسبب لا يعلمه إلا الله)، وقد بذلت جهداً كبيراً في محاولة تطويعها بسلاسة للتركيب العربي، لكنني قد لا أكون نجحت في ذلك نجاحاً كلياً. وآخر هذه الكلمات ما لا معادل تصورياً لدلالتها في الثقافة العربية، وهي (Muse) وقد شئت ترجمتها بكلمة واحدة فتعذّر عليّ، فترجمتها بـ «عروس الإلهام». وهي قريبة الدلالة من شياطين الشعر لدى العرب قبل الإسلام. لكن الشيطان ذكر والـ «ميوز» أنثى، فلا تليق هذه لذاك. والترجمة إلى «ملهمة» لا تفي.

وإذا كانت هذه الكلمات صعبة لأسباب ثقافية عامة أو جمالية خاصة، فإن ثمة لفظتين تنبع صعوبتهما من الطرق المتعددة التي استخدمهما بها شيكسبير في السونيتات. الأصعب منهما هي لفظة «Love»، وتنبع صعوبتها من كونها تحتمل في مكان أن تعني «الحبيب»، وفي مكان أن تعني «الحب»، لكن في أمكنة كثيرة تعني كليهما وتجسّد توحيداً للحب، من حيث هو شعور، بالحبيب الفرد المعيّن، وقد بذلت جهداً كبيراً في محاولة لإبراز هذه الدلالات وتشابكها في النص العربي. واللفظة الثانية هي «pride» (والصفة منها «proud») التي تعني أشياء عديدة متباينة في طريقة شيكسبير في استخدامها، وبين ما تعنيه، فيما يبدو، الفرج. وليس هناك ما يؤكد لي أنني لم أخفق هنا أو هناك في إيجاد معادل عربي دقيق لها.

وبين الكلمات الصعبة واحدة من أبسط الألفاظ في الإنكليزية وهي «sweet» التي تعني ببساطة «حلو». وشيكسبير يستخدمها بإفراط يشعر بأنه (باستخدام منهج كارولاين سبيرجن «Caroline Spurgeon» النفسي في التحليل) كان مهووساً بالحلويات يعشقها بقدر ما تعشق جميلات النساء الشوكولاته السوداء. لكن الكلمة في استخدامها الآن مبتذلة في العربية والإنكليزية، ولذلك حاولت أولاً استخدام بدائل لها أقل ابتذالاً إلا حيث اضطررت، تقريباً، إلى استعمالها. لكنني في النهاية استعملتها إلى درجة أبعد، بالضبط من أجل النقطة المتعلقة بمنهج سبيرجن في التحليل. وقد يكون من حق القارئ/ة أن يعرف أن شيكسبير كان يحب الحلويات، لا الحلوات

وحسب. وبين طرفي الكلمات الصعبة، المبتذل والمترف النادر، ثمة الكثير مما واجهني بصعوبات، غير أنني سأحجم عن سرده هنا لكي لا تزيد الأمور تعقيداً وإملالاً.

ولقد ارتكبت بعض «المعاصي» اللغوية في هذه الترجمة (وفعلت ذلك بغبطة وطمأنينة تامة)، أبرزها ابتكار فعل لترجمة الكلمة الإنكليزية «reek». فهذا الفعل يعني أن تخرج رائحة كريهة من الشيء أو الجسم ــ الفم مثلاً. ولم تسعفني المعاجم التي نقبت فيها، عربية وثنائية اللغة، بما يعبّر عن ذلك بفعل لازم مثل «يفوح» الذي يختص بخروج رائحة طيبة من الجسم أو الشيء. ففي العربية اسم هو «البخرة» وفيها فعل هو «بخر»، لكنه لا يستعمل فعلاً لازماً فاعله «الرائحة» نفسها، من جهة، وهو يؤدي إلى التباس، من جهة أخرى، بسبب وجود «البخور» وهو طيب الرائحة. ووجدت لذلك أنه لا بد من الابتكار، وأنا رجل لا يتردد في فعل ما لا بدّ من فعله، فيبتكر كلمات جديدة بكثير من اللذة. ومن حسن حظي أن بعض ما ابتكرته صار مستعملاً شائعاً في الكتابات العربية الآن بحيث لا يكاد أحد يعرف من أين جاء، وآخر ذلك كلمة «جنوسة» التي ابتكرتها لترجمة «gender» عام ١٩٩٧ في ترجمتي لكتاب إدوارد سعيد **الثقافة والإمبريالية** والآن يستخدمها الناس، بل «يلطشونها» (بلغة صافيتا)، كما لو أنها ملك أبيهم (بلغة صافيتا أيضاً)، وبينهم باحثون «جادون!»، دون إشارة إلى مصدرها. أما الفعل الذي ابتكرته لترجمة «reek» فهو «يفوخ»، وهو صوتياً أقل جمالاً وطيباً من «يفوح». وهكذا يكون ثمة فعلان لانبعاث الروائح: «يفوح» للرائحة الطيبة، و«يفوخ» للرائحة الكريهة. ويساعد على تقبل ذلك انتفاء الالتباس، إذ إنني لم أجد مادة «فاخ» في **لسان العرب** أو ما يمكن أن يلتبس بـ «يفوخ». والفرق بين الخاء والحاء كاف لإظهار الفرق بين دلالتهما. وكون الحرفين «ف+ا» في العربية يشعران بعملية خروج وانتشار وبروز يعين على ربط «يفوخ» بأصول اللغة (قارن مثلاً مع: فاح، فار، فاغ، فاض، فاش، فاز، فاق إلخ).

أخيراً، أسعدني أنني استطعت أن أنوّع البحور الشعرية التي نظمت

ترجماتي عليها، ولم أستخدم بحراً واحداً كما فعل شيكسبير في السونيتات.
وأسعدني أيضاً أنني استخدمت بحراً شعرياً مزدوج التفعيلة هو البحر السريع
(مستفعلن مستفعلن فاعلن) لأترجم واحدة من السونيتات (رقم ٥٣) (وهي في
الأصل مبنية على بحر وحيد التفعيلة طبعاً)، وآمل أن أكون قد استخدمته بما
يسعد. لكن معظم ما أنتجته مبنيّ على بحر الخبب (فعلن فعلن فعلن فعلن)
الذي يقترب إلى حد كبير من الإيامبي الإنكليزي لأن التفعيلة فيه مؤلفة من
وحدتين ولأن النبر يقع على إحدى الوحدتين في كلا البحرين العربي
والإنكليزي.

ومسك ختام لهذه الفقرة، أود أن أشير بكثير من الوضوح والتأكيد أنني
سمحت لنفسي بأن أعطي عنواناً لكل واحدة من السونيتات (مع الاحتفاظ
برقمها المعروف). وآمل أن يغفر لي صاحبها ذلك إذا كانت الأرواح قادرة على
الغفران. وقد فعلت هذا على أمل أن يسهل حفظ العناوين مسألة الإشارة إليها،
خصوصاً في الحديث الشفهي (وفي رسائل العشاق إذا تبادلوها). والذاكرة في
الشعر قد يكون ألذّ لها أن تستعيد الكلمات من أن تستعيد الأرقام. وقد لا
يكون. وسمحت لنفسي أيضاً بإبراز البيتين اللذين يشكلان المزدوجة الخاتمة
لكل سونيت بطباعتهما بحرف أشد سواداً من النص. وذلك أيضاً عمل فردي
لا يمارس في الطباعة الإنكليزية بقدر ما رأيت. والعلم غفور رؤوم. أو هكذا
آمل.

‐ ١٤ ‐

والآن إلى ذروة تكهناتي وتلذذي بها، في فقرة قصيرة لكنها ستكون الأكثر
إثارة في نظر الكثيرين. وأنا أكتبها بتلذذ من يعرف أنه يقول شيئاً خارقاً لا دليل
لديه حتى على أن له الحق في أن يقوله، وبمتعة بالتكهن لا تفوقها متعة
خصوصاً إذا بدا أن ثمة احتمالاً لأن يفتح التكهن نافذة جديدة، مهما كانت
ضيقة، للعقل والبحث ليندفعا في اتجاه مغامر. وكنت قد قلت إنني سأناقش
اسم شيكسبير في فقرة سابقة، وهو ما سأفعله الآن.

في صغرنا كان معلّم لنا قد تندّر أمامنا ـ مازحاً أو جاداً ما زلت لا أعرف ـ بأمرين: الأول أن الفينيقيين اكتشفوا في رحلاتهم البحرية مكاناً أسموه «برّ التنك»، وأن هذا المكان هو «بريطانيا» التي يُلفظ مشتق من اسمها «بريتانيك» «بريتانيكا». والثاني أن شيكسبير العظيم كان من قرية مجاورة لصافيتا، بلدتنا، هاجر أجداده منها إلى «برّ التنك» وأن اسمه: «الشيخ زبير».

أما من أين جاء معلّمنا الألمعي بهذا فلا أعرف.

وخلال سنوات عديدة بعد ذلك، وأثناء دراستي وعملي في بريطانيا، كنا من آن لآن نمازح أصدقاءنا الإنكليز بأن أعظم شعراء لغتهم عربي سوري من قرية مجاورة لبلدتي صافيتا وأن اسمه الشيخ زبير. ولم يكن أصدقاؤنا الإنكليز ينازعوننا في ذلك، لكن أصدقاءنا العراقيين كانوا ينازعوننا الشرف العظيم فيقولون إنه الشيخ زبير فعلاً لكنه عراقي من الزبير القريبة فيما يبدو من البصرة. وقد بلغني ولم أستطع التأكد من ذلك أن الباحث العراقي صفاء خلوصي كتب مقالة أو كتاباً عن الموضوع يحاول أن يدلل فيه على صحة هذا الزعم.

لكن الهزل صار أقرب إلى الحيرة المستخفة وأنا أعدّ هذا الكتاب. فقد عثرت أثناء زيارة عائلية صرف لنسيبَيَّ مارغريت وبيتر بارنكوت (Margaret & Peter Parnacott)، في مكتبة في بيتهما، على طبعة قديمة من أعمال شيكسبير الكاملة[٢٦] لم تكن بين ما أشار إليه أحد من الكثيرين الذين راجعت أعمالهم. وفي هذه الطبعة تورد السونيتات مع دراسة عجيبة ـ في نظري على الأقل، لجهلي الطاغي ـ لاسم شيكسبير وبيئته في ستراتفورد أبون إيفون (Stratford upon Avon)، مدينته. وقد أثارني فعلاً ما يقوله مؤلف الدراسة. فهو يظهر أن اسم شيكسبير لم يكن ثابتاً، موحّد الصيغة أو النطق، وأن شيكسبير نفسه كان يكتبه بطريقة تجعل لفظه متطابقاً تماماً مع شيخ سبر = شيك سبر. ويورد بين أشكال الاسم الصيغ التالية:

---

(٢٦) Ibid. p. 608.

Shackesper-Shaxpur-Shaxper-Shaxsper-Shaksper-

وصيغاً أخرى عديدة منها:

Shak-sper - Shax-pur

أي أن الاسم كان منقسماً إلى اثنين أو مركّباً من اثنين. ولقد ظهرت الصيغة المنقسمة أو المركّبة هذه (لكن بالصيغة المألوفة للاسم) على صفحة عنوان الكوارتو حين نشر عام ١٦٠٩، كما أشرت باهتمام في فقرة سابقة. ويقول المؤلف إن رجلاً اسمه جون شيكسبر (John Shaksper) تزوج من أسرة نبيلة، فقام المشرف على ألقاب النبلاء بتغيير اسمه إلى شيكسبير (Shakespeare)، (وصار هذا الرجل، طبعاً، والد شيكسبير). غير أن شيكسبير نفسه، الشاعر، ظل يكتب اسمه بالطريقة السابقة حتى حين رحل إلى لندن ليعمل في المسرح. ثم تغيّرت طريقة كتابة الاسم مع الزمن[٢٧].

وبعد الآن سأتندّر لكن بسخرية أقل حدة بأن الفينيقيين اكتشفوا برّ التنك، وأن الشيخ إسبر كان ابن جيراننا الذي رحل أحد أجداده ذات ليل عقيم هرباً من جلادي العثمانيين في ساعة ما من ساعات أوائل القرن السادس عشر، واستقر في ستراتفورد التي لا تبعد كثيراً عن أكسفورد حيث استقرّت بي أنا عصا الترحال بعد ذلك بأربعة قرون، وهرباً من الظلم والجلادين، مثله، لكن من العثمانيين الجدد.

أخيراً، أود أن أقترح أنه سيكون شيّقاً ومثيراً للاهتمام أن يتمّ بحث حول المادة المتعلقة بمنطقة البحر المتوسط وخاصة المنطقة العربية في أعمال شيكسبير. مثلاً، تدور أنتوني وكليوباترا في مصر، وتدور مسرحية بريكلس حول أمير في سوريا (Pericles, Prince of Tyre)، وتاجر البندقية في إيطاليا، وروميو وجولييت فيها. وعطيل (هل اسمه تحوير لـ «العاطل»؟) شخصية عربية. إلخ.. ثم أن يطرح السؤال التالي: هل كان أمراً عادياً في إنكلتره في

─────────────────

(٢٧) ومن طرائف المصادفات أنني وجدت موقعاً مخصصاً لشيكسبير على شدا (الإنترنت) عنوانه SHAKSPER.

٦٠

القرن السادس عشر، وقبل بناء الأمبراطورية، أن يملك شاعر إنكليزي كل هذا القدر من المعرفة عن هذه المناطق النائية من العالم، ويهتم بها كل هذا الاهتمام، ويستخدمها في شعره ومسرحه الموجهين إلى جمهور إنكليزي يعيش في جزيرة قصية معزولة، يغطيها الضباب، حديثة العهد نسبياً بالخروج من أغوار القرون الوسطى؟ هل فعل معاصرو شيكسبير مثل ما فعل؟ وهل من العادي تماماً أن يكتب شيكسبير سونيتات لامرأة دكناء ناسفاً النموذج المثالي لجمال المرأة في تراث السونيت كله عند من سبقوه، المتمثل في امرأة شقراء، بيضاء البشرة، زرقاء العينين؟

وأنا غير مؤهل للقيام بمثل هذا البحث أو للإجابة على مثل هذه الأسئلة، فأترك ذلك لمن هو أكثر تخصصاً في مسائل كهذه. وعسى أن يمسك بمقبض الصولجان أحد.

ـ ١٥ ـ

قلت في فقرة سابقة إن ثمة قنبلة موقوتة ينبغي أن تُفجّر، وأنا أتحدث بلغة المجاز طبعاً ولا أنوي تفجير أي شيء مما بناه الآخرون. وبالقنبلة عنيت الأطروحة التي قدمتها حول احتمال أن يكون الموشح هو الأصل الذي نسجت على منواله السونيت، وتقديم الأدلة على ذلك من كون أول من نظم السونيت في أوروبا لا بترارك الإيطالي، بل جياكومو دا لنتينو الذي كان شاعراً صقلياً عاش في بيئة تزدحم بالإبداع الشعري العربي وبتأثيرات لغوية عربية، وفي سياق ثقافي للمكوّن العربي فيه دور بارز.

وقد يكون غيري من الباحثين اهتدى إلى هذه الفكرة من قبل، لكنها لم تتفجر قنبلة تملأ شظاياها عالم المعرفة، بل ظلت حبيسة كتاب أو مجلة بحث في مكان ما من العالم. وأشهد أنني لم أسمع بشيء من هذا القبيل من قبل، وإن كان قد حدث بحق فإنني أعلن هنا اعترافي بالفضيلة لصاحبه/أو صاحبته، واعتذاري بالجهل عن عدم الاعتراف به والإشارة إليه. ولقد هجست لي الفكرة وأنا في معرض كتابة مقدمتي لترجمتي لسونيتات شيكسبير، ولم تكن راودتني

من قبل إلا كفكرة غامضة أشرت إليها في بحث كتب لمؤتمر عام ١٩٨٢ ولم ينشر، اقترحت فيه بلغة تخطيطية عاجلة أن السونيت الشيكسبيرية قد تكون اقتبست من الموشحات الأندلسية. ولم أتبع ذلك بجهد لتقصّيه إلى أن بدأت بكتابة هذه المقدمة. وأنا أقول ما أقول اعتذاراً مني لتقاعسي: فشيكسبير كاتب تُكتب عنه كل عام مئات الأبحاث في لغات العالم المختلفة، وليس في نيتي على الإطلاق أن أقضي ما قد يكون تبقّى لي من ليالي العمر أقرأ كل ما كتب عنه، وعن الموشحات والسونيت، لكي أتثبت من أن أحداً لم يقل ما قلت. فالعالم مليء بما هو أجدر بأن ينذر له المرء لياليه من كل ذاك، من الأزهار الجميلة إلى القطط الجميلة إلى الداكنات والشقراوات الجميلات[٢٨]. ومن المحتمل جداً أن يكون واحد أو أكثر قد اكتشفوا أن السونيت مأخوذة من الموشحات، وأن لنتينو (مع صحبه من شعراء صقلية)[٢٩] هو الذي قام بذلك، وقدّموا أدلة دامغة لا ترقى إلى مستوى دقتها وحبكها الأدلة التي استدللتُ بها هنا. ولئن كان ذلك قد حدث إنني لأرفع قبعتي إجلالاً (مع أنني لا أرتدي قبعة من أي نوع)، وأتمنى أن يتيح لي أحد أن أعرف ما أجهله، وأغتني بما أنا مفتقر له[٣٠]. وإن لم يكن ذلك قد حدث، فعسى أن يشعّ ما قمت به بومضة

(٢٨) وأنا لا أقول هذا الكلام استسهالاً وتجنباً للبحث الدؤوب، بل أقوله لأنني في كل ما قرأت عن تأثير الموشح على الشعر الأوروبي لم أجد باحثاً تنبّه إلى دور صقلية أو عرف شيئاً عن جياكومو دا لنتينو، فقد تركز البحث دائماً على الدور الإسباني أو الأندلسي وتأثر شعراء التروبادور خاصة بالشعر العربي.

(٢٩) ولقد كان إحسان عباس على قدر كبير من الحق حين أشار منذ عام ١٩٦٠ إلى أهمية صقلية وبيئتها الغنية المختلطة ثقافياً وقال: «ولهذه المكانة الأدبية والعلمية يمكن أن نعتبر صقلية حلقة من حلقات الوصل بين الشرق والغرب، ونجد فيها منفذاً من المنافذ التي تسربت منها المؤثرات العربية إلى أوروبة وساعدت على يقظتها في عصر النهضة». را. مقدمة تحقيقه **ديوان ابن حمديس**، ص. ٢. ويشير عباس في هذه المقدمة إلى استمرار تأثير الثقافة العربية، ووجود العديد من الشعراء العرب في صقلية بعد سقوطها في أيدي النورمان. وذلك كله مما يثري أطروحتي ويدعمها.

(٣٠) توحي عبارة قرأتها حديثاً بأن شيئاً من هذا قد حدث فعلاً، لكنها لا تعطي أية تفصيلات تعين على تقصّي الأمر. وتقول العبارة «حاول بعض المتخصصين حتى أن يفسروا =

من ضوء، ويكون فيه شيء من برَكة. وهكذا آمل أن يكون.

- ١٦ -

لا شيء يولد من لاشيء، قلت. ويصدق هذا على الإبداع والكتب بقدر ما يصدق على غيرها. ولقد ولد هذا الكتاب من لألأة العديدين من الصحب والأحبة. وأنا لهنّ ولهم مدين به. لأمية أبو ديب وريتشارد صوري، اللذين كان حفل زفافهما الرائع تربة البذرة الأولى التي منها نمت الغرسة، ولرهام وروث أبو ديب، اللتين تأملتا وناقشتا وتحمّلتا الكثير ليبرعم هذا العمل وينمو، ولدلال السليمان وسامي ومهند عطار الذين كانت استجابتهم منعشة للخطوة الأولى، وهي ترجمة السونيت رقم ١٨، ثم رافقوا بعض ما تلاها، وطرحوا أسئلة حسّاسة واقترحوا بدائل ذات رونق، وكانت دلال في إرهاف حساسيتها، وانغماسها العميق في متعة القراءة، وتوهّج حسها النقدي، ذات أثر في الصياغة النهائية لعدد من الأبيات والصور، ولغسان المالح وسميرة بن عمو، اللذين أسهما في بلورة الاتجاه إلى الترجمة الشعرية وأبديا ملاحظات مثرية (ولقد كان غسان أول من قال: أطلقْ للشاعر فيك العنان، واكبح الباحث قليلاً، كلاهما ناضج فيك، لكن الشعر أروع، وأنت قادر على أن تصوغه، وسيدخل إن فعلتَ فضاء البقاء. أما سميرة فقد نقبت في الترجمات الفرنسية للسونيت وقارنت ترجمتي لرقم ٣٠ خاصة بها)، ولليسا بيرغ، طالبتي التي نقبت في مكتبات دمشق لتجد نسخة من ترجمة جبرا للسونيتات وترسلها لي إلى أوكسفورد، وللداكنة التي أشعلت الشرارة بعد الشرارة في مدار الخلق وأنا أكتب، وهي تقرأ، مرة بعد مرة، وأخيراً لأندريه كاسبار، الذي استشاط حماسة، كعادته مع كل فكرة جميلة، لإنجاز هذا الكتاب ونشره في طبعة ثنائية

= السونيت من أصول أولية عربية - (هسبانية)». را. Henk Heijkoop and Otto Zwartjes, *op. cit.*, p. xiii. وكلمة «يفسروا - يشرحوا» (explain) مبهمة في هذه الجملة. ويصنف هذا الكتاب مئات الدراسات، في لغات عديدة، للموشح والزجل والموسيقى الأندلسية وتأثيرها جميعاً في الغرب والشرق.

اللغة، ولدار الساقي التي احتضنته إلى مهده: لهؤلاء جميعاً هذه الغرسة (الدوحة؟) التي اخضلّت وأينعت، في قلق الشهوة للإبداع وفي برحاء لذتها، بصحبتهم وصحبتهنّ. أما كل ما هو يابس خريفي، فإنه من خطأي وحدي، ووليدٌ لعتمة جهلي.

- ١٧ -

الآن، وقد أكملت ديني لنفسي، أختم على هذا الكلام بخاتم الرضى والصمت. وأستطيع دون رعدة خوف أن أتناول ترجمة العزيز جبرا للسونيتات من على رفّ في مكتبتي وأقرأ بدهشة ومتعة دون أن أخشى غوائل روعته واحتمال أن تجعلني أبدأ عملية تنقيح وتعديل وتغيير وتزوير لما كتبته، أو أحجم عن نشر هذه الترجمات في فعل يأس سيفسد عليّ كل ما قمت به خلال الأشهر العديدة الماضية، وسيحرم الداكنة الجميلة من أن يظل لها أثر، أو تلفحها نفحة من نسيم البقاء من شيكسبير الباقي أبداً.

كمال أبو ديب،

أوكسفورد،

ذات يوم جميل من أيار/مايو، ٢٠٠٨

و«الريح تهز براعم أيار الحلوة» في حديقتي.

وليم شيكسبير
لمحات من سيرة موجزة

لن يجادل أحد في أن شيكسبير أعظم شعراء اللغة الإنكليزية في تاريخها كله، وقد لا يجادل أحد في أنه أعظم مسرحي عرفه العالم. وهو في نظر قومه شاعر إنكلتره القومي. ويكنى عنه بكلمة تعني «الشاعر المغني» بصيغتها المطلقة دون ذكر اسمه: (The Bard). وتتعدد التعبيرات عن عظمته وديمومة شعره واستمرار حضوره الباهر الدامغ عبر تاريخ الثقافة الإنكليزية. وبين أكثر هذه التعبيرات دلالة اثنان: الأول قول للشاعر جون بيريمن (John Berryman) يندب فيه كونه كتب الكثير من الشعر في حين كان أفضل له أن يقضي حياته يقرأ ويحرر مسرحية شيكسبير **الملك لير** (King Lear). والثاني قول الشاعر بيتر بورتر (Peter Porter) حديثاً إن حضور شيكسبير من النصاعة والقوة بحيث أن الشعراء المعاصرين «يقرأونه وكأنه منافس وغريم لهم. أو دليل مرافق أبدي من الأشكال والمقتربات التقنية»[٣١].

ولد وليم شيكسبير في مدينة ستراتفورد أبون إيفون (Stratford upon Avon) التي تستقي اسمها من كونها تقع على نهر الإيفون الذي يخترقها متمعّجاً متغندراً ويمنحها طبيعة خلابة جمالياً. وفي منزل ثري وجميل هندسياً ما يزال قائماً حتى الآن، جاء الطفل الوليد عام ١٥٦٤ (وقد سجل تاريخ تعميده في الكنيسة ٢٨ نيسان/ أبريل من ذلك العام) لأبوين هما جون شيكسبير

(٣١) را. ورد.، ص ٣.

(John Shakespeare) وماري آردن (Mary Arden). كان أبوه صانع قفازات وأحد أعيان المجلس البلدي (alderman) للمدينة، وأمه ابنة مزارع وملاك أراض موسر. ويروى أنه ولد يوم ٢٣ نيسان/أبريل (وهو تاريخ محبذ لأنه أيضاً تاريخ يوم وفاته)، وكان الثالث من ثمانية أطفال لأبويه، والأكبر بين الأبناء الذين ظلوا على قيد الحياة. وقد نشأ في ستراتفورد وقضى صباه وشبابه المبكر فيها ودرس في مدارسها التي تخصّ اللاتينية والكلاسيكيات بالاهتمام.

وقد تزوج في سن الثامنة عشرة من آن هاثوي (Anne Hathaway) التي كانت في السادسة والعشرين، ويبدو أنها حملت منه، قبل الزواج، ولذلك تم الزواج بسرعة. وقد أنجبت منه ثلاثة أطفال: أولاً سوزانا (Suzana) (بعد ستة أشهر من عقد القران)، ثم التوأم الصبي هانيت (Hannet) والبنت جوديث (Judith). وقد توفي هانيت في سن الحادية عشرة لسبب غير معروف.

وتندر المعلومات عن شيكسبير بعد هذه المرحلة، إلى أن يظهر اسمه عام ١٥٩٢ في عداد العاملين في المسرح في لندن. ويسمّي الباحثون السنوات ١٥٨٥-١٥٩٢ «سنوات شيكسبير الضائعة». وتكثر حوله خلالها التكهنات دون ثبات أيّ منها. يقال إنه هرب من ستراتفورد لملاحقة تتعلق بالصيد، ويقال إنه عمل مدرساً، ويقال غير ذلك. لكن كل ما قيل ما يزال في حيّز الشائعات.

لا نعرف بالضبط متى بدأ شيكسبير الكتابة للمسرح أو العمل فيه. لكن يبدو من هجوم لاذع شنّه عليه عام ١٥٩٢ الكاتب المسرحي روبرت غرين (Robert Green)، متهماً إياه بالغرور والتطاول على من هم أعلى منه مكانة، أنه كان قد أصبح معروفاً قبل هذا التاريخ. ويمثل هجوم غرين أول مرة يذكر فيها شيكسبير في إطار المسرح في لندن. ومنذ عام ١٥٩٤ ابتدأت مسرحياته تقدم من قبل فرقة مسرحية يملك حصة فيها أصبحت بسرعة أبرز فرقة مسرحية في لندن. وقد منحت الفرقة بعد وفاة الملكة أليزابيث الأولى عام ١٦٠٣ امتيازاً خاصاً من الملك جيمس الأول وغيّرت اسمها من «رجال اللورد تشيمبرلين» إلى «رجال الملك». وعام ١٥٩٩ بنت الشركة مسرحها الخاص في لندن وهو الـ «غلوب» (Globe Theatre). (والكلمة تعني العالم، الكرة الأرضية، الدنيا

إلخ) وما يزال حتى الآن أشهر مسارحها، وقد تمّ ترميمه وإعادته إلى النشاط حديثاً بتكاليف كبيرة. ثم توسعت أعمال الشركة وامتلكت مسرحاً آخر. ويبدو أن شيكسبير أصبح من خلال ذلك كله ثرياً واشترى منزلاً ثانياً في ستراتفورد عام ١٦٠٥ وأسهم في استثمارات محلية فيها.

وبعد نجاحه في الكتابة للمسرح أخذ شيكسبير يمثل في مسرحياته الشخصية وفي مسرحيات لكتّاب آخرين. ولمع اسمه حتى صار ما يكتبه يظهر موضوع غلاف في المجلات. وقد نشرت بعض مسرحياته ابتداءً من عام ١٥٩٤ في طبعة كواترو.

كان يوزع وقته بين لندن وستراتفورد، وتنقل في سكناه من منطقة إلى أخرى في لندن، وانتهى به المطاف إلى السكنى في أحد الأحياء الثرية فيها. وعاد إلى ستراتفورد عام ١٦١٣ ليتقاعد فيها وهو في وضع ممتاز مادياً. ويبدو أنه بعد عودته إلى ستراتفورد لم يكتب شيئاً للمسرح، وكان في السنوات التي سبقتها منذ عام ١٦٠٦ قد قلل من نشاطه في الكتابة، ويحتمل أنه في هذه الفترة قام بتأليف مسرحيات بالاشتراك مع الكاتب الذي خلفه في منصب الكاتب المسرحي المختص بالـ «غلوب»، وهو جون فلتشر (Jhon Fletcher).

توفي شيكسبير يوم ٢٣ نيسان/ أبريل عام ١٦١٦ تاركاً وراءه زوجته وابنتيه وزوجيهما، وإنتاجاً إبداعياً كان له أن يصبح عالمياً، ويوضع في مرتبة سامية من مراتب الإبداع الإنساني لم يستطع أحد أن يضاهيها، بل حتى أن يبلغ أطراف حواشيها، حتى الآن.

في المرحلة المبكرة من حياته كتب شيكسبير المسرحيات الكوميدية والتاريخية، وبلغ بهذا النمط ذروة من ذرى الكمال في زمنه. وبعدها بدأ بإنتاج مسرحياته التراجيدية بشكل رئيسي، وفي هذه المرحلة كتب مسرحياته العظيمة وأشهرها **هاملت** *(Hamlet)*، **الملك لير** *(King Lear)*، **ماكبث** *(Macbeth)*. واستمر في ذلك حتى عام ١٦٠٨. ثم ركز على كتابة المسرحيات التراجيكوميدية التي تسمى أيضاً «رومانسات» وتعاون في عمله مع كتّاب آخرين.

وقد نشرت العديد من مسرحياته أثناء حياته في طبعات متفاوتة الجودة والدقة. وبعد وفاته قام زميلان سابقان له في المسرح بنشر مسرحياته، عدا اثنتين، مجموعة في مجلد يعرف بالمجلد الأول (First Folio). ويحتمل أنهما استثنيا هاتين المسرحيتين لشك في صحة نسبتهما، لكنهما الآن مما ثبتت نسبته إليه.

كان شيكسبير ذا مكانة مرموقة كمسرحي وشاعر أثناء حياته. لكن شهرته الشاسعة وتمجيده كانا من نتاج القرن التاسع عشر حين رفعه الرومانتيكيون خاصة إلى مراتب العبقرية الخارقة. ثم مجّده الفيكتوريون تمجيداً دفع جورج برنارد شو إلى تسميته ظاهرة الـ«باردولوجي» (bardology) نسبة إلى لقب شيكسبير: الـ بارد (bard). وفي القرن العشرين خاصة أصبحت أعماله موضع تمجيد خارق كثيراً ما يتجلى في إعادة تأويلها في الفنون المختلفة من المسرح إلى السينما إلى الرسم والموسيقى، وفي استلهامها وتحويرها والاشتقاق منها والبناء لمسرحيات جديدة قائمة على شخصيات منها وكأنها شخصيات تاريخية أو أسطورية لا ابتكارات تخيّلية لكاتب مسرحي اختلقها وافتراها (بلغة بديع الزمان الهمداني). وقد حدث بعض هذا في الثقافة العربية لكن إلى درجة أقل شمولاً وعمقاً مما يحدث في ثقافات رئيسية أخرى، وبشكل خاص في أوروبا والولايات المتحدة. وفي هذا الإطار تحولت شخصية هاملت (بل المسرحية كلها) إلى مجال للتنافس الضمني على الابتكار والتأويل بين كبار الكتّاب والسينمائيين والمجددين وأصحاب النظريات الطارئة في أكثر من ثقافة.

من المدهش فعلاً، والدال على عبقرية فذة، أن شيكسبير أنتج مسرحياته العظيمة والسونيتات بين السنوات ١٥٩٠ و١٦١٣، بل إنه أنتج كل ما أنتجه مع أنه توفي وهو في الخمسين تماماً. إن تاريخ الإبداع يسجل لنا أسماء كتّاب وشعراء أنتجوا عملاً عظيماً خلال حياة قصيرة. أبو تمام أحدهم، ولوركا آخر، ورامبو أصغرهم. لكن تاريخ الإبداع لا يحفظ لنا اسماً مماثلاً لشيكسبير، أو حتى قريباً منه، في كثرة ما أنتجه وعظمته خلال ما لا يزيد على ٢٣ عاماً. وقد

يكون هذا أحد أسباب الشكوك التي تدور حول شيكسبير وإنتاجه، إلى جانب أمور أخرى أكثر أهمية. ويساعد على هذه الشكوك أن المادة المعروفة عن حياته قليلة جداً. وبين هذه الشكوك ارتياب في أن تكون جميع الأعمال المنسوبة إليه هي فعلاً من إنتاجه، إذ يقال إن شعراء آخرين هم مؤلفو بعض هذه الأعمال. وكثيراً ما يتردد اسم كريستوفر مالرو (Christopher Malrowe) (الذي تأثر به شيكسبير)[٣٢]، في هذه الشكوك بوصفه مؤلف بعض هذه الأعمال. وقد دقق في الكثير من هذه الأمور عشرات الباحثين، وأخضعوا بعض الأعمال للتحليل المستند إلى معطيات البحث العلمي المعاصر لغوياً وتقنوياً (تكنولوجياً). ولم يفض أي من هذا كله إلى إثبات ادعاءات النحل والانتحال. لكن بعض القصائد المنسوبة إلى شيكسبير تصنف الآن في إطار المنحول غير الموثق في نسبته إليه.

تضم أعمال شيكسبير الباقية ٣٨ مسرحية، و١٥٤ سونيت، وقصيدتين سرديتين طويلتين هما «فينوس وأدونيس» و «اغتصاب لوكريس»، إضافة إلى عدد من القصائد الأخرى. ويقال إن مسرحياته قد ترجمت إلى جميع لغات

---

(٣٢) ويظن أن بين تأثيرات مالرو على شيكسبير تأثيره في صياغة ما قد يكون أشهر نص شعري لشيكسبير، وأشهر مناجاة ذاتية في تاريخ المسرح، وهي مناجاة هاملت لنفسه في المقطع العظيم الذي يبدأ بالبيت المشهور:

To be or not to be, that is the question.

إذ يرى باحثون أن المناجاة متأثرة بهذا المقطع لمالرو من مسرحيته «إدوارد الثاني»:

Base Fortune, now I see, that in thy wheel
There is a point, to which when men aspire,
They tumble headlong down. That point I touched,
And, seeing there was no place to mount up higher,
Why should I grieve at ny declining fall?
Farewell, fair Queen, weep not for Mortimer,
That scorns the world and, as a traveller,
Goes to ***discover countries yet unknown***

العالم الرئيسية الحية، وإنها تُمثَّل وتُعرض أكثر من مسرحيات أي كاتب آخر في العالم. ويبدو أن اختياره لاسم المسرح الذي بناه مع شركته لم يكن إلا حدساً بأن مسرحه ذات يوم سيكون بحق العالم كله: الـ «غلوب» الشيكسبيري الذي يتردّد في كل مكان من حناياه «سؤال» هاملت الذي لم يكن سؤالاً، بل كان جواباً بليغاً:

TO BE OR NOT TO BE, THAT IS THE QUESTION.

أن تكون أو لا تكون، ذلك هو السؤال.

ملحق رقم ١

(را. فقرة ٨ من المتن لربط هذا الملحق به)

ولقد اهتديت فعلاً إلى نموذج من السّمط وأنا على وشك تسليم هذا الكتاب للناشر، فلم أشأ أن أحدث اضطراباً في ما كنت قد كتبته، ورأيت أن أدرجه في هذا الملحق.

فقد وجدت في مادة «سمط» في **لسان العرب** لابن منظور مادة مفيدة، تتضمّن تحديداً للسمط ونماذج له. ومن الشيِّق في هذه النماذج أن بعضها ينسب إلى امرئ القيس، وأن الأخير منها يتألف من ثمانية أبيات، وهو عدد الأبيات في الأوكتاف (القسم الأول) من السونيت كما نظمها جياكومو دا لنتينو، وأن تركيب الفقرات المفردة فيها رباعي، وهو أيضاً الأمر في سونيتات لنتينو.

ولعلّ البحث عن نماذج أخرى يكشف وجود أنماط من السمط نظام تقفيتها قريب من نظام التقفية في سونيتات لنتينو.

ومن الدالّ جداً أن نظام التقفية في السمط متنوّع، وأن الدلالة اللغوية للفعل «سمّط» تشير إلى عملية تغيير أو زخرفة يستكمل بها تشكيل مجموعة من الأبيات الشعرية باختتامها بقافية مغايرة للأبيات التي سبقتها، أي أن السمط والتسميط عملية تشكيل كلية لقطعة شعرية مستقلة موحّدة لكنها متنوعة القوافي. وتمتاز باختتام مغاير. والسونيت ليست إلا ذلك تماماً، وإن اختلف نظام التقفية فيها عن النماذج التي وجدتها بسرعة ودون استقصاء للسمط. فالأهم في نهاية المطاف هو **التكوين على المستوى التصوري**، لا المنجَز

العيني المتحقق. الأول فعل إبداع أول وذو ثبات نسبي، والثاني فعل تحوير وتطوير من خلال الممارسة المباشرة، وهو أكثر تعرضاً للتغيّر والتحوّل. وتاريخ البنى التصورية عبر الأدب وغيره يؤكد سلامة مقولتي هذه.

لسان العرب: مادة «سمط»

«السمط: الخيط ما دام فيه الخرز...

والسمط: ... قلادة...

والمُسمَّط من الشعر: أبيات مشطورة يجمعها قافية واحدة. وقيل المسمّط من الشعر ما قُفِّيَ أرباعُ بيوته وسُمِّط في قافية مخالفة.

لبعض المحدثين:

وشيبة كالقسِمِ — غير سود اللممِ
داويتها بالكتَمِ — زوراً وبهتانا.

وقال الليث: الشعر المسمَّط الذي يكون في صدر البيت أبيات مشطورة أو منهوكة مقفاة، ويجمعها قافية مخالفة لازمة للقصيدة حتى تنقضي. قال وقال امرؤ القيس في قصيدتين سمطيتين على هذا المثال تسمّيان السمطين، وصدر كل قصيدة مصراعان في بيت ثم سائره ذو سموط. فقال في إحداهما:

ومستلئم كشَّفتُ بالرمح ذيلَهُ
أقمتُ بِعضْبٍ ذي سفاسق ميلَهُ
فجَعتُ به في ملتقى الخيل خيلَهُ
تركت عِتاق الطير تحجل حولَهُ
كأن على سرباله نضحَ جريالِ

وأورد ابن برّي مسمّط امرئ القيس:
توهّمتُ من هند معالمَ أطلالِ
عفاهنّ طولُ الدهر في الزمن الخالي

مرابعُ من هندٍ خلت ومصايفُ
يصيح بمغناها صدىً وعوازفُ
وغيَّرها هوجُ الرياح العواصفُ
وكلُّ مُسفٍّ ثم آخر رادفُ
بأسحمَ من نوء السماكين هطّالِ

وأورد ابن برّي لآخر:

خيالٌ هاج لي شجَنا
فبتُّ مكابداً حزَنا
عميدَ القلب مرتهَنا
بذكر اللهو والطربِ

وهي في ثمانية أبيات كل بيت من شطرين، تشكل رباعيات تقفية كل فقرة مختلفة في ثلاثة أشطر ثم تعود إلى قافية الباء وتنتهي هكذا:

يمُجُّ المسكَ مفرقُها
ويُصبي العقلَ منطقُها
وتمسي ما يؤرِّقُها
سقامُ العاشقِ الوصبِ».

ملحق رقم ٢

استخدمت لإعداد هذه الترجمة والدراسة المرفقة عدداً من المراجع والمصادر الأساسية، أورد بعضها الآن مع أنني سأشير إلى ما أقتبس منه مباشرة حيث يحدث ذلك.

في اختيار نصوص السونيتات نفسها، قارنت بين عدد من الطبعات الرئيسية لها، وهي طبعات أعدّها متخصّصون كبار في شعر شيكسبير، لكل منهم طريقته في التحقيق واختيار القراءات من النص المخطوط الأصلي والطبعة الأولى المعروفة باسم الكوارتو. وقد رأيت ألا أتبنّى طبعة واحدة أترجمها، بل قارنت بين النصوص المختلفة لكل سونيت، واخترت منها القراءات التي رأيتها أكثر دقة وتناسقاً مع بنية النص، وكذلك فعلت في مسألة فهم النص وأبعاده الدلالية، فقد قرأت في كل الطبعات الشروحَ المسهبة المعقدة لكل نص، وبنيت على قراءاتي فهمي للجزئيات والكليات فيه، وعلى هذا الفهم بنيت الترجمة. وحيث وُجدت فروق بين الطبعات المتعددة (وهي قليلة جداً) فقد أخذت بما تثبته طبعة أوكسفورد، لكنني لم أتبع ما تفعله في استخدام علامات الترقيم، من الفواصل إلى الأقواس، بل اتبعت فهمي الخاص للنصوص أو ما تفعله طبعات أخرى في هذا المجال. وجدير بالذكر أن جميع الطبعات تقوم بتحديث طريقة كتابة الأحرف الإنكليزية، ولا تثبت نصوص السونيتات كما هي تماماً في كوارتو ١٦٠٩.

وسأورد الطبعات التي استخدمتها الآن، وبينها طبعة تجارية غير محققة:

(The Arden Shakespeare): *Shakespeare's Sonnets,* ed. by Katherine Duncan Jones, Thomson Learning (London, 2007).

(The Oxford Shakespeare): *Complete Sonnets and Poems,* ed. by Colin Burrows, Oxford University Press (Oxford, 2002).

(Penguin Shakespeare): *William Shakespeare, The Sonnets and A Lover's Complaint,* ed. by John Kerrigan, Penguin Books (London, 2005).

(Cambridge School Shakespeare): *Shakespeare, The Sonnets,* ed. By Rex Gibson, Cambridge University Press (Cambridge, 2006).

(Dover Thrift Editions): *William Shakespeare, Complete Sonnets,* ed. by Stanley Appelbaum, Dover Publications (Mineola, N. Y., 1991).

(No Fear Shakespeare): *Sonnets,* ed. by John Crowther, Spark Notes (New York, 2004).

ومن أجل مادة نقدية وتأويلية وتاريخية استخدمت المراجع التالية:

Barry Cornwal, *The Complete Works of Shakespeare. Revised from the Original Editions.* A Memoir, and Essay on His Genius.

Studies by Richard Grant White and Others. Vol. III: Historical Plays, Poems, and Sonnets. The London Printing and Publishing Company (London and New York, n. d.).

Thomas Tyler, *Shakespeare's Sonnets,* David Nutt (London, 1890).

Helen Vendler, *The Art of Shakespeare's Sonnets,* Harvard University Press (Cambridge-Mass & London, 1997).

Nicholas Mann, *Petrarch,* Past Masters series, Oxford University Press (Oxford, 1984).

Roberto Weiss, *The Spread of Italian Humanism,* (Hutchinson University Library), Hutchinson & co. (London, 1964).

Ernest H. Wilkins, *Studies on Petrarch and Boccaccio,* ed. by Aldo S. Bernardo, Editrice Antenore (Padova, mcmlxxiii).

Linda Fish Compton, *Andalusian Lyrical Poetry and Old Spanish Love Songs: The Muwashshah and its Kharja*, New York University Press (New York, 1976).

Henk Heijkoop and Otto Zwartjes, *Muwassah, Zajal, Kharja, Bibliography of Strophic Poetry and Music from al-Andalus and Their Influence in East and West*, Brill, (Leiden, 2004).

كذلك استخدمت عدداً من المراجع الموسوعية المطبوعة والمنشورة على الـ ش د ا = شدا (أي الشبكة الدولية للاتصالات ـ الإنترنت).

ابن حمديس الصقلي: ديوان ابن حمديس الصقلي، تح . إحسان عباس، دار صادر، دار بيروت (بيروت، ١٩٦٠).

ابن سناء الملك، دار الطراز في عمل الموشحات، تح . جودت الركابي، ط٢، دار الفكر (دمشق، ١٩٧٧).

ابن سهل الأندلسي، ديوان ابن سهل الأندلسي، تح . يسرى عبد الله، دار الكتب العلمية (بيروت، ١٩٨٨).

سيغريد هنكه: شمس العرب تسطع على الغرب، تر . فاروق بيضون وكمال دسوقي، ط٨، دار الجيل ودار الآفاق الجديدة (بيروت، ١٩٩٣). والكتاب مترجم عن الألمانية:

Sigrid Hunke, *Allahs Sonne uber dem Abendland: unser arabisches Erbe*, Fischer Bucherei (Frankfurt am Main, 1965).

وليم شيكسبير

السونيتات
أو
التواشيح

** سونيت ١ (٣٣)

أنانيّة الحبيب

من أجمل الكائنات نشتهي أن تتكاثر،
كي لا تموت وردة الجمال أبداً،
لكن لأنّ الأنضج لا بدّ مع الزمن أن يذبلَ،
فإن وريثه اليانع قد يحفظ ذِكْرَه حيّاً.
أما أنت، المولّه بعينيك البرّاقتين،
فإنك تغذي شعلة قنديلك من زيت نفسك،
مولّداً الجدبَ حيث يكمنُ الخصبُ.
عدوٌّ نفسك أنت، وفظٌّ على ذاتك الحلوة.
إنك، وأنت الآن زينة الكون الغضّة،
والبشير الوحيد بربيع الحبور،
تدفن في قلب برعمك كلّ ما تكنزه،
وتُهْدِرُ، أيّها اليافع المقتر، فيما تخزِّن.
إرحَمْ هذا العالمَ، وإلا فكنْ من الجشع،
بحيث تأكل ما هو من حقّ العالم،
بالقبر وبنفسك.

** النجمتان إلى جانب السونيت تعنيان أن لها ترجمة شعرية في القسم المخصص للترجمات الشعرية من الكتاب، ابتداءً من ص ٣٨٩.

(٣٣) هذه أولى ما يسمى بـ«سونيتات الإقناع» (من ١-١٧) وهي مجموعة تحاور وتجادل وتتهم وتغري الفتى الجميل بأن يتزوّج وينجب نسلاً يضمن من خلاله بقاءه واستمراره. ويستخدم شيكسبير عشرات الحجج والبراهين على سلامة رأيه بأن عدم الإنجاب موت وجريمة بحق النفس وبحق الجمال وبحق الحياة نفسها. وكأنه يهتف: النسل والبنون زينة الحياة الدنيا، لرجل يملك المال أصلاً.

Sonnet 1

From fairest creatures we desire increase,

That thereby beauty's rose might never die,

But as the riper should by time decease,

His tender heir might bear his memory:

But thou, contracted to thine own bright eyes,

Feed'st thy light's flame with self-substantial fuel,

Making a famine where abundance lies,

Thy self thy foe, to thy sweet self too cruel.

Thou that art now the world's fresh ornament,

And only herald to the gaudy spring,

Within thine own bud buriest thy content,

And, tender churl, mak'st waste in niggarding:

> Pity the world, or else this glutton be,

> To eat the world's due, by the grave and thee.

سونيت ٢

ضياع الجمال

حين يحاصِر أربعون شتاءً جبينَك،
وتحفر أخاديد عميقة في حقل جمالك،
سيغدو إهابُ شبابك الفخور، الذي ترنو إليه العيون الآن،
رداءً بالياً لا قيمة له.
وعندها حين تُسألُ أين جمالك كله،
وأين هي كنوز أيامك الناضرة،
فسيكون عاراً ينهشك، وإطراءً لا جدوى منه،
أن تقول إنها في عينيك الغائرتين.
كم سيكون نفعُ جمالك أجدرَ بالثناء
إذا كنت قادراً أن تجيب:
«طفلي الجميل هذا سيؤدّي حسابي،
ويقدّم أعذار هرمي»،
مبرهناً أنه وريث جمالك.
وسيكون هذا أن تُخْلق من جديد وأنت هرِمٌ،
وترى دمك حارّاً حين تشعر أنه بارد.

Sonnet 2

When forty winters shall besiege thy brow,

And dig deep trenches in thy beauty's field,

Thy youth's proud livery so gazed on now

Will be a tattered weed of small worth held:

Then, being asked where all thy beauty lies,

Where all the treasure of thy lusty days,

To say within thine own deep-sunken eyes

Were an all-eating shame, and thriftless praise.

How much more praise deserved thy beauty's use

If thou couldst answer 'This fair child of mine

Shall sum my count, and make my old excuse',

Proving his beauty by succession thine.

    This were to be new made when thou art old,

    And see thy blood warm when thou feel'st it cold.

** سونيت ٣

موت الصورة

حدّق في مرآتك وقل للوجه الذي تراه:
الآن أوانُ أن يخلق هذا الوجه وجهاً ثانياً،
إذا لم تجدّد نضارة قسماته الآن،
فإنك تخذل العالم، وتحرم أمّاً ما من البَرَكة.
فأين هي المرأة الجميلة، عذراءُ الرَّحِم،
التي تأنف أن تجنيَ ثمرات حرثك؟
أو من هو المُغرَم بأن يكون قبراً لحبِّه لنفسه،
ليمنع بقاءه لآتي الزمان؟
أنت مرآة أمِّك، وهي تستعيد فيك
نيسانَ شبابها الجميلَ في أوْجِهِ،
وأنت كذلك سترى عبر نوافذ عمرك،
رغم التجاعيد، عهدَك الذهبيّ هذا.
لكن إذا أردت أن تعيش دون أن تخلِّف ذِكْراً،
فمتْ عازباً، وستموت صورتك معك.

Sonnet 3

Look in thy glass and tell the face thou viewest

Now is the time that face should form another,

Whose fresh repair if now thou not renewest

Thou dost beguile the world, unbless some mother.

For where is she so fair whose uneared womb

Disdains the tillage of thy husbandry?

Or who is he so fond will be the tomb

Of his self-love to stop posterity?

Thou art thy mother's glass, and she in thee

Calls back the lovely April of her prime;

So thou through windows of thine age shalt see,

Despite of wrinkles, this thy golden time.

    But if thou live rememb'red not to be,

      Die single, and thine image dies with thee.

سونيت ٤

بخل

أيّها البهاء المبذِّر لماذا تنفق على نفسك
ميراثَ جمالك؟
إن إرث الطبيعة لا يهَبُ شيئاً، بل يُعِيرُ،
ولأنها سخيّة فإنها تعير لمن كان أريحيّاً:
إذن، أيّها البخيل الجميل، لماذا تعبث
بالهبات الوفيرة التي أُغْدِقَتْ عليك لكي تهبها؟
أيّها المُقْرِضُ دون ربح، لماذا تستهلك هذا الفيض
من الهبات، وتعجز مع ذلك عن أن تحيا؟
فأنت، لأنك تتاجر مع نفسك فقط،
تخدع نفسك الحلوة بنفسك:
كيف، إذن، حين تدعوك الطبيعة للرحيل،
تقدّم جرد حساب مقبولاً؟
إن جمالك إذا لم يُستعمَل لا بدَّ أن يُدفَن معك،
أما إذا استعملتَه فسيحيا ويكون منفِّذ وصيّتك.

Sonnet 4

Unthrifty loveliness, why dost thou spend

Upon thyself thy beauty's legacy?

Nature's bequest gives nothing, but doth lend,

And being frank she lends to those are free:

Then, beauteous niggard, why dost thou abuse

The bounteous largess given thee to give?

Profitless usurer, why dost thou use

So great a sum of sums yet canst not live?

For having traffic with thyself alone

Thou of thyself thy sweet self dost deceive.

Then how, when nature calls thee to be gone,

What acceptable audit canst thou leave?

    Thy unused beauty must be tombed with thee,

    Which usèd lives th' executor to be.

** سونيت ٥

روح العبير

تلك الساعات التي صاغت بصنيعها المرهف
هذا المحيّا الجميل، فصار موئلاً لكل عين،
ستلعب دورَ الطاغية ضدّ هذا المحيّا نفسه،
وتسلبه جماله الفائق.
ذلك أن الزمن الذي لا يقرّ له قرار،
يقود الصيف إلى فظاعة الشتاء القبيح، وهناك يأسره
وقد جمّد نسغَه الصقيعُ، وتساقطت أوراقه الناضرة،
وتكدّست الثلوج العارمة على جماله،
وقد غمَر العريُ كلّ مكان.
إذن، لو لم يبق من الصيف العِطْرُ الذي يُقطَّر من أزاهيره اليانعات،
ويؤسَرُ سجيناً سائلاً ضمن جدران زجاجية،
لما بقي من الجمال أو مآثره شيء،
بل لما بقيتْ منه حتى ذكرى لما كان.
غير أن الأزهار، وقد تمّ تقطيرها،
لا تفقِد، رغم أنها تواجه الشتاء،
سوى بهاء مظهرها
أمّا جوهرها
فيبقى دائماً عذبا.

Sonnet 5

Those hours, that with gentle work did frame

The lovely gaze where every eye doth dwell,

Will play the tyrants to the very same,

And that un-fair which fairly doth excel:

For never-resting Time leads summer on

To hideous winter, and confounds him there,

Sap checked with frost and lusty leaves quite gone,

Beauty o'er-snowed and bareness everywhere.

Then, were not summer's distillation left

A liquid prisoner pent in walls of glass,

Beauty's effect with beauty were bereft,

Nor it nor no remembrance what it was.

 But flowers distilled, though they with winter meet,

  Lose but their show; their substance still lives sweet.

سونيت ٦

خلود

إذن لا تدعْ يد الشتاء الخشنة
تشوّه فيك صيفك قبل أن تُقطَّر،
إمنحْ بهاءك لحُقٍّ عِطْرٍ ما، وأكْرِمْ مكاناً ما
بكنز الجمال، قبل أن يقتل نفسه بنفسه.
إنّ استعمالاً كهذا ليس إقراضاً محرّماً،
إذا كان يسعد من يسدّدون إليك القرض الممنوح برغبة،
لكي تنجب من ذاتك أنت آخر،
أو أسعد بعشر مرات، إن كان عشراً لواحد(٣٤).
ستكون أسعد بعشر مرات مما أنت الآن،
إذا جسّدك عشرة منك عشر مرات.
عندها ما الذي يقدر الموت أن يفعله
إذا رحلتَ تاركاً نفسك حيّاً لمستقبل الأيام؟
لا تعانِدْ وتفكّر بنفسك فقط، فإنك لأجملُ بكثير
من أن تكون غنيمةً للموت،
وتجعلَ الدود وريثاً لك.

---

(٣٤) يلاحظ أحد الدارسين أن في هذه الأبيات خلطاً واضطراباً فكرياً بين من هو الدائن ومن هو المدين. را.

Thomas Tyler, *Shakespeare's Sonnets,* David Nutt, London, 1890, p. 162.

Sonnet 6

Then let not winter's ragged hand deface

In thee thy summer ere thou be distilled:

Make sweet some vial; treasure thou some place

With beauty's treasure ere it be self-killed:

That use is not forbidden usury

Which happies those that pay the willing loan;

That's for thyself to breed another thee,

Or ten times happier be it ten for one:

Ten times thyself were happier than thou art,

If ten of thine ten times refigured thee.

Then what could death do if thou shouldst depart,

Leaving thee living in posterity?

    Be not self-willed, for thou art much too fair

    To be death's conquest and make worms thine heir.

سونيت ٧

زوال

حدّق، حين يرفع النور[٣٥] المبارك
رأسه الوهّاج في المشرق، تنحني كلّ العيون التي تحته
إجلالاً لبهاء منظره البازغ،
مبجّلة بالأنظار جلالته المقدسة،
ثم وقد تسلّق الهضبة السماوية الحادّة،
شبيهاً بالشباب القويّ في منتصف[٣٦] العمر،
تظلّ أحداق الخَلق الفانية تتعبّد جماله،
شاخصة ترقب رحلة حجّه الذهبية.
لكن حين ينحدر مترنّحاً من سَمْتِ النهار،
في عربة مرهقة، مثل الكهولة الواهنة،
تنكفئ عنه العيون (التي كانت من قبلُ طيّعة خاشعة له)،
مشيحة عن مساره الخفيض إلى سبيل آخر.
وهكذا أنت. إنك مندفع في ظُهْرِ عمرك الآن،
لكنك ستموت ولا عين ترنو إليك،
إذا لم تنجب نجلاً.

---

(٣٥) يمكن أن تترجم هذه التوشيحة بصيغة التأنيث بوضع لفظة «ذات» قبل «النور» (ذات النور) وتعديل بقية الضمائر إلى صيغة التأنيث. والجليّ أن النور يشير في النص إلى الشمس، والشمس في اللغة الإنكليزية مذكّر والتأنيث للقمر. لكنني اخترت ألا أستخدم لفظة «الشمس» لأنها لا ترد في نص شيكسبير بل تظل مضمرة.

(٣٦) والأدق هنا «أوج» العمر، لكن للكلمة دلالة معرفية هامة تاريخياً ولذلك احتفظت بـ «منتصف» كما في النص الأصلي.

Sonnet 7

Lo in the orient when the gracious light

Lifts up his burning head, each under-eye

Doth homage to his new-appearing sight,

Serving with looks his sacred majesty;

And having climbed the steep-up heavenly hill,

Resembling strong youth in his middle age,

Yet mortal looks adore his beauty still,

Attending on his golden pilgrimage:

But when from highmost pitch, with weary car,

Like feeble age he reeleth from the day,

The eyes (fore duteous) now converted are

From his low tract and look another way:

    So thou, thyself outgoing in thy noon,

    Unlooked on diest unless thou get a son.

سونيت ٨

عقم

أيّها الموسيقى الممتعة للسماع، لماذا تأسى حين تسمع الموسيقى؟
الحلوُ لا يحارب الحلوَ، والفرح يغتبط بالفرح،
فلماذا تحبّ أنت كلّ ما لا يطيب لك تلقيه؟
أو تستقبل بلذّة كلّ ما يزعجك؟
إذا كان التناغم الحقّ بين الأصوات المدوزنة،
المزاوَجة في اتّحاد كلّي، يزعج أذنيك،
فلأنها تؤنّبك بعذوبة، أنت الذي تدمّر
في العزوبة الأجزاءَ التي ينبغي أن تصونها.
لاحظ كيف أن وتراً واحداً، وقد تزاوج بعذوبة مع وترٍ ثانٍ،
يتناغم في إيقاعه معه بترتيب متبادل،
يشبه زوجاً وطفلاً وأمّاً سعيدة،
يغنّون في توحّدهم لحناً عذباً واحداً،
تبدو أغنيته التي لا كلمات فيها، وهي متعددةٌ،
واحدةً،
وتغني لك هذا:
«وأنت عازب لن تصير أيّ شيء».

Sonnet 8

Music to hear, why hear'st thou music sadly?

Sweets with sweets war not, joy delights in joy:

Why lov'st thou that which thou receiv'st not gladly,

Or else receiv'st with pleasure thine annoy?

If the true concord of well-tunèd sounds

By unions married do offend thine ear,

They do but sweetly chide thee, who confounds

In singleness the parts that thou shouldst bear.

Mark how one string, sweet husband to another,

Strikes each in each by mutual ordering;

Resembling sire, and child, and happy mother,

Who all in one, one pleasing note do sing:

    Whose speechless song being many, seeming one,

    Sings this to thee, 'Thou single wilt prove none.'

سونيت ٩

الجريمة

أخوفاً من أن تُغْرِقَ عينَيْ أرملة بالدموع
تفني نفسك في حياة العزوبة؟
آه، إنك إذا حدث أن متّ دونما نسل،
سينوح عليك العالم مثل زوجة مات بعلها:
سيكون العالم أرملتك، وسيظل ينتحب،
لأنك لم تترك وراءك صورة منك،
في حين أن كلّ أرملة خاصة[٣٧] تحفظ،
بعيون أطفالها، صورة زوجها في قلبها[٣٨].
انظر إلى ما ينفقه المبذّر في الدنيا
تر أنه يتنقل من مكان لآخر
ويظلّ العالم يتمتع به.
لكنّ هدر الجمال له في الدنيا نهاية،
وإذا ظلّ دون استعمال فإن صاحبه يدمّره.
ومن يقترف ضدّ نفسه هذه الجريمة النكراء
لا يمكن أن يحمل في صدره حبّاً لأحد.

---

(٣٧) ومعنى الكلمة في هذا السياق مبهم. بين ما تعنيه «محرومة»، «مستلبة»، «معينة»، وقد تليق هنا «مفجوعة».

(٣٨) الكلمة في النص الإنكليزي هي Mind وتعني العقل، الفكر. لكنني أجد استخدام أيهما هنا وفي أمكنة أخرى مزعجاً في العربية في مثل هذا السياق.

Sonnet 9

Is it for fear to wet a widow's eye

That thou consum'st thyself in single life?

Ah, if thou issueless shalt hap to die

The world will wail thee like a makeless wife.

The world will be thy widow and still weep

That thou no form of thee hast left behind,

When every private widow well may keep,

By children's eyes, her husband's shape in mind.

Look what an unthrift in the world doth spend

Shifts but his place, for still the world enjoys it;

But beauty's waste hath in the world an end,

And kept unused the user so destroys it:

    No love toward others in that bosom sits

    That on himself such murd'rous shame commits.

سونيت ١٠

النفس الثانية

يا للعار! لِتعترفْ أنك لا تُكِنُّ حبّاً لأحدٍ،
أنت يا من يهون عليه حتى شأن نفسه.
دعني أقل إن الكثيرين يكِنّون لك الحبّ،
لكنْ جليّ للعيان أنك لا تحبّ أحداً.
ذلك أنك مسكون بكراهية قاتلة،
بحيث أنك ضدّ نفسك لا تأبى أن تتآمر،
ساعياً لتدمير ذلك السقف الجميل
الذي ينبغي أن يكون ترميمُه همَّك الأكبر.
آه، غيّر تفكيرك فأغيّر أنا رأيي.
هل يكون إضمارُ الكره أجملَ من الحبّ اللطيف؟
كن كما هو حضورُك، مبارَكاً ورحيماً،
أو كن لنفسك على الأقل رحيمَ القلب.
باسم حبّي، كَوّن من نفسك نفساً أخرى،
لكي يظلّ الجمال حيّاً، فيك أو في من هو منك.

Sonnet 10

For shame deny that thou bear'st love to any,

Who for thyself art so unprovident.

Grant, if thou wilt, thou art beloved of many,

But that thou none lov'st is most evident:

For thou art so possessed with murd'rous hate

That 'gainst thyself thou stick'st not to conspire,

Seeking that beauteous roof to ruinate,

Which to repair should be thy chief desire.

O, change thy thought, that I may change my mind:

Shall hate be fairer lodged than gentle love?

Be as thy presence is, gracious and kind,

Or to thyself at least kind-hearted prove:

    Make thee another self for love of me,

    That beauty still may live in thine or thee.

سونيت ١١

حكمة الطبيعة التناسل

بالسرعة نفسها التي بها تذوي، ستنمو،
في نسل منك، من ذلك الذي منه تنفصم،
وذلك الدم الطريّ الذي تَهَبُهُ وأنت فتيٌّ
بوسعك أن تقول إنه لك، حين تنحدر من ذرى شبابك.
وهنا تكمن الحكمة، والجمال، والنماء،
ومن دون ذلك، لا شيء سوى الحُمْق، والهرم، وبارد الفناء.
لو كان الخلق كلّهم مثلَك، لانقطع الزمن،
ولكَفَتْ سنواتٌ ستّون لتنهيَ العالم.
دَعْ أولئك الذيم لم تَصُغْهُمُ الطبيعةُ من أجل أن يُخْتَزنوا ـ
أفظاظ، خشنون، لا ملامح لهم ـ يندثروا عاقرين.
وانظر إلى من وهبتْهمُ الطبيعةُ أجملَ النِعَمِ، وأغدقت لهم بسخاء
هباتٍ أريحيةً ينبغي أن تقدّسها أجلّ تقديس.
لقد صاغتك الطبيعةُ لتكون ختماً لها، وقد قصَدَتْ بهذا
أنّ عليك أن تطبعَ نسَخاً أكثر، وألا تدَعَ ذلك الأصل يَفْنَى.

Sonnet 11

As fast as thou shalt wane, so fast thou grow'st

In one of thine, from that which thou departest,

And that fresh blood which youngly thou bestow'st

Thou mayst call thine, when thou from youth convertest.

Herein lives wisdom, beauty, and increase;

Without this, folly, age, and cold decay.

If all were minded so the times should cease,

And threescore year would make the world away.

Let those whom Nature hath not made for store,

Harsh, featureless, and rude, barrenly perish.

Look whom she best endowed she gave the more,

Which bounteous gift thou shouldst in bounty cherish.

    She carved thee for her seal, and meant thereby

    Thou shouldst print more, not let that copy die.

**سونيت ١٢

سرّ البقاء

عندما أرقبُ الساعة التي تحصي الوقت،
وأرى النهار الشجاع غارقاً في يمّ الليل القبيح،
عندما أبصر البنفسجة وقد تجاوزت أوج الشباب،
والخُصلات السوداء مُفضّضة كلّها بالبياض،
عندما أرى الأشجار السامقة عارية من الأوراق،
التي كانت من قبلُ قد أجارتِ القطيعَ من القيظ،
واخضرارَ الصيف مقمّطاً في حُزُمات،
محمَّلاً على العربة بلحية وخّازة بيضاء،
فإنني حينها أطرح الأسئلة بريْبَةٍ على جمالك،
إذ إنك في يباب الزمن لا بدّ أن تمضي،
ما دامت الأشياء الحلوة والجميلة تهجرُ نفسها،
وتموت بالسرعة التي ترى بها غيرَها تنمو،
ولا شيء يمكن أن يتحصّن ضدّ منجل الزمن،
بشيء سوى النسل
ليتحدّاه حين يأخذك أنت.

Sonnet 12

When I do count the clock that tells the time,

And see the brave day sunk in hideous night;

When I behold the violet past prime,

And sable curls all silvered o'er with white;

When lofty trees I see barren of leaves,

Which erst from heat did canopy the herd,

And summer's green all girded up in sheaves,

Borne on the bier with white and bristly beard:

Then of thy beauty do I question make,

That thou among the wastes of time must go,

Since sweets and beauties do themselves forsake,

And die as fast as they see others grow,

    And nothing 'gainst Time's scythe can make defence

    Save breed to brave him when he takes thee hence.

سونيت ١٣

كان لك أب

آه، لكم أتمنّى أن تكون أنت نفسك،
لكن، أيّها الحبيب، لن تكون ملْكَ نفسك،
إلا بقدر ما تحيا أنت نفسُك هنا.
وضدّ هذه النهاية المقبلة يجب أن تُعِدَّ العُدَّة،
وتمنح صورتك الحلوة لشخص آخر.
فإذا آل هذا الجمال الذي تملكه أنت لأجَلٍ محدودٍ
إلى انقضاء، فستكون أنت لنفسك من جديد
بعد أن تفنى نفسك،
إذ يحمل نسلُك الحلوُ سيماءك الحلوة.
من يترك بيتاً بهذا الجمال يهوي إلى الفناء،
بيتاً بوسع التزاوج أن يدعّمه بشرف
ضدّ العواصف الهوجاء لأيام الشتاء،
والهيجان العقيم لبرودة الموت الأبدية؟
آه، لا أحد سوى مبذّر، كما تعلم، أنت يا حبيبي الغالي،
لقد كان لك أنت أبٌ، فهَبِ ابنَك أن يقول مثل ذاك.

Sonnet 13

O that you were yourself; but, love, you are

No longer yours than you yourself here live.

Against this coming end you should prepare,

And your sweet semblance to some other give.

So should that beauty which you hold in lease

Find no determination; then you were

Yourself again after your self's decease,

When your sweet issue your sweet form should bear.

Who lets so fair a house fall to decay,

Which husbandry in honour might uphold

Against the stormy gusts of winter's day

And barren rage of death's eternal cold?

  O none but unthrifts, dear my love, you know:

  You had a father, let your son say so.

** سونيت ١٤

موت الحقيقة والجمال

أنا لا أنتزِعُ أحكامي من النجوم،
ومع ذلك أشعرُ أنّي منجِّمٌ،
لكن ما من أجل أن أتنبأ بالحظّ الحسن أو السيّئ،
أو بالطواعين، والموت، أو بأحوال الفصول،
ولا أستطيع التكهّن حتى الدقائق الوجيزة،
بما سيحدث في كلّ فصل،
مشيراً في كلٍّ إلى رعوده، وأمطاره، وعواصفه،
ولا أن أقول في مجالس الأمراء إن الأمور ستجري على أحسن حال،
بأن أتبصّرَ مراراً فأجد ذلك في السماء.
لكنني من عينيك أمتاح معارفي،
وفي ألقِ نجومهما الدائم أقرأ ذلك الفنَّ،
إذ إن الحقيقة والجمال كليهما سيزدهران،
إذا انعطفتَ عن نفسك إلى اختزان الحياة،
وإلا فإنني أتنبّأ عنك بهذا:
إن نهايتك هي النهاية والمصير المشؤوم
للحقيقة وللجمال.

Sonnet 14

Not from the stars do I my judgement pluck,

And yet methinks I have astronomy,

But not to tell of good or evil luck,

Of plagues, of dearths, or seasons' quality;

Nor can I fortune to brief minutes tell,

Pointing to each his thunder, rain, and wind,

Or say with princes if it shall go well

By oft predict that I in heaven find.

But from thine eyes my knowledge I derive,

And, constant stars, in them I read such art

As truth and beauty shall together thrive

If from thyself to store thou wouldst convert:

    Or else of thee this I prognosticate,

    Thy end is truth's and beauty's doom and date.

** سونيت ١٥

تطعيم

حين أفكّر أنّ كلّ ما ينمو
لا يظلّ على كماله إلا برهة وجيزة،
وأن هذا المسرح الهائل لا يقدّم شيئاً،
بل يُظهر أن النجوم تعلّق سرّاً وتتحكّم بما يجري.
حين أتصوّر أن البشر مثل النباتات تكبر،
تنمّيها وتذبلها نفسُ السماء،
تختال بنسغها الفتيّ، وتنقُص وهي في أوجها،
وتُبْلي زمنها الزاهي من الذاكرة،
عندها يُنَصِّبُك تأمّلي لهذه الإقامة الزائلة،
أمام عينيّ، مُفْعَماً بثراء الشباب،
والزمن المُهْدِر يتحالف مع الفناء،
ليحيلَ نهارَ شبابك إلى ليلٍ فاسد.
وأنا، في حرب لا تني مع الزمن حبّاً بك،
أطعِّمَك، فيما هو يأخذ منك،
وأجَدِّدك بتطعيمي.

Sonnet 15

When I consider every thing that grows

Holds in perfection but a little moment;

That this huge stage presenteth nought but shows,

Whereon the stars in secret influence comment;

When I perceive that men as plants increase,

Cheerèd and checked even by the selfsame sky,

Vaunt in their youthful sap, at height decrease,

And wear their brave state out of memory;

Then the conceit of this inconstant stay

Sets you most rich in youth before my sight,

Where wasteful time debateth with decay

To change your day of youth to sullied night,

    And, all in war with Time for love of you,

    As he takes from you, I engraft you new.

** سونيت ١٦

الزمن الطاغية

لكن لماذا لا تجد سبيلاً أقوى لتحارب
هذا الطاغية السفّاك، الزمن،
وتحصّن نفسك في مسارك نحو الفناء
بوسائل مباركة أكثر من قوافيَّ العقيمة؟
أنت الآن تقف على ذروة الساعات السعيدة،
وثمة رياض عديدة عذراء، لم تُزْرَعْ بعدُ،
ستحمل برغبة كريمة أزهارك اليانعة
التي ستماثلك أكثر من أيّ رسمٍ منمّق لك:
هكذا ينبغي على خطوط الحياة أن ترمِّم تلك الحياة
التي لا يستطيع قلم هذا الزمن أو قلمي المتتلمِذ،
لا في خصالك الداخلية ولا في جمالك الخارجي،
أن يجعلك تحياها أنت نفسك في أعين البشر.
إن إعطاءك لنفسك يبقيك حياً،
وينبغي أن تبقى حيّاً،
مرسوماً بمهارتك الخاصة الحلوة.

Sonnet 16

But wherefore do not you a mightier way

Make war upon this bloody tyrant Time,

And fortify yourself in your decay

With means more blessèd than my barren rhyme?

Now stand you on the top of happy hours,

And many maiden gardens, yet unset,

With virtuous wish would bear your living flowers,

Much liker than your painted counterfeit:

So should the lines of life that life repair,

Which this time's pencil or my pupil pen

Neither in inward worth nor outward fair

Can make you live yourself in eyes of men:

    To give away yourself keeps your self still,

    And you must live drawn by your own sweet skill.

سونيت ١٧

صدق أم كذب

من سيصدِّق شعري في آتي الأيام
إذا كان مليئاً بوصف خصالك الأسمى؟
مع أنه، والسماء تشهد، ليس إلا ضريحاً
يخفي حياتك، ولا يُظهر حتى نصف محاسنك.
لئن استطعتُ أن أكتب جمال عينيك
وبأرقام(٣٩) جديدة أعدّد مناقبك،
سيقول العصر القادم: «هذا الشاعر يكذب،
فمثل هذه اللمسات الإلهية لم تمسّ وجوهاً دنيوية قطُّ».
وهكذا ستُزدرى صفحاتي، (وقد اصفرّت لتقادم العهد)،
مثل رجال هرمين يهرفون بكلام كثير لا حقيقة فيه،
وستُسمَّى فضائلُك الحقيقية فورةَ شاعر،
ونظْماً مغالياً لأغنية قديمة.
لكن إذا كان طفل لك حيّاً في ذلك الوقت،
فستحيا أنت مرتين: مرة فيه، ومرة في قصائدي.

---

(٣٩) يبدو أن «أرقام» هنا تعني قصائد أو بحوراً شعرية، وهي ترد في مواضع غير هذا، وقد ترجمتها هنا بـ «أرقام» لتحتفظ بنكهة من لغة شيكسبير المجازية، وترجمتها حيث كانت أشد تخصيصاً بـ «قصائد» أو «قواف».

Sonnet 17

Who will believe my verse in time to come

If it were filled with your most high deserts?

Though yet, heaven knows, it is but as a tomb

Which hides your life, and shows not half your parts.

If I could write the beauty of your eyes,

And in fresh numbers number all your graces,

The age to come would say 'This poet lies:

Such heavenly touches ne'er touched earthly faces.'

So should my papers (yellowed with their age)

Be scorned, like old men of less truth than tongue,

And your true rights be termed a poet's rage,

And stretchèd metre of an antique song.

    But were some child of yours alive that time,

    You should live twice, in it, and in my rhyme.

* * سونيت ١٨

الخلود بالشعر

هل أشبِّهكِ بيوم صيفيّ؟
بل أنتِ أكثرُ بهاءً وأسجى مزاجاً:
إن الرياح العاتية لتعصف ببراعم أيار الغالية،
وإن أجَلَ الربيع لوجيز وجيز،
وحَدَقَةَ السماء تشعّ أحياناً بشواظٍ لاهبة،
وكثيراً ما تغلّفُ بشرتَها الذهبيةَ غلالةٌ كامدة،
وكلّ بهاء يفقد ذات يوم من رونقه،
تجزّه الصدفةُ، أو مجرى الطبيعة المتغيّرُ.
لكنّ ربيعكِ السرمديّ أنتِ لن يصوّحَ
أو يخسرَ ذلك الرونقَ الذي هو ملك يديكِ
ولن يُتاح للموت أن يتبجّح بأنه يظلّل خطاكِ
وبهاؤكِ يزدهر مع الزمن في أبيات خالدات.
ما دام نَفَسٌ يخفقُ في صدر، وما ائتلقَ في عينٍ نورْ[٤٠]
فستحيا هذه الأغنياتْ، وتهبكِ أنتِ الحياةْ.

---

(٤٠) العبارة الدقيقة في الأصل هي: «وما دامت عين ترى/ تبصر».

السونيتات أو التواشيح

Sonnet 18

Shall I compare thee to a summer's day?

Thou art more lovely and more temperate:

Rough winds do shake the darling buds of May,

And summer's lease hath all too short a date;

Sometime too hot the eye of heaven shines,

And often is his gold complexion dimmed,

And every fair from fair sometime declines,

By chance or nature's changing course untrimmed:

But thy eternal summer shall not fade,

Nor lose possession of that fair thou ow'st;

Nor shall Death brag thou wand'rest in his shade,

When in eternal lines to time thou grow'st.

 So long as men can breathe or eyes can see,

 So long lives this, and this gives life to thee.

** سونيت ١٩

الزمن الوحش

أنت أيّها الزمن المفترس، إكهَمْ براثن الأسد،
واجعل الأرض تفترس المخلوقات الحلوة التي أنجبَتْها،
وانتزع الأنياب الباترة من فكّيْ النمر الفتّاك،
وأحْرِقِ العنقاء المعمِّرةَ في نار دمائها.
أخلق مواسم للغبطة ومواسم للفجيعة وأنت تهرع عابراً،
وافعل كلّ ما تشاء، يا خاطف القدمين يا زمنُ،
بالعالم الشاسع، وبكل حلاواته السائرة إلى أفول:
لكن ثمّة جريمة نكراء واحدة أمنعك أن ترتكبها،
لا تَحْتَزَّنَّ بساعاتك جبينَ حبيبي الجميل،
ولا ترسمنَّ عليه التجاعيد بقلمك العتيق.
واسمح له أن لا يمسّه مَسٌّ في مجراك،
ليظلَّ أنموذجاً للجمال للأجيال الآتية.
ومع ذلك، إفعل أسوأ ما بوسعك أيّها الزمن،
فإن حبيبي
رغم إساءاتك، سيحيا فتيّاً أبد الزمان
في شعري.

Sonnet 19

Devouring Time, blunt thou the lion's paws,

And make the earth devour her own sweet brood,

Pluck the keen teeth from the fierce tiger's jaws,

And burn the long-lived phoenix in her blood,

Make glad and sorry seasons as thou fleet'st,

And do whate'er thou wilt, swift-footed Time,

To the wide world and all her fading sweets:

But I forbid thee one most heinous crime,

O carve not with thy hours my love's fair brow,

Nor draw no lines there with thine antique pen.

Him in thy course untainted do allow

For beauty's pattern to succeeding men.

    Yet do thy worst, old Time: despite thy wrong,

    My love shall in my verse ever live young.

سونيت ٢٠[٤١]

أمير البهاء

وجهُ امرأة رسمَتْهُ أناملُ الطبيعة نفسها وجهُكَ.
سيّد الخليلات لمشاعري المشبوبة أنت.
لك قلبُ امرأة مرهف، لكنه لا يعرف التغيّرَ المراوغ، كما هي عادة النساء الزائفات،
ولك عينٌ أروع ألقاً من عيونهنّ،
وأقلّ رياءً في تقلّبها،
عين تُجَوْهِرُ كلّ ما تحدّق إليه.
رجل بهيّ المحيّا أنت، وكلّ محيّا له ينصاع،
يسلبُ أحداق الرجال، ويذهل أرواح النساء.
ولقد خُلِقْتَ أصلاً لِـ <كي تكون> امرأة،
إلى أن تولّهت بك الطبيعةُ وهي تصوغك،
فأضافت شيئاً واحداً لا نفعَ لي فيه ولا مأرب، أبعدَتْني به عنك.
لكن ما دامت هي منحَتْك وخّازاً لتمتّعَ به النساء،
فليكن حبُّك لي، وليكن استعمالُ حبّك كنزَهُنّ.

---

(٤١) هذه أكثر السونيتات إثارة لجدل الدارسين وحيرتهم في مسألة طبيعة العلاقة بين شيكسبير والفتى: أكانت جنسية جسدية أم لم تكن. وكل يجد فيها دليلاً على ما يعتقده. وهي أيضاً بين أكثر السونيتات إفصاحاً عن لغة الجسد وعن موقف تعميمي يتهم النساء كلهن بالزيف والتقلب والمراوغة. وينبع بعض ما تثيره من إشكالات من العبارة الغريبة التي ترد لأول مرة في اللغة الإنكليزية في هذه السونيت وهي Master Mistris كما تكتب في طبعة الكوارتو. وهناك خلافات لا تحصى حول معنى العبارة. وصعوبتها على المترجم أعظم بكثير من صعوبتها على أهل لغتها، خصوصاً إلى العربية التي تفرق بين المذكر والمؤنث بعلامات مائزة. وأنا لست واثقاً من أن العبارة الصادمة التي ترجمتها بها قادرة على تجسيد الاكتظاظ الدلالي الجنسي للعبارة الإنكليزية. لكنني حاولت.

Sonnet 20

A woman's face with nature's own hand painted,

Hast thou, the master mistress of my passion;

A woman's gentle heart, but not acquainted

With shifting change as is false women's fashion;

An eye more bright than theirs, less false in rolling,

Gilding the object whereupon it gazeth;

A man in hue, all hues in his controlling,

Which steals men's eyes and women's souls amazeth.

And for a woman wert thou first created,

Till Nature as she wrought thee fell a-doting,

And by addition me of thee defeated,

By adding one thing to my purpose nothing.

    But since she pricked thee out for women's pleasure,

    Mine be thy love, and thy love's use their treasure.

سونيت ٢١

صدق

لستُ، إذن، مثلَ ذلك المُلْهَم،
الذي حرّكه لينطق بشعره جمالٌ مرسوم،
والذي يستخدم السماء نفسها زخرفاً،
ويستحضر كلّ جميل مع جماله،
مشبّهاً إياك باعتزاز بالشمس والقمر، والأرض ودرر البحار الثمينة،
وبأول أزهارٍ تُنَوِّرُ في نيسان، وبنادر الأشياء
التي يسربلها أثير السماء في هذا الكون الشاسع.
آه دعني، أنا الصادقَ في حبّي، أكتب بصدق أيضاً،
ثم صدقني: إن حبّي جميل
كجمال كلّ طفلٍ لأمّ، رغم أنه ليس متألّقاً،
تألُّق تلك الشموع الذهبية المثبّتة في أثير السماء:
ودَعْ مَن يحبّ مبتذَلَ الكلام يسهبُ ويطنبُ:
أما أنا فلن أمدح، لأنني لا أكتب لكي أبيع.

Sonnet 21

So is it not with me as with that Muse,

Stirred by a painted beauty to his verse,

Who heaven itself for ornament doth use,

And every fair with his fair doth rehearse,

Making a couplement of proud compare

With sun and moon, with earth, and sea's rich gems,

With April's first-born flowers, and all things rare

That heaven's air in this huge rondure hems.

O let me, true in love, but truly write,

And then, believe me, my love is as fair

As any mother's child, though not so bright

As those gold candles fixed in heaven's air:

    Let them say more that like of hearsay well:

    I will not praise, that purpose not to sell.

سونيت ٢٢

حلول

لن تُقْنِعَني مرآتي بأنني هرمتُ،
ما دمْتَ أنت والشباب في عمر واحد،
لكن حين أبصر فيك أنت أخاديدَ الزمن،
سآمل أن ينهيَ الموت أجَلي بسلام.
ذلك أن كل ذلك الجمال الذي يسربلك
ليس إلا الشَّغاف الذي يدثّر قلبي
الذي يحيا في صدرك، كما يحيا قلبك فيَّ.
كيف يمكن، إذن، أن أكون أكبرَ عمراً منك؟
آه، لذلك، يا حبيبي، كنْ حريصاً على نفسك،
كما سأكون أنا، لا من أجلي، بل من أجلك،
حاملاً قلبك الذي سأحفظه بأقصى رعاية،
كما ترعى أمٌّ[٤٢] طفلَها لتقيَه كلّ اعتلال.
ولا تأمل أن تستعيد قلبك حين يُذْبَح قلبي،
فأنت وهبتني قلبَك، لكي لا أعيدَه ثانيةً.

---

(٤٢) استخدمت «أمّ» لكن النص لا يذكر الأم، لقد وجدتها أجمل في التعبير.

Sonnet 22

My glass shall not persuade me I am old,

So long as youth and thou are of one date,

But when in thee time's furrows I behold,

Then look I death my days should expiate.

For all that beauty that doth cover thee

Is but the seemly raiment of my heart,

Which in thy breast doth live, as thine in me.

How can I then be elder than thou art?

O therefore, love, be of thyself so wary

As I, not for myself, but for thee will,

Bearing thy heart which I will keep so chary

As tender nurse her babe from faring ill.

    Presume not on thy heart when mine is slain:

    Thou gav'st me thine not to give back again.

سونيت ٢٣

فصاحة العين

مثل ممثّل لم تكتمل موهبته، على خشبة مسرح،

يخرجه خوفُه عن دوره،

أو مثل كائن عنيف يصطخب بهيجان هائل،

تؤدّي قوّته الجامحة إلى إضعاف قلبه،

هكذا أنا، لخوفي من الثقة[٤٣]، أنسى أن أنطق

الموعظة المثلى لطقوس الحبّ،

وفي قوّة حبّي أبدو متداعياً

مثقلاً بعبء عظمة حبّي ذاتها.

آه، دَعْ كتبي[٤٤] إذن تكون < لسان >[٤٥] الفصاحة،

والبشارة البكماء عن صدري الناطق،

التي تبتهل من أجل الحبّ، وتبحث عن تعويض،

أكثر من ذلك اللسان الذي يُسهب ويُطنب.

آه، تعلّم كيف تقرأ ما يكتبه الحبّ الصامت،

فأن تسمع بعينيك هو < في الصميم > من إرهاف فطنة الحب.

---

(٤٣) تحتمل العبارة معنيين: «لخوفي من ألا يوثق بي» و«لخوفي من ألا أثق بنفسي».

(٤٤) الكلمة الواردة في النص الأصلي هي Looks لكنني اخترت احتمالاً يرجّحه بعض
الدارسين وهو books.

(٤٥) أستخدم الزاويتين الحادتين < > لأضع بينهما كلمة أضيفها إلى النص لتحسين التركيب
أو إيضاح المعنى. أما القوسان المألوفان ( ) فهما واردان في النص الإنكليزي الذي تبنّيته.

Sonnet 23

As an unperfect actor on the stage,

Who with his fear is put besides his part,

Or some fierce thing replete with too much rage,

Whose strength's abundance weakens his own heart;

So I, for fear of trust, forget to say

The perfect ceremony of love's rite,

And in mine own love's strength seem to decay,

O'er-charged with burden of mine own love's might:

O let my books be then the eloquence

And dumb presagers of my speaking breast,

Who plead for love, and look for recompense,

More than that tongue that more hath more expressed.

    O learn to read what silent love hath writ:

    To hear with eyes belongs to love's fine wit.

سونيت ٢٤

العين الفنانة

لقد لعبَتْ عيني دورَ الرسّام،
فرسمَتْ شكلَ جمالِك محفوراً على صفحة قلبي،
وجسدي هو الإطار الذي يضمّ تلك الصورة،
ووضعها في المنظور <الدقيق> أسمى جوانب فنّ الرسّام،
إذ إنك عبر الرسّام يجب أن ترى مهارته[٤٦]،
لتعرف أين تُحفظ مرسومةً صورتك الحقيقية،
التي تظلّ معلّقة في مخزن صدري
الذي تزجِّجُ نوافذَه عيناك.
والآن انْظُرْ أيّ جميل فعلَتْه عينان لعينين:
فقد رسمت عيناي هيئتك، وغدت عيناك نوافذي إلى صدري
الذي تغتبط الشمس بأن تنفذ عبره مُبَصْبِصَةً،
لكي ترنو هناك إليك.
لكنّ عينين بهذا الدهاء ينقصهما أن تسبغا على فنّهما البرَكة:
لأنهما لا ترسمان إلا ما تريانه، ولا تعرفان القلب.

---

(٤٦) والرسّام هنا، كما هو واضح، هو العين. وهي تضع الصورة التي تلتقطها للحبيب في القلب ضمن منظور دقيق.

Sonnet 24

Mine eye hath played the painter and hath stelled

Thy beauty's form in table of my heart;

My body is the frame wherein 'tis held,

And perspective it is best painter's art,

For through the painter must you see his skill

To find where your true image pictured lies,

Which in my bosom's shop is hanging still,

That hath his windows glazèd with thine eyes.

Now see what good turns eyes for eyes have done:

Mine eyes have drawn thy shape, and thine for me

Are windows to my breast, wherethrough the sun

Delights to peep, to gaze therein on thee.

    Yet eyes this cunning want to grace their art:

    They draw but what they see, know not the heart.

سونيت ٢٥

مباهاة

دَعْ أولئك الذين يحظون برضى بروجهم
يتباهَوْنَ بالتكريم العامّ والألقاب الفخمة،
فيما أحظى أنا، المنبوذ الذي يحرمه الحظّ
من مثل هذا النصر، بالغبطة بما أُجِلُّه أعظمَ إجلال.
الذين يفضّلهم أعظم الأمراء تتفتّح تويجاتهم الجميلة،
لكن مثل أزهار القطيفة التي تأتلق في عين الشمس،
وفي أعماقهم تقبع كبرياؤهم دفينة،
إذ إنهم بتقطيبة واحدة يموتون في أوج مجدهم.
والفارس المُثخن بالجراح، المشهور بجبروته(٤٧)،
يُهزم مرة واحدة بعد ألف انتصار،
فيُمْحى اسمُه تماماً من كتاب الشرف،
ويُطوى كلّ ما كافح من أجله أدراج النسيان.
أما أنا فسعيد لأنني أحبّ ولأنني أمْنح الحبّ،
في مكان لا يمكن أن أغادره، أو أُطْرَدَ منه.

---

(٤٧) هناك أكثر من قراءة للكلمة الأخيرة في هذا البيت، والقراءة المثبتة هنا تحافظ على نظام التقفية، لكن محررة طبعة آردن تورد مكانها اللفظة الواردة في الكوارتو وهي worth التي تمثل خروجاً عن نظام التقفية. وهي تدافع عن إثباتها بقوة.

Sonnet 25

Let those who are in favour with their stars

Of public honour and proud titles boast,

Whilst I, whom fortune of such triumph bars,

Unlooked for joy in that I honour most.

Great princes' favourites their fair leaves spread

But as the marigold at the sun's eye,

And in themselves their pride lies burièd,

For at a frown they in their glory die.

The painful warrior famousèd for might

After a thousand victories, once foiled

Is from the book of honour razèd quite,

And all the rest forgot for which he toiled:

    Then happy I that love and am beloved

    Where I may not remove, nor be removed.

سونيت ٢٦[٤٨]

عري الولاء

يا أمير حبّي، يا من حاكتْ شمائلُه ولائي إليه بإحكام كالعبودية،
إليك أبعث هذا الرسول المكتوب،
ليشهد بولائي، لا ليظهر فطنتي وبراعتي.
وإنه لولاء عظيم، قد تجعله فطنة فقيرة كفطنتي
يبدو عارياً يفتقر إلى الكلمات التي تجلوه،
لكنني آمل أنّ تخيّلاً ما لك، في تأملات روحك،
(عارية تماماً)[٤٩]، سيسبغها عليه:
إلى أن يشعّ عليّ ذلك النجم الذي يهدي مسراي
ببهاء بَرَكته، ويدثّر حبّي الممزّق،
ليظهرني جديراً باحترامك العذب.
عندها قد أجرؤ أن أفخر بِ كيف أحبّك.
وإلى أن يحين ذلك لن أظهر رأسي
حيث يمكن لك أن تختبرني.

---

(٤٨) من الشيّق فعلاً أن هذه السونيت لها نظام تقفية مخالف للسائد في السونيتات الشيكسبيرية، فقوافيها هي كما يلي:
ABABCBCBDEDEFF

(٤٩) أتبنّى قراءة لهذا التعبير تخالف الطبعات التي استخدمتها، فهي تعيد العري إلى الولاء، وقراءتي تعيده إلى الروح.

Sonnet 26

Lord of my love, to whom in vassalage

Thy merit hath my duty strongly knit,

To thee I send this written ambassage

To witness duty, not to show my wit;

Duty so great, which wit so poor as mine

May make seem bare, in wanting words to show it,

But that I hope some good conceit of thine

In thy soul's thought (all naked) will bestow it,

Till whatsoever star that guides my moving

Points on me graciously with fair aspect,

And puts apparel on my tattered loving

To show me worthy of thy sweet respect.

    Then may I dare to boast how I do love thee;

    Till then, not show my head where thou mayst prove me.

سونيت ٢٧

إرهاق الجسد والروح

مرهقاً بالكدح، أهرع بي إلى سريري،
الملاذِ الحميم لأعضاء أثقلها الإعياء،
لكنني عندها أشرَع في رحلة في رأسي،
لأجهد عقلي، حين يكون جهد الجسد قد انتهى.
ذلك أن خواطري (من البعيد حيث أسكن)،
تبدأ عندها رحلة حجّ لهوفةً إليك،
وتُبقي أجفانيَ المرتخية مفتوحةً على سعتها،
محدّقة إلى الظلمة التي يبصرها العميان،
سوى أن بصر روحي التخيّليّ
يبرز طيفك لنظري الكفيف،
طيفك الذي (مثل جوهرة معلّقة في ليل مرعب)،
يجعل الليل الحالك فيّاضاً بالجمال،
ووجهه العتيق جديداً.
أنظر، هكذا لا تجد أعضائي في النهار،
وعقلي في الليل،
لك أنت، ولنفسي، لحظةً من سكون.

Sonnet 27

Weary with toil, I haste me to my bed,

The dear repose for limbs with travail tirèd,

But then begins a journey in my head

To work my mind, when body's work's expirèd.

For then my thoughts (from far, where I abide)

Intend a zealous pilgrimage to thee,

And keep my drooping eyelids open wide,

Looking on darkness which the blind do see;

Save that my soul's imaginary sight

Presents thy shadow to my sightless view,

Which like a jewel (hung in ghastly night)

Makes black Night beauteous, and her old face new.

    Lo, thus by day my limbs, by night my mind,

    For thee, and for myself, no quiet find.

سونيت ٢٨

إعياء

كيف أقدر، إذن، أن أعود مبتهجاً،
أنا المحروم من نعمة الراحة؟
حين لا يخفّف الليل من عبء قمع النهار،
بل أظل مقموعاً في النهار بالليل وفي الليل بالنهار[٥٠]،
وكلٌّ منهما (مع أنه عدوّ لسطوة الآخر)
يصافح الآخر معاهداً إياه على تعذيبي،
الأول بالكدح، والثاني بالشكوى
من أنني على شدّة ما أجهد، ما أزال بعيداً عنك.
أقول للنهار كي أرضيه، إنك متألّق،
وتزيّنه ببهائك حين تسدّ الغيومُ السماء،
كذلك أتملّق الليلَ ذا البشرة الحالكة،
حين لا تتلألأ النجوم المشعشعة، فإنك أنتَ تُذَهِّبُ المساء.
غير أن النهار كلّ يوم يزيد طول أحزاني،
والليل كلّ ليلة يجعل طول البَرْح يبدو أقوى.

_____

(٥٠) اخترت أن أفسّر هذا البيت بطريقة مغايرة للمراجع الأساسية التي استخدمتها.

Sonnet 28

How can I then return in happy plight,

That am debarred the benefit of rest,

When day's oppression is not eased by night,

But day by night and night by day oppressed?

And each (though enemies to either's reign)

Do in consent shake hands to torture me,

The one by toil, the other to complain

How far I toil, still farther off from thee.

I tell the day to please him thou art bright,

And dost him grace when clouds do blot the heaven;

So flatter I the swart-complexioned night,

When sparkling stars twire not thou gild'st the even.

    But day doth daily draw my sorrows longer,

    And night doth nightly make grief's length seem stronger.

سونيت ٢٩

خلاص

حين أكون مجلَّلاً بالعار،
في عين القدر وعيون البشر،
أنوح في وحدة مطبقة على حالتي المزرية،
وأزعج السماء الصمّاء بصرخاتي التي لا تجدي،
وأنظر إلى نفسي فألعن قدري،
متمنّياً أن أكون مثلَ شخص غنيّ بالأمل،
ذا ملامح كملامحه، وكثيرَ الأصدقاء مثله،
مشتهياً فنّ هذا الرجل، وآمادَ ذاك،
راضياً أقلّ الرضا بما أتمتع به أعظم متعة.
بيد أنني حين أكون غارقاً في هذه الأفكار وفي احتقاري لنفسي،
تخطر أنت صدفةً ببالي، فتتغيّر حالي،
(مثل قبّرة تطير مع انبجاس الفجر)
من الأرض الكئيبة، تغنّي الترانيم على بوّابات السماء.
فإن حبّك العذب حين تستعيده الذاكرة يغمرني بالثراء،
فيجعلني عندها آبى أن أستبدلَ حالي بالملوك.

Sonnet 29

When in disgrace with Fortune and men's eyes

I all alone beweep my outcast state,

And trouble deaf heaven with my bootless cries,

And look upon myself and curse my fate,

Wishing me like to one more rich in hope,

Featured like him, like him with friends possessed,

Desiring this man's art, and that man's scope,

With what I most enjoy contented least;

Yet in these thoughts myself almost despising,

Haply I think on thee, and then my state

(Like to the lark at break of day arising)

From sullen earth sings hymns at heaven's gate.

For thy sweet love remembered such wealth brings

That then I scorn to change my state with kings.

** سونيت ٣٠ (٥١)

مرثية الزمن الذي مضى

إلى روث التي تحبّها

حين أستدعي إلى خُلْوات (٥٢) الأفكار الحلوة الصامتة،
ذكريات ما مضى من أشياء،
أتحسّر على أشياء كثيرة سعَيْتُ إليها ولم أنلها،
وأندب، وقد تجدّدت ويلاتٌ قديمة، كلّ غالٍ عليّ دمّره الزمن (٥٣)،
وعندها أغرق عيناً، لم تَعْتَدِ الفيضَ، <في الدمع>
على أصدقاء غالين خبّأهم الموت في ليله الأبديّ،
وأبكي من جديد بُرَحاء الحبّ الذي كان امّحَى منذ زمن بعيد

---

(٥١) بين أجمل الدراسات التي قرأتها لسونيتات شيكسبير دراسة هيلين فندلر المذكورة في مراجع البحث. وأتمنى أن يتاح المجال في طبعات قادمة لإيراد لمحات من هذه الدراسة. سأكتفي هنا بالإشارة إلى تحليلها اللامع لبنية الأصوات في هذه السونيت (رقم ٣٠) ولانتشار صوت حرف السين (را. النص الإنكليزي) عبر شبكة النص، ولبنية الأزمنة المتعددة في السونيت وعلاقاتها المعقدة، ولانتشار الأصوات G, wo, wa, f, d, 1 ولدلالات هذه الظواهر كلها. وذلك ما تعجز الترجمة عن إظهاره.

(٥٢) اخترت متعمداً «خلوات» مع أن اللفظة الأقرب هي «جلسات» لأنني أعتقد أن الأولى ألصق بروح النص، ورغم أنني بذلك أخالف التأكيد المبالغ فيه في المراجع الإنكليزية على أهمية البعد القانوني لكلمات Sessions, summon up ولا أرى ذلك أكثر إثراءً للنص.

(٥٣) اخترت متعمداً أن أترجم بعض العبارات في الترجمتين المختلفتين لهذا النص بصورتين مختلفتين، بأخذ دلالات مختلفة لها وإبرازها في واحدة من الترجمتين دون الأخرى. وهذا واضح خاصة في البيت الرابع.

Sonnet 30

When to the sessions of sweet silent thought

I summon up remembrance of things past,

I sigh the lack of many a thing I sought,

And with old woes new wail my dear time's waste;

Then can I drown an eye (unused to flow)

For precious friends hid in death's dateless night,

And weep afresh love's long-since-cancelled woe,

وأنوح على خسران مناظر عديدة تلاشت،
وعندها أستطيع أن أتفجّع على فجائع غبَرتْ،
وبأسى مرهق أسرد الحكايا الحزينة
لبلوى بعد بلوى كنت قد نُحْتُ عليها،
وأدفع الثمن مُجدَّداً كأنني لم أكن قد دفعته من قبل.
لكن حين أفكّر آنها بكَ، يا صديقيَ الغالي،
فإن كلَّ خسارة تُسْتَعاد، وكلَّ أسى ينقضي.

And moan th' expense of many a vanished sight;

Then can I grieve at grievances fore-gone,

And heavily from woe to woe tell o'er

The sad account of fore-bemoanèd moan,

Which I new pay as if not paid before.

    But if the while I think on thee (dear friend)

    All losses are restored, and sorrows end.

سونيت ٣١

الكلّ لمن هو الكلّ

إن صدرك لحبيبٌ بكلّ < ما فيه من > القلوب
التي افترضتُ، لأنني فقدتُها، أنها ماتت.
وهناك يسود الحبّ، وكلّ أجزاء الحبّ العاشقة،
وجميع أولئك الأصدقاء الذين ظننتهم دُفِنوا.
كم من دمعة مقدّسة خاشعة
سرقها الحبّ الإلهيّ[٥٤] العزيز من عينيّ،
كحقٍّ < علينا > للموتى، الذين يبدو الآن
أنهم إنما نُقِلوا ليرقدوا خبيئين فيك.
لأنت هو القبر الذي يحيا فيه الحبّ المدفون،
معلّقاً مع تذكارات النصر < التي ربحها > أحبائي الراحلون،
الذين وهبوا إليك جميع ما يخصّهم مني
من أجزاء كانت من قبلُ من حقّ كثيرين،
لكنها الآن لك وحدك.
إنني أبصر صورَهم التي أحببتُها فيك،
وأنت هم كلّهم،
وتملك كلّ الكلّ مني.

---

(٥٤) الكلمة الإنكليزية هنا هي religious وهي تعني «الديني» لكنني أجد عبارة «الحب الديني»
سقيمة فاستخدمت «الإلهي».

Sonnet 31

Thy bosom is endearèd with all hearts
Which I by lacking have supposèd dead,
And there reigns Love and all Love's loving parts,
And all those friends which I thought burièd.
How many a holy and obsequious tear
Hath dear religious love stol'n from mine eye,
As interest of the dead, which now appear
But things removed that hidden in there lie?
Thou art the grave where buried love doth live,
Hung with the trophies of my lovers gone,
Who all their parts of me to thee did give;
That due of many, now is thine alone.
    Their images I loved I view in thee,
    And thou (all they) hast all the all of me.

سونيت ٣٢

قراءة الحبّ

إذا بقيتَ أنت حيّاً بعد يوميَ الرضيّ،
حين يغطي ذلك الجَلِفُ، الموتُ، عظامي بغباره،
وإذا استعدتَ صدفةً هذه الأبيات البائسة
لحبيبك الراحل،
فقارنها بما طرأ على الزمان من ازدهار،
واحفظها، رغم أن الأقلام كلّها ستكون قد فاقتْها،
من أجل حبّي، لا من أجل قوافيها،
وقد تجاوزَتْها قِممُ رجالٍ أكثر غبطة.
آه عندها هَبْني هذه الفكرة التي تشي بالحب:
«لو أن عروس إلهام صديقي كانت قد تنامت
مع هذا الزمن المتنامي،
لكان حبُّه قد أنجب وليداً أغلى من هذا،
ليسير في موكب نخبة السائرين.
لكن ما دام قد مات، وغدا الشعراء الآن أفضل،
فسأقرأ شعرهم من أجل أساليبهم،
أما هو فسأقرأه من أجل حبّه».

Sonnet 32

If thou survive my well-contented day,

When that churl Death my bones with dust shall cover,

And shalt by fortune once more resurvey

These poor, rude lines of thy deceasèd lover,

Compare them with the bett'ring of the time,

And, though they be outstripped by every pen,

Reserve them for my love, not for their rhyme,

Exceeded by the height of happier men.

O then vouchsafe me but this loving thought:

'Had my friend's Muse grown with this growing age,

A dearer birth than this his love had brought,

To march in ranks of better equipage:

    But since he died, and poets better prove,

    Theirs for their style I'll read, his for his love.'

** سونيت ٣٣

احتجاب الشموس

كم من صباح مجيد رأيتُه
يمسّد ذرى الجبال بعين ملكيّة
تقبّل المروج الخضراء بوجهها الذهبيّ،
وتذهِّب الجداول الصافية بخيمياء إلهيّة،
لكنها سرعان ما تسمح لأخسّ الغيوم
أن تعتلي وجهها السماوي بكتل السحائب البشعة،
وتخفي محيّاها عن العالم المهجور،
منزلقةً خفْيةً إلى الغرب يجلّلها هذا العار.
ومع أن شمسي ذات صباح مبكر أشرقت(٥٥)
بكلّ جلالها الظافر على جبيني،
فإنها، يا للأسى، لم تكن لي سوى ساعة واحدة،
فقد حجبَتْها عني الآن سحائبُ الآماد.
بيد أن حبيبي لا يلام على هذا أبداً،
فشموس العالم يمكن أن تنحجبَ
حين تحتجبُ شمسُ السماء.

---

(٥٥) ابتداءً من هنا يمكن أن يصاغ النص بصيغة المذكّر كما هو في نص شيكسبير. فالشمس تذكّر في الإنكليزية، والتذكير يوحّد هنا بينها وبين الحبيب الذكر.

Sonnet 33

Full many a glorious morning have I seen

Flatter the mountain tops with sovereign eye,

Kissing with golden face the meadows green,

Gilding pale streams with heavenly alchemy,

Anon permit the basest clouds to ride

With ugly rack on his celestial face,

And from the forlorn world his visage hide,

Stealing unseen to west with this disgrace:

Even so my sun one early morn did shine

With all triumphant splendour on my brow;

But out alack, he was but one hour mine,

The region cloud hath masked him from me now.

    Yet him for this my love no whit disdaineth:

    Suns of the world may stain, when heaven's sun staineth.

سونيت ٣٤

درر الدموع

لماذا وعدتَني[٥٦] بيوم فائق الجمال،
وجعلتَني أسافر دون معطفي،
ثم تركتَ الغيوم الدنيئة تغمرني في طريقي،
مخفيةً بهاءك في دخانها المنتن؟
ليس كافياً أنك تنفُذ من خلال الغيوم،
لتجفّف المطر عن وجهي الذي صفعته العاصفة،
إذ لا يمكن لبشر أن يقول شيئاً حسناً عن بلسم كهذا،
يُلْئِمُ الجرحَ لكنه لا يغسل العار.
كذلك لا يقدر إحساسك بالخِزْي أن يشفيَ فجيعتي:
رغم أنك كفّرتَ عن ذنبك، فأنا ما أزال أعاني الفقدان.
إن أسى المسيء لا يمنح سوى أوهن العزاء
لمن يحمل صليب الإساءة القاسية.
آه، غير أن تلك الدموع دُرَرٌ يذرفها حبّك،
وهي نفيسة، وتفتدي كلّ فعل مسيء.

---

(٥٦) الخطاب هنا للشمس، التي تذكّر في الإنكليزية، ويسمح ذلك بقراءته بوصفه موجهاً للحبيب.

Sonnet 34

Why didst thou promise such a beauteous day,

And make me travel forth without my cloak,

To let base clouds o'ertake me in my way,

Hiding thy brav'ry in their rotten smoke?

'Tis not enough that through the cloud thou break

To dry the rain on my storm-beaten face,

For no man well of such a salve can speak

That heals the wound and cures not the disgrace;

Nor can thy shame give physic to my grief:

Though thou repent, yet I have still the loss.

Th' offender's sorrow lends but weak relief

To him that bears the strong offence's cross.

    Ah, but those tears are pearl which thy love sheds,

    And they are rich, and ransom all ill deeds.

سونيت ٣٥

حرب أهلية في القلب

لا تتفجّعْ بعد الآن لما فعلتَه،
فالورود لها أشواك، والسواقي الفضّية تحمل الوحولَ،
والغيوم والكسوف تحجب كلا القمر والشمس،
والديدان المقزّزة تعيش في أحلى البراعم.
كلّ البشر يخطئون، حتى أنا أخطئ في هذا،
إذ أحلّل ذنوبك بأن أقارنها بغيرها،
مفسداً نفسي، ومبلسماً سيّئاتك،
ومقدِّماً لخطاياك أعذاراً تربو على ما تقتضيه،
إذ أسبغ المعنى على آثامك الشهوانيّة
ـ إن الطرف المناوئ لك هو محاميك ـ
وأشرَع في مرافعة عنك ضدي.
ثمّة حرب أهليّة في حبّي وكرهي،
فلا مناصَ لي من أن أمدّ يد العون
لذلك اللصّ الحلو الذي يسرق بمرارة مني.

Sonnet 35

No more be grieved at that which thou hast done:
Roses have thorns, and silver fountains mud,
Clouds and eclipses stain both moon and sun,
And loathsome canker lives in sweetest bud.
All men make faults, and even I in this,
Authorizing thy trespass with compare,
Myself corrupting salving thy amiss,
Excusing thy sins more than thy sins are:
For to thy sensual fault I bring in sense—
Thy adverse party is thy advocate—
And 'gainst myself a lawful plea commence:
Such civil war is in my love and hate

    That I an accessary needs must be

    To that sweet thief which sourly robs from me.

سونيت ٣٦

توحّد

دعني أعترف بأننا نحن الاثنين لا بدّ أن ننفصمَ،
رغم أن حُبَّيْنا اللذين لا ينقسمان حبّ واحد،
وهكذا سأتحمّل تلك الوصمات التي تظلّ معي،
وحدي دون عون منك.
ليس في حُبَّيْنا الاثنين سوى اعتبار واحد[٥٧]،
رغم أن في حياتَيْنا انفصالاً محيّراً،
مع أنه لا يغيّر تأثير الحبّ الواحد
فإنه يختلس ساعاتٍ حلوةً من غبطة الحبّ.
قد أتجاهلك، ولا أُظهر معرفةً بك بعد الآن أبداً،
لئلا يلطّخك ذنبيَ الفاجعُ بالعار،
وقد لا تشرِّفني أنت بالتلطّف معي أمام الملأ،
إلا إذا اقتطعتَ ذلك الشرف من اسمك.
لكن، لا تفعلنّ ذلك، فإني لأحبّك حبّاً
يجعل سمعتك الطيّبة، لأنك لي، سمعتي أنا.

---

(٥٧) ثمة صعوبة في تحديد دلالة هذه العبارة حتى في المراجع الإنكليزية.

Sonnet 36

Let me confess that we two must be twain,

Although our undivided loves are one:

So shall those blots that do with me remain,

Without thy help by me be borne alone.

In our two loves there is but one respect,

Though in our lives a separable spite,

Which, though it alter not love's sole effect,

Yet doth it steal sweet hours from love's delight.

I may not evermore acknowledge thee,

Lest my bewailèd guilt should do thee shame,

Nor thou with public kindness honour me,

Unless thou take that honour from thy name:

  But do not so; I love thee in such sort

  As thou being mine, mine is thy good report.

سونيت ٣٧

أوج السعادة

كما يبتهج أبٌ مُقْعَدٌ برؤية ابنه النشيط
يمارس أفعال الشباب، كذلك أنا،
وقد أصابتني نوائبُ الزمن الحقود بالعرج،
أستقي كلّ راحتي من سموّ شأنك وصدقك.
فسواء أكان الجمال، أو المَحْتِد، أو الثراء، أو الفطنة،
أو أحد هذه كلِّها، أو كلُّها، أو ما هو أكثر،
تستوي، كما يحقّ لها، متوَّجةً في أجزائك،
فإنني أطعِّم هذا الذخْر بغرسة حبّي.
وهكذا لا أكون عندها أعرج أو فقيراً أو مُزدرى،
وهذا الظلّ يمنحني من الجوهر
ما يجعلني أظلّ على اكتفاء في وفير ثرائك،
وبجزء من مجدك كلِّه أحيا.
أنظرْ إلى الأسمى، فإني أرغب أن يكون ذلك الأسمى فيك،
ولأني أرى هذه الرغبة متحققة، فما أسعدني عشر مرات.

Sonnet 37

As a decrepit father takes delight

To see his active child do deeds of youth,

So I, made lame by Fortune's dearest spite,

Take all my comfort of thy worth and truth.

For whether beauty, birth, or wealth, or wit,

Or any of these all, or all, or more,

Entitled in thy parts do crownèd sit,

I make my love engrafted to this store.

So then I am not lame, poor, nor despised,

Whilst that this shadow doth such substance give

That I in thy abundance am sufficed,

And by a part of all thy glory live.

    Look what is best, that best I wish in thee;

    This wish I have, then ten times happy me.

سونيت ٣٨

عروس الإلهام أنت

كيف يمكن أن تريد عروسُ إلهامي ابتكارَ المواضيع وأنت حيٌّ تتنفس،
أنت الذي تسكب في شعري خواطرك العذبة،
الأكثر روعة من أن تحتويها أيّة ورقة مبتذلة؟
آه ليكن شكرك لنفسك، إذا ظهر فيَّ ما يصمد لنظرك الثاقب،
إذ من هو العييّ الذي يعجز أن يكتب عنك،
وأنت نفسك أصلاً مَنْ يمنح الإبداعَ نورَه؟
لتكن أنت عروس الإلهام العاشرة، وأنفس بعشر مرات
من التسع القديمات اللواتي يستلهمهنّ الناظمون،
ودع كلّ من يستلهمك يولِّد قصائد خالدة تعصى على الأزمنة.
إذا كانت عروس إلهامي النحيلة تمنح المتعة هذه الأيام العجيبة،
فليكن الألم لي، أما أنت فسيكون لك الثناء.

Sonnet 38

How can my Muse want subject to invent,

While thou dost breathe, that pour'st into my verse

Thine own sweet argument, too excellent

For every vulgar paper to rehearse?

O give thyself the thanks if aught in me

Worthy perusal stand against thy sight,

For who's so dumb that cannot write to thee,

When thou thyself dost give invention light?

Be thou the tenth Muse, ten times more in worth

Than those old nine which rhymers invocate;

And he that calls on thee, let him bring forth

Eternal numbers to outlive long date.

    If my slight Muse do please these curious days,

    The pain be mine, but thine shall be the praise.

سونيت ٣٩

نعمة الانفصام

آه، كيف أغنّي جلالك بتأدّب ملائم
بينما كلّك الجزء الأفضل من نفسي؟
وما يجديني أن أمدح نفسي،
وأيُّ شيء هو مديحي لك سوى مديح لنفسي؟
ولهذا دعنا نَعِشْ منفصمَيْن
ودع حبّنا الغالي يفقد اسم الحبّ الواحد،
فبهذا الفصم قد أعطيك
ما هو حقّ لك وما أنت وحدك جدير به .
آه، أيّها الغِياب، أيَّ شقاء مبرّح كنتَ ستكون
لولا أن زمنك المرّ منحني الفرصة الحلوة
لأملأ الوقت بخواطر عن الحبّ
الذي يخدعه الزمن والأفكار بعذوبة،
وبأنك أنت تعلّمني كيف أجعل الواحد اثنين منفصلين
بمدحه هنا، هو الذي يمكث هناك .

Sonnet 39

O, how thy worth with manners may I sing,

When thou art all the better part of me?

What can mine own praise to mine own self bring,

And what is 't but mine own when I praise thee?

Even for this, let us divided live,

And our dear love lose name of single one,

That by this separation I may give

That due to thee which thou deserv'st alone.

O absence, what a torment wouldst thou prove,

Were it not thy sour leisure gave sweet leave

To entertain the time with thoughts of love,

Which time and thoughts so sweetly dost deceive;

  And that thou teachest how to make one twain,

  By praising him here who doth hence remain.

سونيت ٤٠

اتقاء العداوة

خذ كلّ حبّ لي، يا حبيبي، بلى، خذها جميعاً،
فما الذي تملكه عندئذ مما لم تملكه من قبل؟
لا حبّ يا حبيبي، ممّا يمكن أن تسمّيَه أنت حبّاً حقّاً:
لقد كان كلّ ما هو لي لك قبل أن تنال المزيد.
إذن إذا استقبلتَ حبّي من أجل حبّي،
لا أستطيع أن ألومك، لأنك تستعمل حبّي،
لكنك ستكون ملوماً إذا خدعتَ هذه النفس،
بتذوّق مشبوق لما ترفضه أنت نفسك.
إنني لأغفر سرقتك، أيّها اللصّ اللطيف،
رغم أنك تسرق لنفسك كلّ فقري،
ومع ذلك فإن الحبّ يعرف أنها فجيعة أعظم
أن يتحمّل <المرء> إساءةَ الحبّ
من <أن يتحمّل> أذى الكراهية المعروف.
أيّها الشبَق البهيّ الذي يظهر فيه كلّ شرّ جليّاً،
أقتلني كَيْداً، لكن لا ينبغي أن نكون أعداء.

Sonnet 40

Take all my loves, my love, yea, take them all:

What hast thou then more than thou hadst before?

No love, my love, that thou mayst true love call:

All mine was thine before thou hadst this more.

Then if for my love thou my love receivest,

I cannot blame thee, for my love thou usest;

But yet be blamed, if thou this self deceivest

By wilful taste of what thyself refusest.

I do forgive thy robb'ry, gentle thief,

Although thou steal thee all my poverty;

And yet love knows it is a greater grief

To bear love's wrong than hate's known injury.

    Lascivious grace, in whom all ill well shows,

    Kill me with spites, yet we must not be foes.

سونيت ٤١

خيانات حلوة

تلك الأخطاء الحلوة التي تقترفها الحريّة
عندما أغيب أحياناً عن قلبك،
تتلاءم تماماً مع جمالك وسنواتك،
لأن الغواية تتعقّبك دائماً حيثما كنت.
لطيف أنت، ولذلك لا بدّ أن تُنال،
وجميل أنت، ولذلك لا بدّ أن تُستهدَف.
وحين تستدرج امرأةٌ رجلاً فأيّ ابنِ أنثى
سيتركها بمرارة قبل أن يطغى[٥٨]؟
يا أنا!
لكن رغم ذلك بوسعك أن تحفظ حرمة مكاني،
وتؤنّب جمالك وشبابك الضالّ
اللذين يقودانك في هياجهما حتى إلى هناك
حيث تُرغَم على انتهاك حقيقةِ مزدوجة:
حقيقتها هي: بإغواء جمالك لها لتميل إليك،
وحقيقتك أنت: بكون جمالك زائفاً لي.

(٥٨) في إحدى القراءات «تطغى» وهي حسنة.

Sonnet 41

Those pretty wrongs that liberty commits,

When I am sometime absent from thy heart,

Thy beauty and thy years full well befits,

For still temptation follows where thou art.

Gentle thou art, and therefore to be won;

Beauteous thou art, therefore to be assailèd.

And when a woman woos what woman's son

Will sourly leave her till he have prevailèd?

Ay me, but yet thou mightst my seat forbear,

And chide thy beauty and thy straying youth,

Who lead thee in their riot even there

Where thou art forced to break a two-fold truth:

    Hers, by thy beauty tempting her to thee,

    Thine, by thy beauty being false to me.

سونيت ٤٢

الحبيب الغريم

أنها لك الآن، ليس كلّ فجيعتي،
ورغم ذلك يمكن أن يقال إنني أحببتها بعمق،
إن أعظم ما يثير أساي هو أنك أنت لها الآن،
فتلك خسارة في الحبّ تعذّبني عذاباً ألصق.
أيّها العاشقان المعتديان، سوف أعذركما هكذا:
أنت تحبّها لأنك تعرف أنني أحبّها،
وهي كذلك من أجلي تسيء إليّ،
فتتحمّل صديقي من أجلي لكي يختبرها.
فإذا خسرتُك فإن خسارتي ربحٌ لحبيبتي،
وإذا فقدتُها فإن صديقي قد عثر على ما أضعتُ:
كلّ منهما يجد الآخر، وأفقدهما أنا كلاً على حِدَهْ،
وكلاهما من أجلي يحمّلني هذا الصليب.
لكن هي ذي الغبطة: إن صديقي وأنا واحد،
فيا للمواهمة الحلوة! إذن، هي تحبّني وحدي.

Sonnet 42

That thou hast her, it is not all my grief,

And yet it may be said I loved her dearly;

That she hath thee is of my wailing chief,

A loss in love that touches me more nearly.

Loving offenders, thus I will excuse ye:

Thou dost love her, because thou know'st I love her,

And for my sake even so doth she abuse me,

Suff'ring my friend for my sake to approve her.

If I lose thee, my loss is my love's gain;

And, losing her, my friend hath found that loss:

Both find each other, and I lose both twain,

And both for my sake lay on me this cross.

    But here's the joy: my friend and I are one.

    Sweet flatt'ry! Then she loves but me alone.

سونيت ٤٣

نعيم الحلم

حين أغمض عينيّ، تبصران أجلى البصر،
لأنهما طوال النهار تريان أشياء لا قيمة لها.
لكن حين أنام تقعان في الأحلام عليك،
وتُهدَيان إليك، لامعتين في حُلكة،
تأتلقان في الظلام المحيق.
كيف، إذن، يا من يجعل طيفُه الظلالَ تأتلق،
سيبدو تجسُّدُ طيفك في النهار الساطع،
ونورك أشدّ سطوعاً،
ما دام خيالك يشعّ للعيون التي لا تبصر بكل هذا البريق؟
وكيف (أتساءل) ستُبارَك عيناي بالنظر إليك في النهار الحيّ،
إذا كان خيالك البهيّ الغامض، في الليل الميت،
يمكث، عبر النوم الثقيل، في العيون التي لا بصر فيها؟
كلّ النهارات ليالٍ لعينيّ إلى أن أراك،
والليالي نهارات لامعة حين تجلوك ليَ الأحلام.

السونيتات أو التواشيح

Sonnet 43

When most I wink, then do mine eyes best see,

For all the day they view things unrespected,

But when I sleep, in dreams they look on thee,

And, darkly bright, are bright in dark directed.

Then thou, whose shadow shadows doth make bright,

How would thy shadow's form form happy show,

To the clear day with thy much clearer light,

When to unseeing eyes thy shade shines so?

How would (I say) mine eyes be blessèd made

By looking on thee in the living day,

When in dead night thy fair imperfect shade

Through heavy sleep on sightless eyes doth stay?

    All days are nights to see till I see thee,

    And nights bright days when dreams do show thee me.

سونيت ٤٤

بلادة الجسم

لو كان جسمي البليد قد جُبل من الفكر[٥٩]،
لما كانت المسافة اللعينة أعاقت طريقي،
لأنني كنتُ عندها، رغم الفضاء، سأُنقلُ
من أقاليم قصيّة إلى حيث تحِلُّ أنت.
ولن يهمّ عندها أن قدميّ تقفان
على أبعد بقعة من الأرض عنك،
لأن الأفكار الرشيقة تقدر أن تقفز فوق البحار والبراري،
فور أن تفكّر المكانَ الذي تريد أن تكون فيه.
لكن، آه، إنني لتقتلني فكرةُ أنني لم أُجْبَلْ من فكر،
لأثبَ عبر مساحات شاسعة حين ترحل أنت،
بل إنني من طين وماء جُبِلْتُ، ولا مفرَّ لي
من أن أملأ فراغ الزمن بأنيني.
دون أن يمنحني <هذان> العنصران البطيئان
شيئاً سوى الدموع الغزيرة، وَشْماً لبلواهما.

---

(٥٩) تستند هذه السونيت والتالية لها إلى نظرية المعرفة الشائعة في الثقافات القديمة، ومنها العربية، والتي تقوم على أن الجسم الإنساني مركّب من أربعة عناصر: اثنان ثقيلان (التراب والماء) واثنان خفيفان (الهواء والنار). ويعتمد التوازن النسبي لهذه العناصر على عدة عوامل: الحالة النفسية، والصحة الفيزيائية، والتركيب الفردي، والفصول، والسنّ.

Sonnet 44

If the dull substance of my flesh were thought,
Injurious distance should not stop my way;
For then, despite of space, I would be brought
From limits far remote, where thou dost stay.
No matter then although my foot did stand
Upon the farthest earth removed from thee,
For nimble thought can jump both sea and land
As soon as think the place where he would be.
But ah, thought kills me that I am not thought,
To leap large lengths of miles when thou art gone,
But that, so much of earth and water wrought,
I must attend time's leisure with my moan,
    Receiving naught by elements so slow
    But heavy tears, badges of either's woe.

سونيت ٤٥

رُسُلُ العشق

الاثنان الآخران، النسيم الهفهاف والنار المطهِّرة[٦٠]،
كلاهما معك دائماً، حيثما كنت أنا أقيم.
الأول أفكاري، والآخر شهوتي،
وهذان الحاضران ـ الغائبان ينزلقان بحركة عذبة.
ذلك أنه حين يسافر هذان العنصران الأكثر سرعة
ليكونا رسولَيْ عشقٍ حنونين إليك،
تغوص حياتي، المكوّنة من أربعة، باثنين فقط
إلى قاع الموت، تنوء بالكآبة،
إلى أن يُستعاد تركيبُ الحياة السليم
بذينك الرسولين السريعين العائدين من لَدُنْكَ،
واللذين يرجعان الآن مطمئنّين ثانيةً
إلى عافيتك الوافرة، ويسردان ذلك عليّ.
وأبتهج إذ أسمع الخبر، لكنني لا أظلّ هانئاً،
لأنني أبعثهما ثانية إليك، وأكتئب فوراً من جديد.

(٦٠) را. الهامش السابق.

Sonnet 45

The other two, slight air and purging fire,

Are both with thee, wherever I abide:

The first my thought, the other my desire,

These present-absent with sweet motion slide.

For when these quicker elements are gone

In tender embassy of love to thee,

My life, being made of four, with two alone

Sinks down to death, oppressed with melancholy,

Until life's composition be recurèd

By those swift messengers returned from thee,

Who even but now come back again assurèd

Of thy fair health, recounting it to me.

    This told, I joy; but then, no longer glad,

      I send them back again and straight grow sad.

سونيت ٤٦

حرب العين والقلب

عيني وقلبي في حرب ضروس،

كيف يقتسمان الغنيمة المتمثلة في رؤيتك.

عيني تريد أن تمنع قلبي من إبصار صورتك،

وقلبي أن يحرم عيني من حرية < التمتع بـ > ذلك الحقّ.

قلبي يحتجّ بأنك تقطن فيه،

(في مخبأ لم تخترقه أبداً عين بلّورية)[٦١]،

لكن الغريمة تنكر هذا الادعاء،

وتقول إن مظهرك البهيّ يقطن فيها هي.

ومن أجل حسم هذا النزاع عقدتُ هيئة محلّفين

من الأفكار التي تدين كلّها بالولاء للقلب،

وعنها صدر الحكم التالي، محدِّداً

حصّةَ العين الصافية، ونصيب القلب الغالي منك:

إن عيني لها الحق في جزئك الظاهر،

وحقّ قلبي هو حبّك الباطنُ للقلب.

---

(٦١) يبدو أن الإشارة هنا هي إلى العرافين الذين يستخدمون الكرة البلورية أو الزجاجية للتكهن
بالمستقبل وقراءة الحظ.

Sonnet 46

Mine eye and heart are at a mortal war

How to divide the conquest of thy sight.

Mine eye my heart thy picture's sight would bar;

My heart, mine eye the freedom of that right.

My heart doth plead that thou in him dost lie

(A closet never pierced with crystal eyes),

But the defendant doth that plea deny,

And says in him thy fair appearance lies.

To 'cide this title is impanellèd

A quest of thoughts, all tenants to the heart,

And by their verdict is determinèd

The clear eye's moiety, and the dear heart's part,

    As thus: mine eye's due is thy outward part,

    And my heart's right thy inward love of heart.

سونيت ٤٧

حلف العين والقلب

بين عيني وقلبي تمّ عقدُ حلف للولاء،
فكل منهما الآن يؤدي جميلاً للآخر.
حين تكاد عيني تموت جوعاً لرؤياك،
أو يخنق قلبي نفسه وجْداً في الحبّ بتأوهاته،
فإن عيني عندها تُولِمُ على صورة حبيبي،
وإلى الوليمة المصوّرة تدعو قلبي.
وحيناً آخر تكون عيني ضيفةً على قلبي،
وتشاركه جزءاً من خواطر العشق،
وهكذا فإمّا بصورتك أو بمشاعر العشق،
تكون، وأنت بعيد، دائماً معي،
لأنك لست أبعد مما تستطيع أفكاري أن تبلغه،
وأنا لا أبرح دائماً معها، وهي معك.
وإذا ما نامت أفكاري،
فإنّ صورتك في بصري
توقظ قلبي، فيغتبط كلا قلبي وعيني.

Sonnet 47

Betwixt mine eye and heart a league is took,

And each doth good turns now unto the other.

When that mine eye is famished for a look,

Or heart in love with sighs himself doth smother,

With my love's picture then my eye doth feast,

And to the painted banquet bids my heart.

Another time mine eye is my heart's guest,

And in his thoughts of love doth share a part.

So either by thy picture or my love,

Thyself away are present still with me;

For thou not farther than my thoughts canst move,

And I am still with them, and they with thee;

    Or if they sleep, thy picture in my sight

    Awakes my heart, to heart's and eye's delight.

سونيت ٤٨

مخبأ الحبيب

لكم كنتُ حريصاً، حين شرعتُ في طريقي،
أن أحشر كلّ تافهة <من أشيائي> خلف أشدّ الأقفال إحكاماً،
لكي تبقى لي دون استعمال،
بعيداً عن أيادي الزيف، في مخابئَ آمنة.
لكنْ أنت، الذي لا تعدو كلّ جواهري أن تكون تافهة بالقياس إليه،
ومصدر راحتي الأغلى، صرتَ أفدحَ أحزاني،
أنت يا أسمى الغالين عليّ، وهمّي وموئل حرصي الوحيد،
تركتك فريسةً لكلّ من هبّ ودبّ من اللصوص.
لم أصُنْك في أيّ صندوق،
إلا حيث أنت لستَ موجوداً، مع أنني أشعر أنك موجود،
في مخبأ صدريَ الحاني،
حيث بوسعك أن تدخل وتخرج كما يروق لك.
وحتى من هنا أخشى أن تُسرَق،
لأن الحقيقة تتكشف عن لصّة أمام غنيمة مثلك.

Sonnet 48

How careful was I, when I took my way,

Each trifle under truest bars to thrust,

That to my use it might unusèd stay

From hands of falsehood, in sure wards of trust?

But thou, to whom my jewels trifles are,

Most worthy comfort, now my greatest grief,

Thou best of dearest, and mine only care,

Art left the prey of every vulgar thief.

Thee have I not locked up in any chest,

Save where thou art not, though I feel thou art,

Within the gentle closure of my breast,

From whence at pleasure thou mayst come and part;

    And even thence thou wilt be stol'n, I fear:

    For truth proves thievish for a prize so dear.

سونيت ٤٩

حذراً مما سيأتي

حذراً من ذلك الوقت (إذا كان لذلك الوقت أن يجيء يوماً)،
حين سأراك تقطّب إزاء مثالبي،
آن يكون حبّك قد أحصى مجمل أرقامه،
مدفوعاً لتقديم ذلك الحساب باعتبارات جليلة[٦٢]،
حذراً من ذلك الوقت الذي ستمرّ بي فيه مرور الغريب،
ولا تكاد تحييني بشمس عينيك،
وحين سيجد الحبّ، وقد انكفأ عما كان عليه،
ما يدعوه من الأسباب ليتحوّل إلى وقار رزين،
حذراً من ذلك الوقت، أحصّن نفسي هنا،
داخل معرفتي لقدْر نفسي،
وأرفع يدي هذه ضدّ نفسي
لتحميَ شرعية ما لديك من أسباب.
إن قوّة القانون تساندك لهجري، أنا المسكين
إذ إنني عاجز أن أدّعي < وجود > مسوّغ واحد للحبّ.

(٦٢) وقد يعني التعبير «بنواصح خُلّص وقورين».

Sonnet 49

Against that time (if ever that time come)

When I shall see thee frown on my defects,

Whenas thy love hath cast his utmost sum,

Called to that audit by advised respects;

Against that time when thou shalt strangely pass,

And scarcely greet me with that sun, thine eye,

When love, converted from the thing it was,

Shall reasons find of settled gravity;

Against that time do I ensconce me here,

Within the knowledge of mine own desert,

And this my hand against myself uprear

To guard the lawful reasons on thy part.

> To leave poor me thou hast the strength of laws,

> Since why to love I can allege no cause.

سونيت ٥٠

عبء الرحيل

ما أثقل العبء وأنا أرحل في طريقي
لأن ما أسعى إليه (وهو نهاية رحلتي المرهقة)،
يلقّن تلك الراحة والطمأنينة أن تقولا:
«عديدة هي الأميال التي قطعتَها مبتعداً عن خليلك».
والحصان الذي يحملني، مرهقاً بمحنتي،
يسير متثاقلاً، يحمل العبء الذي يملأ نفسي،
كأنما بغريزة ما يدرك ذلك البائسُ
أن راكبه لا يريد العجلة، لأنه ينأى عنك.
والمهماز الدامي يعجز أن يحثّه على الإسراع،
حين تقذفه فورة الغضب في جلده،
بل يحمحم في إرهاق، مجيباً بأنينٍ
أشدّ حدّة في وقعه عليّ من وقع المهماز في جنبيه،
إذ إن ذلك الأنين نفسه يجعل هذا يخطر ببالي:
إن فجيعتي ماثلة أمامي، وغبطتي قد غدت ورائي.

Sonnet 50

How heavy do I journey on the way,

When what I seek (my weary travel's end)

Doth teach that ease and that repose to say

'Thus far the miles are measured from thy friend.'

The beast that bears me, tirèd with my woe,

Plods dully on, to bear that weight in me,

As if by some instinct the wretch did know

His rider loved not speed being made from thee.

The bloody spur cannot provoke him on

That sometimes anger thrusts into his hide,

Which heavily he answers with a groan

More sharp to me than spurring to his side,

    For that same groan doth put this in my mind:

    My grief lies onward, and my joy behind.

سونيت ٥١

حصان اللهفة

هكذا بوسع حبّي أن يعذر إساءة الإبطاء
لحاملي البليد، حين أسرع مبتعداً عنك:
«من حيث أنت، لماذا عليّ أن أبتعد مسرعاً؟،
إلى أن أعود، ليس ثمّة حاجة للعجلة».
آه، أيّ عذر سيجد حصاني المسكين عندها،
آن تبدو أقصى سرعة بالغة البطء؟
وعندها إذا حثثتُ بالمهماز، رغم أني أعتلي صهوة الريح،
سأشعر أنني لا أتحرك وأنا أطير بجناحين.
وعندها لن يستطيع حصان أن يجاري رغبتي،
لذلك فإن الرغبة، (وهي المصوغة من الحبّ الأكمل)،
ستصهل في اندفاعها الناري[٦٣] حاملةً جسماً خفيفاً.
غير أن الحبّ، من أجل الحبّ، سوف يعذر راحلتي هكذا:
«ما دام حين رحل مبتعداً عنك مضى ببطء متعمّد،
فإني، صوبك، سأجري، وأرخي له العنان».

---

(٦٣) ثمة خلافات عديدة حول قراءة هذا البيت وتفسيره، وقد اخترت ما بدا لي أكثر شعرية وأثرى دلالة.

Sonnet 51

Thus can my love excuse the slow offence

Of my dull bearer, when from thee I speed:

'From where thou art, why should I haste me thence?

Till I return, of posting is no need.'

O what excuse will my poor beast then find

When swift extremity can seem but slow?

Then should I spur, though mounted on the wind:

In wingèd speed no motion shall I know.

Then can no horse with my desire keep pace;

Therefore desire (of perfect'st love being made)

Shall weigh no dull flesh in his fiery race,

But love, for love, thus shall excuse my jade:

  'Since from thee going he went wilful slow,

  Towards thee I'll run, and give him leave to go.'

سونيت ٥٢

لذة الندرة

أنا مثل الثريّ الذي يتيح له مفتاحه المبارك
بلوغ كنزه العذب المخبّأ وراء الأقفال،
لكنه لا يعاينه كلّ ساعة،
خوف أن يكهم النقطة الدقيقة للذّة النادرة.
ولذلك كانت الأعياد بهذه القدسية والندرة،
فهي لا تأتي إلا قليلاً، منثورة على مدى السنة الطويلة،
مثل الأحجار الثمينة التي تُنْظَمُ متباعدة،
أو الجواهر الكبرى التي ترصّع التاج.
وكذا هو الزمن الذي يحفظك كأنه صندوق كنوزي،
أو كالخزانة التي تخفي الرداء الجميل،
لكي تحيل لحظة ما متميّزة إلى لحظة مباركة متميّزة،
إذ تكشف فجأة ما تفخر به من روعةٍ سجينةٍ.
بوركتَ أنت يا من يمنح سموُّ قدْرِه
مجالاً للإحساس بالنصر، حين يُنال، وللشعور بالأمل حين يُعْوِز.

Sonnet 52

So am I as the rich, whose blessèd key

Can bring him to his sweet up-lockèd treasure,

The which he will not ev'ry hour survey

For blunting the fine point of seldom pleasure.

Therefore are feasts so solemn and so rare,

Since, seldom coming, in the long year set

Like stones of worth they thinly placèd are,

Or captain jewels in the carcanet.

So is the time that keeps you as my chest,

Or as the wardrobe which the robe cloth hide

To make some special instant special blest,

By new unfolding his imprisoned pride.

    Blessèd are you whose worthiness gives scope,

    Being had, to triumph; being lacked, to hope.

** سونيت ٥٣ [٦٤]

كُنْهُ الحبيب

ما جوهرُك؟ ومن أي كُنْهٍ صُنِعْتَ؟
لتهفهف حولك وفي خدمتك ملايين الطيوف الغريبة؟
لكلّ واحد، كل واحد، طيف واحد فقط،
أما أنت، ولست إلا واحداً، فإنك تُعِير كلّ الطيوف.
لِنَصِفْ أدونيس، ولن تكون الصورة سوى محاكاةٍ شاحبة لك،
ولنسبغ على وجنتَيْ هيلين كلّ فنون الجمال،
وسنكون قد رسمناك مجدّداً في إهاب إغريقي.
لِنَتَحدّثْ عن الربيع وحصاد الموسم الوفير،
وسيجلو الربيعُ طيفَ جمالك،
ويبدو موسم الحصاد مثل سلسبيل فيضك،
وسنعرفك أنت في كلّ شكل تسربله البرَكة.
في كلّ بهاء ظاهر ثمّة لمسةٌ منك،
لكنك لست كمثل أحد، وليس كمثلك أحد،
في ثبات قلبك.

---

(٦٤) يستند هذا النص بقوة إلى الأفلاطونية والتمييز بين «الجوهر» و «العرض» أو الظل/ الطيف، كما هو هنا. كما يستند إلى فكرة أن الحبيبة/ الحبيب تحوي كل مكوّنات الجمال في العالم. وقد قال أبو نواس:

ليس على الله بمستكبر   أن يجمع العالم في واحد

وقد استخدمت «كنه» للتعبير عن المكوّن الأساسي للذات، كما استخدمت «الجوهر».

Sonnet 53

What is your substance, whereof are you made,

That millions of strange shadows on you tend?

Since every one hath, every one, one shade,

And you, but one, can every shadow lend.

Describe Adonis, and the counterfeit

Is poorly imitated after you.

On Helen's cheek all art of beauty set,

And you in Grecian tires are painted new.

Speak of the spring and foison of the year,

The one doth shadow of your beauty show,

The other as your bounty doth appear,

And you in every blessèd shape we know.

    In all external grace you have some part,

    But you like none, none you, for constant heart.

** سونيت ٥٤

الجمال الباطن

آه، لكم يبدو الجمال أروع جمالاً،
حين تزيّنه تلك الحلى الحلوة التي تسبغها الحقيقة.
الوردة تبدو بهيّة، لكننا نعتبرها أشدّ بهاءً،
بذلك العطر الجميل الذي يسكن فيها.
للورود البرّية من نصاعة اللون وعمقه ما لصبغة الورود العطرة،
ولها الأشواك نفسها، وهي تتمايس في غنج لَعوب،
حين تجلو أنفاس الصيف براعمها المقنّعة،
لكن لأن مظهرها هو فضيلتها الوحيدة،
فهي تحيا دونما إغواء لها، وتذبل دونما إجلال،
وتموت وحيدة. أما الورود الحلوة فلا تفعل ذلك،
فمن ميتاتها[٦٥] الحلوة تُصنع أحلى العطور.
وكذا شأنك أنت، أيّها الفتى الجميل الحبيب:
حين يذوي ذلك، فإن شعري[٦٦] سيقطر حقيقتك.

---

(٦٥) المرة الوحيدة في هذه النصوص التي يستخدم فيها الشاعر كلمة موت Death في صيغة الجمع، deaths وقد حاولت الاحتفاظ بها على مضض.

(٦٦) في نص مجلد أوكسفورد ترد هنا كلمة By verse في مكان My versy، وقد اخترت قراءة من نص آخر أجدها أدق.

Sonnet 54

O how much more doth beauty beauteous seem

By that sweet ornament which truth doth give.

The rose looks fair, but fairer we it deem

For that sweet odour which doth in it live.

The canker-blooms have full as deep a dye

As the perfumèd tincture of the roses,

Hang on such thorns, and play as wantonly

When summer's breath their maskèd buds discloses;

But, for their virtue only is their show,

They live unwooed, and unrespected fade,

Die to themselves. Sweet roses do not so;

Of their sweet deaths are sweetest odours made:

    And so of you, beauteous and lovely youth:

    When that shall vade, by verse distils your truth.

** سونيت ٥٥

خلود الشعر

لا الرخامُ ولا أنصابُ الأمراء المُذهَّبة
ستبقى لأطول مما تبقى هذه القوافي العصماء،
أما أنت فستشعّ في هذه المعاني أشدّ لألأة
من الحجارة التي لم تكنس (٦٧) ويلطّخها الزمن العاهر .
وحين تنسف الحروب المخرِّبة التماثيل
وتقتلع المعاركُ الحامية الصروح الصخرية،
فلن يمحو المرّيخ (٦٨) بسيفه، ولا حرائق الحروب الناشبة، ديوان ذكراك الحيّ .
ضدّ الموت وكل عداوة غفلاء
سوف تمضي قُدُماً، وسوف يجد مديحك دائماً مكاناً له
حتى في عيون الأزمنة الآتية كلّها
التي تُبلي هذا العالم حتى دمار النهاية .
وهكذا، فإلى أن تبعث أنت بنفسك يوم القيامة،
ستحيا في هذه الأبيات، وتسكن في عيون العاشقين .

---

(٦٧) قد يشير التعبير إلى الصفائح الحجرية التي توضع على قبور المدفونين في أرض الكنائس
وتنقش عليها أسماؤهم .
(٦٨) مارس إله الحرب في اليونان القديمة .

Sonnet 55

Not marble, nor the gilded monuments

Of princes shall outlive this pow'rful rhyme,

But you shall shine more bright in these contents

Than upswept stone besmeared with sluttish time.

When wasteful war shall statues overturn,

And broils root out the work of masonry,

Nor Mars his sword, nor war's quick fire shall burn

The living record of your memory.

'Gainst death, and all oblivious enmity

Shall you pace forth, your praise shall still find room,

Even in the eyes of all posterity

That wear this world out to the ending doom.

    So, till the judgement that yourself arise,

    You live in this, and dwell in lovers' eyes.

سونيت ٥٦

الحبّ والشبق

أيّها الحبّ العذب، جدّد قوّتك، لئلا يقال
إن نصلك أقلّ إرهافاً من الشبق،
الذي يرتوي حتى الثمالة اليوم
لكنه يعود غداً
مرهف النصل، متفجّراً قوّةً كما كان أمس.
وأنت أيّها الحبّ، كنْ كذلك. إذا نظرت الآن فارتوتْ عيناك الجائعتان،
وامتلأتا حتى لترعش أجفانك ارتواءً،
حدّق غداً من جديد، ولا تقتل روح الحبّ
بفتور باهت مستديم.
ودَعْ هذا الزمن الفاصل الأسيان
يكنْ مثلَ بحر محيط يفصل بين شاطئين
يأتي إليهما حبيبان متعاهدان حديثاً،
كلّ يوم، وعندما يبصران عودة الحبّ
يكون المشهد أعظم برَكة.
أو سمِّه الشتاء الذي، لأنه يحتشد بالغمّ، يجعل مجيء الصيف أشد غبطة،
ويضاعف ثلاثاً الرغبة بقدومه
والشعور بندرته.

Sonnet 56

Sweet love, renew thy force. Be it not said

Thy edge should blunter be than appetite,

Which but today by feeding is allayed,

Tomorrow sharpened in his former might.

So love be thou, although today thou fill

Thy hungry eyes, even till they wink with fullness,

Tomorrow see again, and do not kill

The spirit of love with a perpetual dullness.

Let this sad int'rim like the ocean be,

Which parts the shore where two, contracted new,

Come daily to the banks, that when they see

Return of love, more blest may be the view;

 Or call it winter, which being full of care,

 Makes summer's welcome thrice more wished, more rare.

سونيت ٥٧

حماقة العشق

ما دمت عبدك، فماذا أفعل سوى أن أظلّ متأهّباً
لخدمة ساعات رغباتك وأوقاتها؟
ليس لديّ إطلاقاً وقت ثمين لكي أنفقه،
ولا خدمات لأقدّمها،
إلى أن تشاء أنت.
ولست أجرؤ على تأنيب ساعة العالم الذي لا نهاية له،
وأنا، يا سيدي، أراقب الساعة انتظاراً لك.
ولا أعتبر مرارة الغياب علقماً
حين تودّع خادمك ذات مرّة وترحل.
ولا أجرؤ أن أتساءل بهواجسي الغيورة
أين قد تكون، أو أن أفترض شيئاً عن شؤونك،
بل أمكث، مثل عبد حزين، وأفكر بلا شيء،
سوى كم تسعد أولئك الذين أنت معهم حيث أنت.
إن العشق لأحمق إلى درجة أنه، في كلّ ما ترغبه،
لا يتصوّرك تفعل سوءاً، مع أنك تفعل كلّ شيء.

١٩٤

Sonnet 57

Being your slave, what should I do but tend

Upon the hours and times of your desire?

I have no precious time at all to spend,

Nor services to do, till you require.

Nor dare I chide the world-without-end hour

Whilst I (my sovereign) watch the clock for you,

Nor think the bitterness of absence sour

When you have bid your servant once adieu.

Nor dare I question with my jealous thought

Where you may be, or your affairs suppose,

But like a sad slave stay and think of naught,

Save where you are how happy you make those.

    So true a fool is love, that in your will,

    Though you do anything, he thinks no ill.

سونيت ٥٨

عبودية العشق

لِيحرِّم ذلك الربُّ الذي جعلني بدءاً عبداً لك،
أن أتحكّم، حتى في خواطري، بأوقات متعتك،
أو أشتهي من يديك حساباً لما تفعله في ساعات <يومك>،
إذ إنني ملك يديك وعليّ أن أنتظر وقت راحتك.
آه، دعني أقاسي، وأنا رهن إشارتك،
الغيابَ السجين لحريّتك،
وأتحمّل، وقد روّضني الصبر على المعاناة، كلّ خيبة،
دون أن أتهمك بأذيّتي.
كنْ حيثما شئت، فإن الميثاق الممنوح لك لمتين،
بحيث تعطي أنت الأحقيّة بوقتك
لما تريده أنت، فالوقت ملكك،
ولك أن تغفر لنفسك ارتكاب أيّ جرم.
وأنا عليّ الانتظار، رغم أن الانتظار جحيم،
دون أن ألوم متعتك، سواء أكانت سيّئة أو حسنة.

Sonnet 58

That god forbid, that made me first your slave,

I should in thought control your times of pleasure,

Or at your hand th' account of hours to crave,

Being your vassal bound to stay your leisure.

O let me suffer (being at your beck)

Th' imprisoned absence of your liberty,

And, patience-tame to sufferance, bide each check

Without accusing you of injury.

Be where you list, your charter is so strong

That you yourself may privilege your time

To what you will: to you it doth belong

Yourself to pardon of self-doing crime.

    I am to wait, though waiting so be hell,

      Not blame your pleasure be it ill or well.

سونيت ٥٩

إيهام

إذا لم يكن ثمّة من جديد، بل كلّ ما هو كائن
قد كان من قبل، فما بال عقولنا تُضلّل؟
عقولنا التي تجهد للابتكار،
وهي تحمل خطأً عبء الولادة الثانية لطفل سابق؟
آه لو أن المدوَّنات، بالتفاتة إلى الوراء،
حتى إلى ما قبل ٥٠٠ دورة للشمس،
تقدر أن تريني صورتك في كتاب ما عتيق،
إذ إن العقل[٦٩] كان قد دُوِّن أولاً بالحروف،
لعلّي أرى ما كان بوسع العالم القديم أن يقوله
لتكوين هذه الأعجوبة التي هي هيكلك:
هل أُصْلِحنا نحن < فصرنا أكمل >، أم كانوا هم أفضل،
أم أن دوران الزمن هو هو ذاته.
آه إني لعلى يقين أن ذوي الفطنة الذين عاشوا في الزمن الغابر،
قد أسبغوا المديح المعجِب على موضوعات أقلّ شأناً.

---

(٦٩) والعقل هنا قد تعني الذاكرة.

Sonnet 59

If there be nothing new, but that which is

Hath been before, how are our brains beguiled,

Which, labouring for invention, bear amiss

The second burden of a former child?

O that record could with a backward look,

Even of five hundred courses of the sun,

Show me your image in some antique book,

Since mind at first in character was done,

That I might see what the old world could say

To this composèd wonder of your frame;

Whether we are mended, or whe'er better they,

Or whether revolution be the same.

    O, sure I am the wits of former days

      To subjects worse have given admiring praise.

** سونيت ٦٠

الموج

كما تتحرك الأمواج مندفعة نحو الشاطئ المغطّى بالحصى،
تندفع دقائقنا مسرعة نحو نهايتها،
وكلٌّ منها تتبادل الموقع مع التي تمضي قبلها،
وبكدح متجدّد تتبارى كلّها إلى الأمام.
والطفولة ما أن تبرز إلى خضمّ النور،
حتى تزحف نحو النضج حيث، وهي تتوّج،
تحارب ضدّ هالة مجدها الأنواءُ الملتوية،
والزمن الذي أعطى يدمّر الآن ما كان قد أهداه.
إن الزمن ليخترق الازدهار الذي يزيّن الشباب،
ويغرز الأخاديد المتوازية في جبين الجمال،
ويقتات على الأشياء النادرة في حقيقة الطبيعة،
ولا شيء ينتصب إلا ليحصده منجله.
ومع ذلك فإن شعري سينتصب بأمل في وجه الأزمنة،
متغنياً بسموّ قدْرك، رغم يد الزمن الفاتكة.

Sonnet 60

Like as the waves make towards the pebbled shore,

So do our minutes hasten to their end,

Each changing place with that which goes before,

In sequent toil all forwards do contend.

Nativity, once in the main of light,

Crawls to maturity, wherewith being crowned

Crookèd eclipses 'gainst his glory fight,

And Time that gave doth now his gift confound.

Time doth transfix the flourish set on youth,

And delves the parallels in beauty's brow,

Feeds on the rarities of nature's truth,

And nothing stands but for his scythe to mow.

    And yet to times in hope my verse shall stand,

    Praising thy worth, despite his cruel hand.

سونيت ٦١

سهاد العاشق

أهي مشيئتك أن تُبقي صورتُكَ
أجفاني المثقلة مفتوحةً على الليل المرهق؟
أترغب أنت أن يتكسّر نومي
فيما تسخر أطياف شبيهة بك من بصري؟
أهي روحك تلك التي ترسلها من لَدُنْكَ
نائيةً عن دارها، لكي تتلصّص على ما أفعله،
وتكتشف ما فيّ من مُشينات وساعات خاملة،
تقع كلّها تحت طائلة غيرتك؟
آه، لا. إن حبّك، مع أنه كبير، ليس بهذه العظمة:
بل إن حبّي هو الذي يُبقي عينيّ ساهرتين،
حبّي أنا، حبّي الصادق هو الذي يهزم راحتي
لكي ألعب دائماً دور الحارس الرقيب من أجلك.
إنني لأترقبك، فيما تظلّ أنت يقظاً في مكان آخر،
عني أنا بعيد قصيٌّ، ومع سواي قريب قريب.

Sonnet 61

Is it thy will thy image should keep open

My heavy eyelids to the weary night?

Dost thou desire my slumbers should be broken,

While shadows like to thee do mock my sight?

Is it thy spirit that thou send'st from thee

So far from home into my deeds to pry,

To find out shames and idle hours in me,

The scope and tenure of thy jealousy?

O no, thy love, though much, is not so great:

It is my love that keeps mine eye awake,

Mine own true love that doth my rest defeat,

To play the watchman ever for thy sake.

    For thee watch I, whilst thou dost wake elsewhere,

    From me far off, with others all too near.

سونيت ٦٢

حبّ الذات

إن إثم حبّ الذات يطغى على كلّ عينيّ،
وعلى روحي كلّها، وعلى كلّ جزء مني،
وليس ثمّة من علاج لهذا الإثم،
لأنه مغروس عميقاً في حنايا قلبي.
يبدو لي أنه لا وجهَ له بهاءُ وجهي.
ولا شكل بمثل هذا الصدق، ولا صدق له هذه المكانة،
وأنا أحدّد لنفسي قدْرَ نفسي ومنزلتها،
وأراني أفوق كلّ الآخرين في كلّ قيمة.
لكن حين تريني مرآتي نفسي على حقيقتها،
مشقّقاً أشعث وملطّخاً بدكنة القِدَمِ،
فإنني أقرأ حبّي لذاتي قراءةً معاكسة تماماً،
إن حبّ النفس إلى هذه الدرجة لإثم:
إنكَ أنت، (يا نفسي)، هو مَنْ أمدحه لنفسي،
مزيّناً كهولتي بجمال أيامك.

Sonnet 62

Sin of self-love possesseth all mine eye,

And all my soul, and all my every part;

And for this sin there is no remedy,

It is so grounded inward in my heart.

Methinks no face so gracious is as mine,

No shape so true, no truth of such account,

And for myself mine own worth do define

As I all other in all worths surmount.

But when my glass shows me myself indeed,

Beated and chapped with tanned antiquity,

Mine own self-love quite contrary I read;

Self so self-loving were iniquity:

    'Tis thee (my self) that for myself I praise,

    Painting my age with beauty of thy days.

** سونيت ٦٣

صراع الزمن

ضدّ زمنٍ سيكون فيه حبيبي كما أنا الآن،
بالياً ومسحوقاً بيد الزمن الفاتكة،
حين تكون الساعات قد امتصّت دماءه
وملأت جبينه بالخطوط والغضون،
وحين يكون صباحه الفتيّ
قد ترحّل إلى هاوية ليل العمر
وتكون كلّ هذه المحاسن التي هو مَلِكٌ فيها الآن
تختفي أو قد اختفت عن الأنظار،
سارقة معها كنوز ربيعه:
لأجل زمن كهذا أتحصّن الآن،
ضدّ المدية الفتاكة للعمر المدمّر،
كي لا يجتثّ مدى الدهر من الذاكرة
جمالَ حبيبي الحلو، وإن اجتثّ حياته.
إن جماله سيظلّ يُرى في هذه الأبيات السوداء،
وستحيا هي، ويحيا هو فيها دائماً أخضر.

Sonnet 63

Against my love shall be as I am now,

With Time's injurious hand crushed and o'er-worn,

When hours have drained his blood and filled his brow

With lines and wrinkles, when his youthful morn

Hath travelled on to age's steepy night,

And all those beauties whereof now he's king

Are vanishing, or vanished out of sight,

Stealing away the treasure of his spring:

For such a time do I now fortify

Against confounding age's cruel knife,

That he shall never cut from memory

My sweet love's beauty, though my lover's life.

    His beauty shall in these black lines be seen,

      And they shall live, and he in them, still green.

** سونيت ٦٤

البكاء على الأطلال

الآن وقد أبصرتُ النفائس الثرية الفخورة
للعصور الدفينة البالية
وقد عَفَتْها يد الزمن الرهيبة،
وحين أبصرُ بروجاً قد تقوّضت وكانت ذات يوم شمّاء،
والنحاسَ الخالد عبداً لهياج البشر الفانين،
وحين أبصر المحيط الجائع يتوسّع
على حساب مملكة الشطآن،
والأرض الصلبة تغتصب مساحاتٍ من مجال المياه،
مغنية المختزَنَ بالخسارة والخسارة بالمختزَن،
الآن وقد أبصرت مثل هذا التبادل بين الأحوال
بل الأحوال نفسها تَؤول إلى البلى،
فقد علّمني الخراب أن أتأمّل هكذا:
إن الزمن سيأتي وينتزع حبيبي مني.
وهذا الخاطر مثلُ موتٍ، لا خيار لديه
سوى أن يبكي لأنه يملك ذاك الذي يخشى أن يخسره.

Sonnet 64

When I have seen by Time's fell hand defacèd
The rich proud cost of outworn buried age,
When sometime lofty towers I see down razèd
And brass eternal slave to mortal rage;
When I have seen the hungry ocean gain
Advantage on the kingdom of the shore,
And the firm soil win of the wat'ry main,
Increasing store with loss, and loss with store;
When I have seen such interchange of state,
Or state itself confounded to decay,
Ruin hath taught me thus to ruminate,
That Time will come and take my love away.
    This thought is as a death, which cannot choose
    But weep to have that which it fears to lose.

** سونيت ٦٥

الحبر اللألاء

ما دام أنه لا النحاس ولا الحجر ولا الأرض
ولا البحر الذي لا حدود له
إلا ستهزم قوّتَها قوّةُ الفناء الحزينة،
كيف يمكن للجمال، مع هذا الهيجان، أن يستعطفَ،
وفعله لا يربو على قوّة الزهرة؟
آه كيف تصمد أنفاس الصيف المعسولة
في وجه الحصار المدمّر للأيام القارعات
في حين أن الصخور التي لا تُقهر تعجز عن الصمود،
وبوّابات الفولاذ المنيعة سيدمّرها الزمن؟
آه، أيّها التأمّل المخيف، أين ترى
ستختبئ جوهرةُ الزمن الأنفس من صندوق الزمن(٧٠)؟
وأيّ يد قوية ستقدر أن تكبح قدمَه الخاطفة؟
ومن يستطيع أن يحرمه غنيمة الجمال؟
آه، لا أحد، إلا إذا كانت القوّة لهذه المعجزة:
أن يظلّ حبيبي، في حبر أسود، أبداً لامعاً يتلألأ.

---

(٧٠) في العبارة شيء من الغموض وقد اقترح بعض الدارسين وضع كلمة quest مكان chest.

٢١٠

Sonnet 65

Since brass, nor stone, nor earth, nor boundless sea,

But sad mortality o'ersways their power,

How with this rage shall beauty hold a plea,

Whose action is no stronger than a flower?

O how shall summer's honey breath hold out

Against the wrackful siege of batt'ring days,

When rocks impregnable are not so stout,

Nor gates of steel so strong, but time decays?

O fearful meditation; where, alack,

Shall Time's best jewel from Time's chest lie hid?

Or what strong hand can hold his swift foot back,

Or who his spoil of beauty can forbid?

    O none, unless this miracle have might,

    That in black ink my love may still shine bright.

** سونيت ٦٦

أسى الموت

مرهقاً بكلّ هذه الأشياء، أصرخ للموت المريح،

إذ أرى من يستحقّون يولدون ليكونوا متسوّلين،

ومن لا يستحقّون شيئاً يُسربَلون بمترف الأزياء،

وأرى المواثيق الطاهرة منتهكة،

والشرف المذهّب يوضع في غير مكانه،

والفضيلة العذراء تُعامل كالعُهر،

والكمال الحقّ موشوماً خطأً بالعار،

والقوّة محوّلة إلى عرَج،

والفنَّ مربوط اللسان من قِبل السلطة،

والحمق يتحكم بالمهارة، كما يتحكم الطبيب بالمريض،

والحقيقة البسيطة مسمّاة، خطلاً، بساطةً،

والخير المأسور في خدمة الشرّ الكبير،

مرهقاً بهذه الأمور كلّها، أتمنّى أن أنأى عنها جميعاً،

سوى أنني إن متّ، سأترك حبيبي وحيداً.

Sonnet 66

Tired with all these, for restful death I cry :

As to behold desert a beggar born,

And needy nothing trimmed in jollity,

And purest faith unhappily forsworn,

And gilded honour shamefully misplaced,

And maiden virtue rudely strumpeted,

And right perfection wrongfully disgraced,

And strength by limping sway disablèd,

And art made tongue-tied by authority,

And folly (doctor-like) controlling skill,

And simple truth miscalled simplicity,

And captive good attending captain ill.

    Tired with all these, from these would I be gone,

    Save that to die I leave my love alone.

سونيت ٦٧

وردة النقاء حبيبي

آه، لماذا ينبغي عليه أن يعيش وسط هذا الفساد،
ويبارِكَ بحضوره اللاتقوى،
فتكسب الخطيئة بسببه امتيازاً
وتَشِجَ نفسها إلى مجالسه؟
لماذا ينبغي أن تقلّد اللوحة المزيّفة خدّيه
وتسرق من بهائه الحيّ مظهر الجمال الميت؟
لماذا ينبغي على الجمال الفقير أن يطلب بصورة غير مباشرة
ورود الأطياف، ما دامت وردتُه هو حقيقية؟
لماذا ينبغي عليه أن يحيا، الآن وقد أفلست الطبيعة،
وغدت تفتقر إلى الدماء لتتدفّق في عروق حيّة،
إذ ليس لها الآن من مخزن سواه،
وهي تحيا على مكاسبه، معتزّة بالكثير منها؟[٧١]
آه، إن الطبيعة لتخزّنه هو، لكي تُري الناس أيّة ثروةٍ كانت تملك
في أيام غابرة، قبل هذه الأيام الأخيرة الرديئة.

---

(٧١) معنى هذا البيت مبهم حتى على المختصّين وقد تعدّدت قراءاته.

Sonnet 67

Ah, wherefore with infection should he live,

And with his presence grace impiety,

That sin by him advantage should achieve

And lace itself with his society?

Why should false painting imitate his cheek,

And steal dead seeming of his living hue?

Why should poor beauty indirectly seek

Roses of shadow, since his rose is true?

Why should he live, now Nature bankrupt is,

Beggared of blood to blush through lively veins,

For she hath no exchequer now but his,

And proud of many, lives upon his gains?

    O him she stores to show what wealth she had

    In days long since, before these last so bad.

سونيت ٦٨

خريطة البلى

وهكذا[٧٢] فإن وجنته هي خريطة[٧٣] الأيام التي أكلها البلى
حين كان الجمال يعيش ويموت كما تفعل الأزهار الآن،
قبل أن تُخلق هذه العلامات المزندقة للجمال،
أو تجرؤ على أن تسكن جبيناً حيّاً،
قبل أن تُجْتَزَّ خُصُلات الأموات الذهبية،
التي هي من حق الأضرحة،
لتحيا حياة ثانية على رأسٍ ثان،
وقبل أن تجعل جُزّةُ الجمال الميتة شخصاً آخر سعيداً:
فيه تُرى تلك الساعات القديمة المقدّسة،
دونما أيّ زينة، بل هي ذاتها وصادقة،
لا تصنع صيفاً من اخضرار < شخص > آخر،
ولا تسرق من قديم لتكسو جماله رداءً جديداً.
والطبيعة تختزنه هو خريطةً < مجسّدة > لنفسها،
لكي تُري الفنَّ الزائف كيف كان الجمال في زمن غابر.

---

(٧٢) تمثّل «هكذا» استمراراً لخاتمة السونيت السابقة. ويحدث مثل هذا الترابط في عدد من السونيتات.

(٧٣) يمكن استخدام كلمة «تجسيد» بدل «خريطة» لكنني اخترت ما هو أقرب إلى طبيعة لغة شيكسبير الشعرية.

Sonnet 68

Thus is his cheek the map of days outworn,

When beauty lived and died as flowers do now,

Before these bastard signs of fair were born,

Or durst inhabit on a living brow:

Before the golden tresses of the dead,

The right of sepulchres, were shorn away,

To live a second life on second head,

Ere beauty's dead fleece made another gay:

In him those holy antique hours are seen

Without all ornament, itself and true,

Making no summer of another's green,

Robbing no old to dress his beauty new;

    And him as for a map doth Nature store,

      To show false Art what beauty was of yore.

سونيت ٦٩

المعاشرة المفسدة

أجزاؤك التي تستطيع عين العالم أن تبصرها
لا ينقصها شيء تستطيع خواطر القلوب أن تحسِّنه:
كلّ الألسنة (وهي أصوات الأرواح) تعطيك ما هو من حقّك،
ناطقة بالحقيقة العارية التي يعترف بها على مضض حتى الأعداء.
هكذا يُتوَّج مظهرُك الخارجي بمديح خارجي،
لكن هذه الألسنة ذاتها التي تسبغ عليك الثناء الذي تستحقّه،
بلكنات ثانية تفنّد ذلك الثناء،
بأن ترى أبعد مما جلَتْه العيون.
إنّها تنظر إلى جمال عقلك،
وتقيس ذلك، بالتخمين، بأفعالك.
عندها تضفي أفكارُ الخصوم الأجلاف، (رغم أن عيونهم كانت لطيفة)،
على زهرتك البهيّة الرائحةَ الخبيثةَ للأعشاب الضارّة.
أمّا لماذا لا تتطابق رائحتُك مع مظهرك،
فإن التربة[٧٤] هي هذه: أنك تعاشر الرّعاع وتنمو <مثلهم>.

---

(٧٤) هناك قراءات عديدة لهذه الكلمة، وخلافات حولها. وقد اخترت معنى رأيته ملائماً للجملة.

Sonnet 69

Those parts of thee that the world's eye doth view

Want nothing that the thought of hearts can mend:

All tongues (the voice of souls) give thee that due,

Utt'ring bare truth, even so as foes commend.

Thy outward thus with outward praise is crowned,

But those same tongues that give thee so thine own

In other accents do this praise confound

By seeing farther than the eye hath shown.

They look into the beauty of thy mind,

And that, in guess, they measure by thy deeds.

Then, churls, their thoughts (although their eyes were kind)

To thy fair flower add the rank smell of weeds.

But why thy odour matcheth not thy show,

The soil is this, that thou dost common grow.

سونيت ٧٠

اللوم المجحف

أنّك تُلام لن يكون عيباً فيك،
لأن هدف الذامّين كان دائماً ذوي الجمال.
إن زينة الجمال هي الريبة،
فهي غراب يطير في نسيم السماء الأحلى.
ما دمت خيّراً، فإن المذمّة لا تعدو أن تبرهن
أنّ قدْرك أعظم. سيغاويك الزمن[٧٥]
لأن شرّ الديدان تحبّ أحلى البراعم،
وأنت تتمتع بشباب نقيّ لم يلطّخ،
فلقد تجاوزت كمائن أيام شبابك،
إما دون أن تُهاجَم، أو منتصراً حين هوجمت،
ومع ذلك فإن مديحك هذا لا يمكن أن يكون مديحك
الذي < يكفي > ليكبح الحسد المتزايد دائماً.
إذا لم يُقنِع مظهرَك شكٌّ ما بالشرّ،
فأنت وحدك جدير بأن تمتلك ممالك من القلوب.

---

(٧٥) هناك خلافات عديدة حول هذا البيت، وقد اقترحت تأويلي الخاص له، وخالفت في تركيب جملتيه طبعة أوكسفورد. والله أدرى.

Sonnet 70

That thou art blamed shall not be thy defect,

For slander's mark was ever yet the fair.

The ornament of beauty is suspect,

A crow that flies in heaven's sweetest air.

So thou be good, slander doth but approve

Thy worth the greater, being wooed of time.

For canker vice the sweetest buds doth love,

And thou present'st a pure unstainèd prime.

Thou hast passed by the ambush of young days,

Either not assailed, or victor, being charged;

Yet this thy praise cannot be so thy praise

To tie up envy, evermore enlarged.

    If some suspect of ill masked not thy show

    Then thou alone kingdoms of hearts shouldst owe.

** سونيت ٧١

الرحيل

لا تَنُحْ عليّ وتعلن الحداد حين أموت،
لأطولَ ممّا تسمع الجرس الوقور الكئيب يقرع،
منذراً العالم بأنني قد نجوتُ
من هذا العالم المقيت،
لأسكن مع الدود الأمقت.
لا، وإذا قرأتَ هذا البيت،
فلا تتذكر اليد التي كتبتْه، لأنني أحبّك
إلى درجة أنني لا أريد أن أخطر في أفكارك الحلوة،
إذا كان تفكيرك بي عندها سيسبّب لك الأسى.
آه، أقول أيضاً، إذا وقع نظرك على هذه القصيدة،
حين أكون (ربما) صرتُ معجوناً بالتراب،
فلا تفعل شيئاً، حتى شيئاً بسيطاً،
كأن تتلفّظ باسمي البائس،
بل دَعْ حبّك يفنى مع موت حياتي،
لئلا ينظرَ العالم الحكيم في تأوّهاتك،
ويسخر منك معي بعد أن أكون أنا قد رحلت.

Sonnet 71

No longer mourn for me when I am dead

Than you shall hear the surly sullen bell

Give warning to the world that I am fled

From this vile world with vilest worms to dwell:

Nay, if you read this line, remember not

The hand that writ it, for I love you so

That I in your sweet thoughts would be forgot,

If thinking on me then should make you woe.

O, if (I say) you look upon this verse

When I (perhaps) compounded am with clay,

Do not so much as my poor name rehearse;

But let your love even with my life decay,

   Lest the wise world should look into your moan

   And mock you with me after I am gone.

سونيت ٧٢

مذلّة العاشق

آه، لئلا يسألك العالم، متحدّياً، أن تسردَ
المحاسنَ التي تحيا فيّ والتي تحبّها،
بعد موتي انسني تماماً، أيها الحبيب،
لأنّك لا تستطيع أن تثبت وجود أيّ شيء ذي قيمة فيّ.
إلا إذا كنت ستلفّق كذبةً فاضلة عنّي
لكي تفعل من أجلي ما لا تفعله شمائلي،
وتغدق عليّ أنا الميت مديحاً يفوق ما
ستسبغه الحقيقة الصارمة، مختارةً، عليّ.
آه، لئلا يبدو حبّك الصادق مزيّفاً في هذا:
أنّك لحبّك لي تقول ما هو جميل وكاذب عنّي،
لِيُدْفَن اسمي حيث يستقرّ جسدي،
ولا يستمرّ حيّاً فيلطّخنا بالعار أنا وأنت.
لأنني أشعر بالعار لما آتي به،
وينبغي عليك أنت أيضاً أن تحسّ به
إذ تحبّ ما لا قيمة له ولا فضل.

Sonnet 72

O, lest the world should task you to recite

What merit lived in me that you should love

After my death (dear love) forget me quite,

For you in me can nothing worthy prove;

Unless you would devise some virtuous lie,

To do more for me than mine own desert,

And hang more praise upon deceasèd I

Than niggard truth would willingly impart.

O, lest your true love may seem false in this,

That you for love speak well of me untrue,

My name be buried where my body is,

And live no more to shame nor me, nor you.

    For I am shamed by that which I bring forth,

    And so should you, to love things nothing worth.

** سونيت ٧٣

زمن العراء

قد تبصر فيَّ ذاك الوقتَ من السنة
الذي تتدلّى فيه أوراقٌ صفراءُ ـ بضعُ وريقاتٍ، أو لا أوراقْ،
من أغصان تهتزّ في ريح باردة،
كوارسُ (٧٦) مهشّمة عارية، كانت تغرّد فيها حتى عهد قريب طيورٌ حلوة.
قد تبصر فيَّ غسقَ يومٍ،
يتلاشى بعد المغيب في الغرب،
الذي سيدفنُه، رويداً رويداً، الليلُ البهيمُ
ذاتُ الموتِ الثانيةُ، الذي يأسر كلّ شيء في راحة أبدية.
قد تبصر فيّ وهجَ نارٍ تتمدّد
على رماد شبابها، كأنما هو سرير موتها
الذي لا بدّ أن تُحتضَر عليه،
وقد التهمها ما كانت تستمدّ منه قُوتَ الحياة.
هذا ما ستبصره عيناك، وسيجعل حبّك
أصلبَ عوداً،
لتحبّ حبّاً أعظم ما عليك أن تفارقه عمّا قريب.

---

(٧٦) أعترف أنني عاجز عن إيجاد كلمة عربية دالّة في هذا السياق لترجمة «كورس» على مقتي لاستخدام الكلمات الأجنبية في النصوص العربية وخاصة في الترجمة.

Sonnet 73

That time of year thou mayst in me behold

When yellow leaves, or none, or few, do hang

Upon those boughs which shake against the cold,

Bare ruined choirs, where late the sweet birds sang.

In me thou seest the twilight of such day

As after sunset fadeth in the west,

Which by and by black night doth take away,

Death's second self, that seals up all in rest.

In me thou seest the glowing of such fire

That on the ashes of his youth doth lie,

As the death-bed whereon it must expire,

Consumed with that which it was nourished by.

    This thou perceiv'st, which makes thy love more strong,

    To love that well, which thou must leave ere long.

** سونيت ٧٤

بقاء الروح

لكن لا تأسَ حين يأسرني الموتُ الفتّاك
ويأخذني بعيداً، دونما أمل بإطلاق السراح.
إن حياتي ستستمرّ بشكل ما في هذه الأبيات
التي ستبقى معك دائماً لتذكّرك بي،
وحين تعيد قراءة هذه < القصيدة > ،
ستقرأ ذلك الجزء مني الذي كان منذوراً لك.
التراب لا يمكن أن يكون له سوى التراب،
الذي هو من حقّه،
أمّا روحي فملكك أنت، وهي أفضل جزء مني.
وهكذا فأنت لن تكون خسرت سوى رُفات الحياة،
وطعام الدود، حين يموت جسدي،
غنيمة جبانة لمديةِ قاتل تعيس،
أحطّ قدْراً من أن يستحقّ أن تتذكّره:
إن قيمة ذلك تكمن في ما يحتويه،
وهو هذه < الأبيات > ، وهذه معك تبقى.

Sonnet 74

But be contented when that fell arrest

Without all bail shall carry me away;

My life hath in this line some interest,

Which for memorial still with thee shall stay.

When thou reviewest this, thou dost review

The very part was consecrate to thee.

The earth can have but earth, which is his due;

My spirit is thine, the better part of me.

So then thou hast but lost the dregs of life,

The prey of worms, my body being dead,

The coward conquest of a wretch's knife,

Too base of thee to be rememberèd.

  The worth of that, is that which it contains,

  And that is this, and this with thee remains.

** سونيت ٧٥

أحوال العاشق

كذا أنت لأفكاري كما الغذاء للحياة،
أو كما هي الأمطار الموسمية العذبة للأرض،
ومن أجل السلام بصحبتك أجاهد نفسي،
كما يحدث بين بخيل وثروته:
يتمتّع بها فخوراً لحظةً، وسرعان ما
يخشى أن يخطف كنزَه الزمنُ الغادر،
أظنّ حيناً أن الأفضل أن أكون معك وحدنا،
ثم أفضّل أن يرى العالم متعتي بك،
أحياناً مليئاً بنشوة أن أُولِمَ على رؤياك،
وأحياناً أكاد أموت جوعاً لنظرة منك،
لا ممتلكاً، ولا لاهثاً وراء، أيّة ملذّات،
سوى ما نلتُه أو ما ينبغي أن آخذه منك.
وهكذا أتضوّر جوعاً وأُولِمُ يوماً بعد يوم،
فأنا إمّا متخمٌ بكلّ شيء، أو خاوٍ من كلّ شيء.

Sonnet 75

So are you to my thoughts as food to life,

Or as sweet seasoned showers are to the ground;

And for the peace of you I hold such strife

As 'twixt a miser and his wealth is found:

Now proud as an enjoyer, and anon

Doubting the filching age will steal his treasure,

Now counting best to be with you alone,

Then bettered that the world may see my pleasure;

Sometime all full with feasting on your sight,

And by and by clean starvèd for a look.

Possessing or pursuing, no delight,

Save what is had or must be from you took.

    Thus do I pine and surfeit day by day,

      Or gluttoning on all, or all away.

سونيت ٧٦

لغة قديمة لحبّ متجدّد

ما بال شعري عارياً من أيّة حلية باذخة جديدة،
بعيداً عن التنوّع أو التغيّر السريع؟
لماذا لا أنعطف، مع الزمن،
إلى أنهاج مكتشفة، وتوليفات غريبة؟
لماذا أكتب شيئاً واحداً، هو ذاته دائماً،
وأبقي الابتكار في رداء مألوف،
بحيث أن كلّ كلمة تقريباً تنطق باسمي،
كاشفة مكان ولادتها، ومن أين جاءت؟
آه، إعلمْ أيّها الحبيب الحلو، أنني دائماً عنك أكتب،
وأنك أنت والحبّ دائماً غرَضي.
ولذلك فإن أفضل ما لديّ
هو أن أسربل الكلمات القديمة بدثار جديد،
منفقاً ثانيةً ما تمّ إنفاقه من قبل:
فكما أن الشمس جديدة وقديمة كلّ يوم،
كذلك هو حبّي يعيد قول ما كان قد قيل.

Sonnet 76

Why is my verse so barren of new pride,

So far from variation or quick change?

Why with the time do I not glance aside

To new-found methods, and to compounds strange?

Why write I still all one, ever the same,

And keep invention in a noted weed,

That every word doth almost tell my name,

Showing their birth, and where they did proceed?

O know, sweet love, I always write of you,

And you and love are still my argument;

So all my best is dressing old words new,

Spending again what is already spent:

    For as the sun is daily new and old,

      So is my love, still telling what is told.

سونيت ٧٧

الكتابة والزمن

مرآتك ستُريك كيف ستذبل محاسنُك،
والساعة الشمسية كيف تضيع دقائقك النفيسة،
والصفحات البيضاء ستحمل نقش عقلك،
ومن هذا الكتاب، لعلّك تتذوّق هذه المعرفة :
إن التجاعيد التي ستكشفها حقاً مرآتك
لقبورٍ فاغرة ستمنحك العِظَة وتذكّرك.
وستعرف، من ظلال الساعة الشمسية الزاحفة،
كيف يتقدّم الزمن اللصّ نحو الأبدية.
تأمّلْ ما لا تستطيع ذاكرتك أن تحفظه،
ودوّنْهُ في هذه الصفحات الخالية، وستجد
بنات أفكارك ترعرعت، وقد أنجبها دماغك،
فتعرف عقلك معرفة جديدة.
إن هذه الواجبات، كلّما ازددت نظراً إليها،
ستفيدك أنت، وتثري كتابك أشدّ ثراء.

Sonnet 77

Thy glass will show thee how thy beauties wear,

Thy dial how thy precious minutes waste,

The vacant leaves thy mind's imprint will bear,

And of this book this learning mayst thou taste:

The wrinkles which thy glass will truly show

Of mouthèd graves will give thee memory;

Thou by thy dial's shady stealth mayst know

Time's thievish progress to eternity.

Look what thy memory cannot contain,

Commit to these waste blanks, and thou shalt find

Those children nursed, delivered from thy brain,

To take a new acquaintance of thy mind.

    These offices, so oft as thou wilt look,

      Shall profit thee, and much enrich thy book.

سونيت ٧٨

منبع الإلهام

كثيراً ما استدعيتك عروسَ إلهام لي،
ووجدت فيك أجمل عونٍ لشِعري،
فأخذ من شِعري فيك كلّ قلمٍ غريب،
وانتشر شِعرهم في حِمَى رعايتك.
عيناك، اللتان علّمتا الأبكم أن يغنّي بصوت عال،
والجهلَ المطبق أن يطير في الأعالي،
قد أنبتتا ريشاً لأجنحة ذوي المعرفة،
ومنحتا البهاء جلالاً مضاعفاً.
ومع ذلك كُنْ شديدَ الاعتزاز بما أنظمه أنا فيك،
لأن مصدره أنت، وهو منك مولود.
في أعمال الآخرين، أنت تحسّن الأسلوب فقط،
وتكلّل الفنّ بمزيد من بهائك العذب.
أمّا في شعري فأنت كلّ شعري،
وأنت تنمّي وتمنح الازدهار لي،
وترفع جهلي المدقع إلى مراتب المعرفة.

Sonnet 78

So oft have I invoked thee for my Muse

And found such fair assistance in my verse

As every alien pen hath got my use,

And under thee their poesy disperse.

Thine eyes, that taught the dumb on high to sing,

And heavy ignorance aloft to fly,

Have added feathers to the learnèd's wing,

And given grace a double majesty.

Yet be most proud of that which I compile,

Whose influence is thine, and born of thee.

In others' works thou dost but mend the style,

And arts with thy sweet graces gracèd be;

    But thou art all my art, and dost advance

    As high as learning my rude ignorance.

سونيت ٧٩

منبع الفضيلة

حينما كنت الوحيد الذي استنجد بعونك،
كان شعري الوحيد الذي سربله بهاؤك المرهف،
أمّا الآن فإن الذبول يغمر أرقامي [٧٧] المباركة،
وعروس إلهامي العليلة تفسح مكاناً لآخر.
إنني، أيّها الحبيب الحلو، أسلّم بأن ذاتك الجميلة،
تستحقّ جهد قلم أكثر قيمةً وموهبة.
غير أنّ شاعرك في ما يبتكره منك،
يسرقه منك ويدفعه إليك ثانية.
يُعيرك الفضيلة، وقد سرق تلك الكلمة
من سلوكك وأفعالك. يمنح الجمال
وقد وجده في وجنتيك.
إنه لعاجز عن أن يسبغ عليك من الثناء
إلا ما يحيا فيك.
إذن فلا تشكره من أجل ما يقوله،
إذ إن ما هو مدين لك به
تدفعه أنت نفسك.

---

(٧٧) والأرقام هي القصائد، لكنني ترجمتها هكذا لأن بعض الدارسين يرون أنها قد تعني الأرقام المعطاة للسونيتات فعلاً وأنها قد تشير إلى ما يتلو رقم ٧٠ منها. را. طبعة آردن.

Sonnet 79

Whilst I alone did call upon thy aid

My verse alone had all thy gentle grace,

But now my gracious numbers are decayed,

And my sick Muse doth give another place.

I grant (sweet love) thy lovely argument

Deserves the travail of a worthier pen,

Yet what of thee thy poet doth invent

He robs thee of, and pays it thee again.

He lends thee virtue, and he stole that word

From thy behaviour; beauty doth he give

And found it in thy cheek; he can afford

No praise to thee but what in thee doth live.

    Then thank him not for that which he doth say,

    Since what he owes thee, thou thyself dost pay.

سونيت ٨٠

الغريم

آه، لكم أشعر بالخيبة حين أكتب عنك،
وأنا أعرف أن روحاً أسمى يستخدم اسمك[٧٨]،
وفي مديحه لك يبذل أقصى قواه،
ليلجم لساني وأنا أتحدّث عن شهرتك.
لكن ما دام عزّك، الشاسع شسوعَ المحيط،
يحمل الشراع المتواضع كما يحمل الأشدّ اعتزازاً،
فإن زورقي المستهتر (الأدنى مكانة من مركبه)،
يظهر في عناد على متنك العريض.
إن أكثر عون منك لي سطحية سيبقيني عائماً بأمان،
فيما يركب هو على أعماقك الصامتة،
وأنا (إذ إنني محض حطام)، زورق لا قيمة له،
أما هو فشامخ البناء باذخ العتاد.
إذن، لئن ازدهر هو ونُبِذْتُ أنا جانباً،
إن أسوأ شيء هو هذا:
لقد كان حبّي فنائي.

---

(٧٨) واضح في هذه السونيت وما سبقها أن ثمة غريماً ـ شاعراً آخر ـ ينافس شيكسبير على قلب الصديق، ويدور هذا الصراع النفسي والمعلن بينهما على مستوى الشاعرية أيضاً.

Sonnet 80

O, how I faint when I of you do write,

Knowing a better spirit doth use your name,

And in the praise thereof spends all his might

To make me tongue-tied speaking of your fame.

But since your worth (wide as the ocean is)

The humble as the proudest sail doth bear,

My saucy barque (inferior far to his)

On your broad main doth wilfully appear.

Your shallowest help will hold me up afloat,

Whilst he upon your soundless deep doth ride;

Or (being wrecked) I am a worthless boat,

He of tall building, and of goodly pride.

    Then if he thrive and I be cast away,

    The worst was this, my love was my decay.

** سونيت ٨١

هوّة النسيان

إمّا أن أعيش لأكتب شاهدة قبرك،
أو تبقى أنت بعدي، وأنا أتفسّخ في أعماق الثرى.
إن الموت عاجز عن أن يمحو ذكرك من هنا،
أما أنا فإن كلّ شيء مني سيُنسى.
إسمك منذ الآن ستكون له الحياة الأبدية،
أما أنا، فما أن أرحل حتى أموت بالنسبة للعالم كلّه.
والأرض لن تمنحني سوى قبر عادي،
أمّا أنت فإنّك ستتمدّد في ضريحٍ في عيون الخلق.
وسيكون نصبك التذكاري شعريَ المرهف،
الذي ستقرأه مرّة بعد مرّة عيونٌ لم تولد بعد،
وتنطق بوجودك ألسنة ستأتي في مقبل الأيام،
حين يكون كلّ من يتنفسون الآن قد ماتوا.
أنت ستحيا أبداً (تلك هي مزية قلمي العظمى)
حيث تتنفّس الحياة بذروة عنفوانها ـ في أفواه البشر.

Sonnet 81

Or I shall live your epitaph to make,

Or you survive when I in earth am rotten,

From hence your memory death cannot take,

Although in me each part will be forgotten.

Your name from hence immortal life shall have,

Though I (once gone) to all the world must die.

The earth can yield me but a common grave

When you entombèd in men's eyes shall lie:

Your monument shall be my gentle verse,

Which eyes not yet created shall o'er-read,

And tongues-to-be your being shall rehearse,

When all the breathers of this world are dead.

    You still shall live (such virtue hath my pen)

    Where breath most breathes, even in the mouths of men.

سونيت ٨٢

كذبة البلاغة

أسلّم بأنك لست مقترناً بعروس إلهامي،
ولذلك قد تنظر دونما عار إلى الكلمات
المنذورة التي يستعملها الكتّاب
في وصف موضوعهم الجميل، والتي تبارك كلّ كِتاب.
إنك لجميل في معرفتك كما أنت في منظرك،
وتجد رفعة قَدْرِك أبعد من أن يبلغها مديحي،
ولذلك تضطر إلى البحث من جديد
عن طابع أشدّ نضارة لهذه الأيام التي تحسّنت.
فلتفعلْ ذلك، أيّها الحبيب، لكن حين يبتكرون
ما يمكن أن تمنحه البلاغة من لمسات مفتعلة،
ستكون أنت، الجميل بحقّ، مرسوماً بصورة أكثر صدقاً وتعاطفاً
بالكلمات البسيطة الصادقة للصديق الذي لا ينطق إلا بالحقّ.
وقد يكون زخرفهم المغالي أكثر جدوى إذا استُخْدِم
حيث تفتقر الخدود إلى الدماء ـ أمّا فيك أنت
فإنه لإساءة إليك.

Sonnet 82

I grant thou wert not married to my Muse,

And therefore mayst without attaint o'er-look

The dedicated words which writers use

Of their fair subject, blessing every book.

Thou art as fair in knowledge as in hue,

Finding thy worth a limit past my praise,

And therefore art enforced to seek anew

Some fresher stamp of the time-bettering days.

And do so, love; yet when they have devised

What strainèd touches rhetoric can lend,

Thou, truly fair, wert truly sympathized

In true, plain words, by thy true-telling friend.

    And their gross painting might be better used

    Where cheeks need blood: in thee it is abused.

سونيت ٨٣

حياة عينيك

لم أرَ يوماً أنك بحاجة إلى أن تُصوَّر،
ولذلك لم أُعِدَّ لجمالك رسماً.
وقد وجدت (أو ظننتني وجدت) أنك تتجاوز
العطاء العقيم الذي يسدّد به شاعر دينه لممدوحه.
ولذلك فقد نمت عن الثناء عليك،
لعلّك أنت، وأنت ما تزال حيّاً، تكشف
إلى أيّ مدى يبلغ تقصير الأقلام الحديثة،
في الحديث عن القيمة، القيمة التي تنمو فيك.
لقد اعتبرت أنت هذا الصمت خطيئةً منّي،
لكنه سيكون مصدر مجدي كلّه، فكوني أبكم
يمنعني أن أشوّه الجمال، لأني صامت،
بينما يعطي الآخرون حياة، ويحضرون ضريحاً.
إن قدراً أعظم من الحياة يحيا في واحدة من عينيك الجميلتين
مما يقدر كلا شاعريْك أن يصطنعاه في المدائح.

Sonnet 83

I never saw that you did painting need,

And therefore to your fair no painting set.

I found (or thought I found) you did exceed

The barren tender of a poet's debt;

And therefore have I slept in your report,

That you yourself being extant well might show

How far a modern quill doth come too short,

Speaking of worth, what worth in you doth grow.

This silence for my sin you did impute,

Which shall be most my glory, being dumb:

For I impair not beauty, being mute,

When others would give life, and bring a tomb.

 There lives more life in one of your fair eyes

 Than both your poets can in praise devise.

سونيت ٨٤

أبلغ القول أنك أنت أنت

من الذي يقول أبلغ القول، فيقدر أن يقول
ما يفوق هذا المديح الثريّ: إنك أنت وحدك أنت،
أنت الذي ينحصر في نطاقه المخزونُ الذي
يجلو نموذج المكان الذي نما فيه <شخص> مثلك؟
إن الفقر المزري ليكمن في كلّ قلم
لا يضفي شيئاً من المجد على موضوعه.
لكن من يكتب عنك، إذا استطاع أن
يقول إنك أنت أنت، سيُكسِب ما يسرده جلالاً[٧٩].
دعْهُ ينسخ فقط ما هو مكتوب فيك،
دون أن يشوّه ما جعلته الطبيعة جليّاً،
وستمنح محاكاتُه لك شهرةً لمهارته وفطنته،
وتجعل أسلوبه مثار الإعجاب في كلّ مكان.
إنك تضيف إلى برَكات جمالك لعنة:
لأنك مولع بسماع المديح،
فإن مدائحك تصير أردأ فأردأ.

---

(٧٩) تثير هذه السونيت ومثيلاتها سؤالاً شيّقاً حول شعر المديح بصورة عامة، وتشابه الثقافات في تصوّرها لمكوّنات فكرية وجمالية معينة. إن في الشعر العربي القديم الكثير مما يشبه أفكار شيكسبير في تصوّره لممدوحه. قارن، مثلاً، أفكار هذه السونيت بالبيتين التاليين للجلياني الأندلسي في **ديوان التدبيج** (نهاية القرن السادس الهجري):

ولم يكُ هذا النظمُ والمدحُ معجباً   بـرونـقِ مـبـنـاهُ ولا بـخـطـابِـهِ
ولكنّما الممدوح بحرُ عجائبٍ   ففاضت عليه موجةٌ من عُجابِهِ

Sonnet 84

Who is it that says most, which can say more

Than this rich praise: that you alone are you,

In whose confine immurèd is the store

Which should example where your equal grew?

Lean penury within that pen doth dwell,

That to his subject lends not some small glory,

But he that writes of you, if he can tell

That you are you, so dignifies his story.

Let him but copy what in you is writ,

Not making worse what nature made so clear,

And such a counterpart shall fame his wit,

Making his style admirèd everywhere.

　　You to your beauteous blessings add a curse,

　　Being fond on praise, which makes your praises worse.

سونيت ٨٥

صمتُ الحبّ

عروس إلهامي تظلّ معقودة اللسان، متأدّبة، صامتة عن مديحك،
فيما تتكدّس مدائح الآخرين لك ثريّة التأليف،
تختزن مناقبك بأقلام ذهبية
وعبارات نفيسة نمّقتها كلّ عرائس الشعر.
أنا أفكر أجمل الأفكار، لكن غيري يُنمِّق أجمل الكلمات،
ومثل خادم كنيسة أمّي أحني الرأس دائماً: «آمين»
لكلّ ترتيلة تنشدها فيك أيّة روح قادرة،
بشكل قد صقله قلم بالغ الإرهاف.
وكلّما سمعت مديحاً لك قلت: «هو كذلك، إن ذا لحق»،
ولأروع المدائح أضيف شيئاً آخر،
لكن كلّ ذلك يحدث في أفكاري
التي يجعلها حبّي لك تقف في المقدّمة
(مع أن الكلمات تأتي في المؤخرة).
لذلك احترمِ الآخرين لإفصاحهم في الكلام عنك،
أما أنا فلأفكاري الخرساء، التي لا تنطق بل تفعل.

Sonnet 85

My tongue-tied Muse in manners holds her still,

While comments of your praise, richly compiled,

Reserve their character with golden quill

And precious phrase by all the Muses filed.

I think good thoughts, whilst other write good words,

And like unlettered clerk still cry 'Amen'

To every hymn that able spirit affords,

In polished form of well-refinèd pen.

Hearing you praised, I say ''Tis so, 'tis true',

And to the most of praise add something more,

But that is in my thought, whose love to you

(Though words come hindmost) holds his rank before.

    Then others for the breath of words respect;

    Me for my dumb thoughts, speaking in effect.

سونيت ٨٦

شلل الكلام

هل كان الشراع الفخور المنشور لشعره العظيم[٨٠]،
مبحراً نحو الجائزة الأثمن التي هي أنت،
هو ما دفن أفكاري الناضجة في دماغي،
جاعلاً ضريحَها الرحمَ الذي نَمَتْ فيه؟
هل كانت روحه، التي علّمَتْها الأرواحُ كيف تكتب
على مستوى أسمى من البشر الفانين،
ما صعق روحي فأرداها؟
لا، لم يكن هو، ولم تكن أرواح سمّار لياليه،
الذين يعينونه، ما أذهل شعري.
لا هو، ولا ذلك الشبح الودود المألوف
الذي يضلّله كلّ ليلة بما يوحيه،
بوسعهما أن يتباهيا بأنهما سبب صمتي:
فأنا لم أُصَبْ بمرض خوفاً منهما،
لكن حين ملأ محيّاك أبيات قصائده،
افتقرتُ أنا إلى المادّة،
فتهلهل شعري.

---

(٨٠) القصيدة تشير إلى الشاعر الغريم الذي ينافس شيكسبير على مودة الصديق.

Sonnet 86

Was it the proud full sail of his great verse,

Bound for the prize of all-too-precious you,

That did my ripe thoughts in my brain inhearse,

Making their tomb the womb wherein they grew?

Was it his spirit, by spirits taught to write

Above a mortal pitch, that struck me dead?

No, neither he, nor his compeers by night

Giving him aid, my verse astonishèd.

He, nor that affable familiar ghost

Which nightly gulls him with intelligence,

As victors of my silence cannot boast:

I was not sick of any fear from thence.

    But, when your countenance filled up his line,

    Then lacked I matter, that enfeebled mine.

سونيت ٨٧

غواية الحلم

وداعاً، فإنك لأغلى من أن تكون ملْكي،
ولا ريب أنك تعرف سموّ قيمتك.
وذلك الميثاق الذي يحدّد رفعة مكانتك يمنحك حريّة أن تهجرني،
فإن وشائجي إليك كلّها مقطوعة.
إذ كيف أحتفظ بك إلا بما تمنحه أنت من حقّ؟
وأين هو ما يثبت استحقاقي لتلك الثروة العظيمة؟
إني أفتقر إلى ما يسوّغ نوال هذه الهديّة النفيسة،
وبذلك فإن حقّي في ملكك يرجع الآن إلى يديك.
لقد أعطيتَ نفسك، جاهلاً عندها سموّ شأنك،
أو أخطأت فيّ أنا، الذي أعطيتها له.
لذلك هيَ ذي هبتك العظيمة، التي تنامت من خطأ،
تعود الآن إلى بيتها، بفضل محاكمة أدقّ.
هكذا مَلَكْتُك كما يدغدغ الحلم حالماً:
في نومه مَلِكاً يكون، لكن حين يستيقظ
لا شيء من ذلك.

Sonnet 87

Farewell, thou art too dear for my possessing,

And like enough thou know'st thy estimate.

The charter of thy worth gives thee releasing:

My bonds in thee are all determinate.

For how do I hold thee but by thy granting,

And for that riches where is my deserving?

The cause of this fair gift in me is wanting,

And so my patent back again is swerving.

Thyself thou gav'st, thy own worth then not knowing,

Or me, to whom thou gav'st it, else mistaking;

So thy great gift, upon misprision growing,

Comes home again, on better judgement making.

    Thus have I had thee as a dream doth flatter:

    In sleep a king, but waking no such matter.

سونيت ٨٨

من أجل الحبيب

حين يروق لك أن تستصغرني،
وتنظر إلى شمائلي بعين الازدراء،
سأحارب إلى جانبك ضدّ نفسي،
وأبرهن أنك تفيض بالفضيلة، رغم افتراءاتك عني .
ولأنني أعرف < نقاط > ضعفي أفضل معرفة،
أستطيع دعماً لكلامك أن أرويَ حكاية
عن المثالب الخفيّة التي تلطّخني،
لكي تكتسب أنت، في خسارتك لي، مجداً كبيراً.
وأكون أنا، بذلك، رابحاً أيضاً،
بإغداق جميع أفكاري المُحِبّة عليك :
ويكون الأذى الذي أنزله بنفسي،
إذ يكون فيه خير لك، خيراً مضاعفاً لي.
كذا هو حبّي، وبهذه القوّة لك أنتمي،
بحيث أنني، من أجل خيرك، أتحمّل كلّ شرٍّ بنفسي .

Sonnet 88

When thou shalt be disposed to set me light,

And place my merit in the eye of scorn,

Upon thy side against myself I'll fight,

And prove thee virtuous, though thou art forsworn.

With mine own weakness being best acquainted,

Upon thy part I can set down a story

Of faults concealed, wherein I am attainted,

That thou in losing me shall win much glory.

And I by this will be a gainer too,

For bending all my loving thoughts on thee:

The injuries that to myself I do,

Doing thee vantage, double vantage me.

    Such is my love, to thee I so belong,

    That for thy right myself will bear all wrong.

سونيت ٨٩

مشيئة الحبيب

قل إنك هجرتني لذنب اقترفتُهُ،
وسأدبّج المزيدَ عن هذه الخطيئة.
تحدَّثْ عن عرجي، وسأتوقف فوراً[٨١]،
دون أن أدافع عن نفسي ضد حججك.
لا يمكنك، أيّها الحبيب، أن تجلّلني بنصف العار،
لكي تُجَمِّل التغيّر الذي ترغب فيه،
الذي سأجلّل نفسي به إذ أعرف مشيئتك[٨٢].
سأخنق ما بيننا من ودٍّ، وأتصرّف كالغريب،
وأغيب عن دروب مشاويرك،
ولن يسكن اسمُك الحبيب الحلو لسانيَ بعد الآن،
لئلا أنطق خطأ (أنا المضرّج بالدنس)،
فأبوحَ صدفةً بما كان بيننا من مودّة.
من أجلك سأتعهّد أن أجادل ضدّ نفسي،
لأنني لا ينبغي أبداً أن أحبّ
من تكرهه أنت.

---

(٨١) هنا كما في بضعة أماكن أخرى، أخالف في قراءتي للنص وتفسيره مجلد أوكسفورد
وبعض النسخ الأخرى.
(٨٢) تحمل كلمة «مشيئتك» دلالة جنسية في نظر بعض الشارحين.

Sonnet 89

Say that thou didst forsake me for some fault,

And I will comment upon that offence.

Speak of my lameness, and I straight will halt,

Against thy reasons making no defence.

Thou canst not (love) disgrace me half so ill,

To set a form upon desirèd change,

As I'll myself disgrace, knowing thy will.

I will acquaintance strangle and look strange,

Be absent from thy walks, and in my tongue

Thy sweet belovèd name no more shall dwell,

Lest I (too much profane) should do it wrong,

And haply of our old acquaintance tell.

    For thee, against myself, I'll vow debate;

    For I must ne'er love him whom thou dost hate.

*** سونيت ٩٠

ذروة العشق

إذن ـ إذا كنت ستكرهني يوماً ـ فاكرهني الآن،
الآن والعالم كلّه مصمّم أن يحبط كلّ ما أودّ أن أفعله .
كنْ شريكاً لنوائب الدهر ضدّي، واجعلني أنحني،
ولا تأتينّ متأخراً بعد كلّ الضربات لترميني بطعنة منك .
آه،
لا تأتِ، بعد أن يكون قلبي قد رمّم جراحه،
في مؤخرة جيش من المصائب أكون قد حاربته وهزمته .
لا تُتْبِعَنَّ ليلةً عاصفة بغدٍ هادر الأمطار
لكي تُديم تدميراً متعمّداً تحت كلاكله .
إذا كنت ستهجرني، فلا تهجرني في نهاية المطاف،
بعد أن تكون الأحزان الصغيرة الأخرى قد نهشت الروح،
بل تعالَ أولاً، تعالَ في طليعة النوائب كلّها،
لكي أتذوّق منذ البداية أعظم ما يقذفني به الدهر بكلّ ما لديه من قوّة .
وبعدها، لن تبدو ضروبُ النوائب الأخرى،
التي تبدو الآن نوائبَ فاجعة،
بالمقارنة مع فقدك أنت،
نوائب فاجعة .

Sonnet 90

Then hate me when thou wilt, if ever, now,

Now, while the world is bent my deeds to cross,

Join with the spite of Fortune, make me bow,

And do not drop in for an after-loss.

Ah do not, when my heart hath 'scaped this sorrow,

Come in the rearward of a conquered woe;

Give not a windy night a rainy morrow

To linger out a purposed overthrow.

If thou wilt leave me, do not leave me last,

When other petty griefs have done their spite,

But in the onset come, so shall I taste

At first the very worst of Fortune's might,

    And other strains of woe, which now seem woe,

    Compared with loss of thee, will not seem so.

سونيت ٩١

أثمن المُلْك

بعضهم يتباهون بنَسَبهم ومحتدهم، وبعضهم بمهاراتهم،

وبعضهم بثرواتهم، وبعضهم بقوّة أجسامهم،

وبعضهم بأزيائهم، رغم قبح تصاميمها الرائجة،

وبعضهم بصقورهم وكلاب صيدهم، وبعضهم بأحصنتهم.

ولكلّ مزاج ما يمازجه من مَلذّات،

فيها يجد من الغبطة ما يفوق كلّ غبطة أخرى.

لكنّ هذه الأمور كلّها ليست مقاييسي،

فأنا أفوقها جميعاً بأمرٍ أجلَّ وأعظم.

إن حبّك أسمى عندي من المولد النبيل،

وأغنى من الثروة، وأكثر إثارة للاعتزاز من قيمة أيّة مطارف،

وأشدّ إثارة للحبور من الصقور والأحصنة،

وإن كونك لي يجعلني أتباهى بامتلاك كل ما يفخر به البشر.

بيد أن أمراً واحداً يعذّبني: أنك قد تنتزع كلّ هذا مني،

فتجعلني أشدّ أهل الأرض بؤساً.

Sonnet 91

Some glory in their birth, some in their skill,

Some in their wealth, some in their body's force,

Some in their garments, though new-fangled ill,

Some in their hawks and hounds, some in their horse.

And every humour hath his adjunct pleasure

Wherein it finds a joy above the rest;

But these particulars are not my measure,

All these I better in one general best.

Thy love is better than high birth to me,

Richer than wealth, prouder than garments' cost,

Of more delight than hawks or horses be:

And, having thee, of all men's pride I boast,

    Wretched in this alone: that thou mayst take

    All this away, and me most wretched make.

سونيت ٩٢

خوف الخديعة

لكن افعل أسوأ ما بوسعك وابتعد خلسةً عني،
فإنك معقود لي مدى الحياة.
والحياة لن تدوم إلا بقدر ما يبقى حبّك،
لأنها تعتمد على حبّك ذاك.
إذنْ لا ينبغي أن أخاف حدوث أسوأ الكوارث
لأن حياتي ستنتهي عند حدوث أقلّها سوءاً.
إني أرى حالةً أفضل بكثير لنفسي
من تلك التي تعتمد على مزاجك.
أنت لا تستطيع أن تنغّصني بعقلك المتقلّب
لأن حياتي مرهونة بتغيّر أطوارك.
آه، كم أنا سعيد في عقد ملكيّتي،
سعيد أن يكون لي حبّك، وسعيد أن أموت!
لكن هل ثمّة شيء كامل البركة، فلا يخشى أن يلطّخ؟
قد تكون مزيّفاً، وأنا لا أعرف أنك كذلك.

Sonnet 92

But do thy worst to steal thyself away,

For term of life thou art assurèd mine,

And life no longer than thy love will stay,

For it depends upon that love of thine.

Then need I not to fear the worst of wrongs,

When in the least of them my life hath end.

I see a better state to me belongs

Than that which on thy humour doth depend.

Thou canst not vex me with inconstant mind,

Since that my life on thy revolt doth lie.

O, what a happy title do I find,

Happy to have thy love, happy to die!

    But what's so blessèd fair that fears no blot?

    Thou mayst be false, and yet I know it not.

** سونيت ٩٣

العاشق المخدوع

هكذا سأعيش ـ مفترضاً أنك وفيٌّ صدوق ـ
مثلَ زوج مخدوع. لعلّ وجه الحبّ يظل دائماً
يبدو لي حبّاً، رغم أنه الآن قد تبدّل.
وجهك معي، وقلبك في مكان آخر.
ولأن الكراهية لا يمكن أن تحيا في عينيك
فإنني لا أستطيع أن أعرف أنك قد تغيّرت.
إن تاريخَ القلب المزيّف، في سيماء الكثيرين،
ليُخَطُّ في انفعالات وتقطيبات وغضون غريبة،
أما أنت فإن السماء حين كوّنَتْك
قضَتْ ألا يقطنَ وجهك أبداً سوى أعذبِ الحبّ.
مهما اعتمل في نفسك من أفكار، وأيّاً كانت هواجسُ فؤادِك،
فإن ملامحك لا ينبغي أبداً أن تُفْصِحَ عن شيء سوى العذوبة.
آه، لكم يغدو جمالك شبيهاً بتفّاحة حوّاء
إن لم تطابق شيمُك الحلوة ظاهرَ مُحيّاك.

Sonnet 93

So shall I live, supposing thou art true,

Like a deceivèd husband, so love's face

May still seem love to me, though altered new:

Thy looks with me, thy heart in other place.

For there can live no hatred in thine eye,

Therefore in that I cannot know thy change.

In many's looks the false heart's history

Is writ in moods and frowns and wrinkles strange;

But heaven in thy creation did decree

That in thy face sweet love should ever dwell.

Whate'er thy thoughts, or thy heart's workings be,

Thy looks should nothing thence but sweetness tell.

    How like Eve's apple doth thy beauty grow,

    If thy sweet virtue answer not thy show.

سونيت ٩٤

الأشياء بالأفعال

أولئك الذين يملكون القدرة على الأذى
لكنهم لا يؤذون،
الذين لا يفعلون الأشياء التي يظهرونها أشدّ إظهار،
الذين يظلّون، فيما يثيرون مشاعر الآخرين، كالحجارة،
باردين، لا تحرّكهم عاطفة، وبطيئين إلى الغواية:
هم الذين يَرِثون بحقّ بركات السموات،
ويحفظون ثروات الطبيعة من أن تهدر.
هم أسياد وجوههم ومالكوها،
والآخرون ليسوا سوى حرّاس لامتيازهم.
إن زهرة الصيف لحلوة في عين الصيف،
مع أنها بالنسبة لنفسها إنما تحيا وتموت،
لكن إذا أصيبت تلك الزهرة بعدوى خبيثة،
فإن أخسّ الأعشاب الضارّة تفوقها كرامة:
ذلك أن الأشياء الحلوة تغدو الأشدّ مرارةً بأفعالها،
فتنبعث من النرجس العفِن روائحُ أنْتَنُ بكثير من الأعشاب الضارّة.

Sonnet 94

They that have power to hurt and will do none,

That do not do the thing they most do show,

Who, moving others, are themselves as stone,

Unmovèd, cold, and to temptation slow:

They rightly do inherit heaven's graces,

And husband nature's riches from expense.

They are the lords and owners of their faces,

Others but stewards of their excellence.

The summer's flower is to the summer sweet,

Though to itself it only live and die,

But if that flower with base infection meet,

The basest weed outbraves his dignity:

    For sweetest things turn sourest by their deeds;

    Lilies that fester smell far worse than weeds.

سونيت ٩٥

مهارة الخداع

كيف تجعل العار الذي يلطّخ جمال اسمك المتبرعم،
مثل دودة في قلب الوردة الفوّاحة، حلواً ومحبباً؟
آه، بأية حلاوة تلفِّع خطاياك!
بحيث أن الألسنة التي تروي قصّة أيامك،
(مُصدِرة تعليقات فاحشة حول أخلاقك)،
لا تملك إلا أن تسربل الهجاء بغلالة من الثناء؟
إن ذكر اسمك يمنح الخبر السيّئ برَكةً.
آه، أيّ صرحٍ نالته تلك الرذائل
التي اختارتك مكاناً لسكناها،
حيث يغطي حجابُ الجمال كلَّ وصمة،
وينقلب كلُّ شيء إلى شيء جميل تبصره العيون!
كُنْ حذِراً، أيّها القلب الغالي، من هذا الامتياز الكبير،
فإن أصلب المُدى إذا أسيء استعمالها، تفقد حدّة نصلِها.

Sonnet 95

How sweet and lovely dost thou make the shame,

Which, like a canker in the fragrant rose,

Doth spot the beauty of thy budding name?

O, in what sweets dost thou thy sins enclose!

That tongue that tells the story of thy days

(Making lascivious comments on thy sport)

Cannot dispraise, but in a kind of praise,

Naming thy name blesses an ill report.

O, what a mansion have those vices got,

Which for their habitation chose out thee,

Where beauty's veil doth cover every blot,

And all things turns to fair that eyes can see!

    Take heed (dear heart) of this large privilege:

    The hardest knife ill-used doth lose his edge.

سونيت ٩٦

الذئب المخادع

بعضهم يقول إن ذنبك هو شبابك،
وبعضهم شهواتك،
والبعض يقول إن بهاءك هو شبابك ولهوك اللطيف.
وكلا البهاء والمثالب محبّبة للعامة والخاصة:
أنت تحيل المثالبَ بهاءً تجني ثماره.
كما تكون أخسّ الجواهر مثار إعجاب،
على إصبع ملكة متوّجة،
كذلك هي تلك العيوب التي يراها الناس فيك،
فهي تُحَوَّل إلى محاسن، وتُعتبَر أشياء فاضلة.
كم حمَلاً يستطيع الذئبُ الجَهومُ أن يخدع،
إذا استطاع أن يتلبّس ملامحَ الحمَل؟
وكم ناظراً إليك تقدر أن تقود إلى ضلال
إذا استخدمت قوّة مقامك كلّها(٨٣)؟
لكنْ، لا تفعلنّ ذلك، فإني لأحبّك حبّاً،
يجعل سمعتك الطيّبة، لأنك لي، سمعتي أنا(٨٤).

---

(٨٣) بعض المراجع لا تضع علامة استفهام في نهاية هذا البيت وسابقه، وذلك يغيّر المعنى طبعاً.

(٨٤) نهاية هذه التوشيحة هي نفس نهاية رقم ٣٦.

Sonnet 96

Some say thy fault is youth, some wantonness,

Some say thy grace is youth and gentle sport.

Both grace and faults are loved of more and less:

Thou mak'st faults graces, that to thee resort.

As on the finger of a thronèd queen

The basest jewel will be well esteemed,

So are those errors that in thee are seen

To truths translated, and for true things deemed.

How many lambs might the stern wolf betray,

If like a lamb he could his looks translate?

How many gazers mightst thou lead away,

If thou wouldst use the strength of all thy state?

    But do not so; I love thee in such sort

    As thou being mine, mine is thy good report.

سونيت ٩٧

شتاء الغياب

كم يشبه غيابي عنك شتاءً، أنت يا مُتعة السنة الخاطفة!
أيَّ موجات جليد عانيتُ، وأيَّ أيام مظلمة رأيتُ!
وأيَّ عريٍ نشر الكهلُ كانونُ الأول في كلّ مكان!
ومع ذلك فقد كان هذا الزمنُ الذي مضى زمنَ الصيف،
والخريف المكتظّ بالعطاء، مليئاً بنَمَاءٍ ثريّ،
يحمل جنين الخصب اللعوب،
مثل الأرحام المترمّلة بعد موت بعولها.
ومع ذلك فقد بدا لي هذا الفيض الوفير
مثلَ أملِ يتامى، وفاكهةٍ دون آباء،
لأن الصيف وملذّاته مرتهنٌ بك،
وحتى العصافير، وأنت بعيد، خرساء.
وإذا ما غرّدتْ، فبنداء كئيب،
يجعل الأوراق تبدو شاحبة،
رهبةً من الشتاء الوشيك.

Sonnet 97

How like a winter hath my absence been

From thee, the pleasure of the fleeting year?

What freezings have I felt, what dark days seen?

What old December's bareness everywhere?

And yet this time removed was summer's time,

The teeming autumn big with rich increase,

Bearing the wanton burden of the prime,

Like widowed wombs after their lords' decease:

Yet this abundant issue seemed to me

But hope of orphans and unfathered fruit,

For summer and his pleasures wait on thee,

And thou away, the very birds are mute.

    Or if they sing, 'tis with so dull a cheer

    That leaves look pale, dreading the winter's near.

سونيت ٩٨

غياب العاشق موت

غبتُ عنك في فصل الربيع
حين كان نيسان (مختالاً ببروده الزاهية، مسربَلاً بكلّ أناقته)،
قد نفخ روح الشباب في كلّ شيء
لدرجة أن زُحَلاً[٨٥] تضاحك وتوثّب معه.
ومع ذلك، فلا ترانيم الطيور، ولا العبق الحلو
للأزهار المختلفة في عطورها وألوانها،
إستطاعت أن تجعلني أروي أيّاً من حكايا الصيف،
أو أنتزعها من حيث نَمَتْ في أحضانها الفخورة.
ولم أتعجّب من نقاء بياض النرجسة،
ولم أُطْرِ القرمزيّ الغامق في الوردة،
فهي لم تكن سوى حلوة، سوى تجسيدات ممتعة،
رُسِمَتْ محاكاةً لك، أنت يا نَسَقَ هذه كلّها.
ومع ذلك، بدا أن الوقت ما يزال شتاءً، وأنت بعيد،
وأنا، وهذه كلّها، مع طيفك، نلعب.

---

(٨٥) ساتورن إله الزراعة عند الرومان.

Sonnet 98

From you have I been absent in the spring,

When proud-pied April (dressed in all his trim)

Hath put a spirit of youth in every thing,

That heavy Saturn laughed and leapt with him.

Yet nor the lays of birds, nor the sweet smell

Of different flowers in odour and in hue,

Could make me any summer's story tell,

Or from their proud lap pluck them where they grew.

Nor did I wonder at the lily's white,

Nor praise the deep vermilion in the rose;

They were but sweet, but figures of delight

Drawn after you, you pattern of all those.

    Yet seemed it winter still, and, you away,

    As with your shadow I with these did play.

** سونيت ٩٩

لصوص الطبيعة

هكذا أنَّبْتُ البنفسجةَ المبكّرة:
«أيّتها اللصّة الحلوة، من أين سرقت حلاوتك الفوّاحة،
إن لم يكن من أنفاس حبيبي؟»
والكبرياء الليلكيّة التي تقطن كَبَشَرة على وجنتيك الناعمتين،
«جليٌّ أنك في عروق حبيبي بكثافة لوَّنْتِها».
لقد لعنتُ النرجسة من أجل يديك،
وبراعم المَرْدَكوش اختلستْ شعرَك،
والورود انتصبت بخوف على الأشواك،
واحدة هي احمرار العار، وثانية اليأس الأبيض،
وثالثة، لا حمراء ولا بيضاء، سرقَتْ من كليهما،
وإلى ما سرقَتْه أضافتْ أنفاسَك،
لكن بسبب سرقاتها، وهي في أوج الاعتزاز بنموّها،
التهمتها دودة منتقمة حتى الموت.
ولقد شاهدتُ أزهاراً عديدة أخرى
لكنني لم أرَ حتى زهرة واحدة
لم تسرق منك إمّا الحلاوة أو روعة اللون.

Sonnet 99

The forward violet thus did I chide:

'Sweet thief, whence didst thou steal thy sweet that smells,

If not from my love's breath? The purple pride,

Which on thy soft cheek for complexion dwells,

In my love's veins thou hast too grossly dyed.'

The lily I condemned for thy hand,

And buds of marjoram had stol'n thy hair.

The roses fearfully on thorns did stand,

One blushing shame, another white despair,

A third nor red, nor white, had stol'n of both,

And to his robb'ry had annexed thy breath;

But for his theft, in pride of all his growth,

A vengeful canker eat him up to death.

    More flowers I noted, yet I none could see

    But sweet or colour it had stol'n from thee.

سونيت ١٠٠

الملهمة الغائبة

أين أنتِ يا عروسَ الإلهام، حتى نسيتِ لزمن طويل
أن تتحدثي عن ذاك الذي يمنحك قوّتَك كلّها؟
هل تُهدرين فورانَ إلهامِك في أغنية تافهة،
مشوّهة قدرتك على أن تمنحي النور لموضوعات خسيسة؟
عودي، أيّتها الملهمة الناسية، وافتدي سريعاً،
بقصائد مرهفة، زمناً قضيته في خمول.
غنّي للأُذنِ التي تقدّر ترانيمك،
وتمنح قلمك كلا المهارة والموضوع.
إنهضي، يا ملهمة كسولاً، وتمعَّني في وجهِ حبيبي الحلو،
لتَريْ إنْ كان الزمن قد حفر فيه أيّة غضون.
فإمّا كان فعل ذلك، فكوني هجاءً عنيفاً للبلى،
واجعلي غنائم الزمن مزدراة في كلّ مكان.
إمنحي حبيبي شهرةً بأسرع مما يُبلي الزمنُ الحياة،
وبذا تصدّين منجله ومديته الملتوية.

السونيتات أو التواشيح

Sonnet 100

Where art thou, Muse, that thou forget'st so long
To speak of that which gives thee all thy might?
Spend'st thou thy fury on some worthless song,
Dark'ning thy pow'r to lend base subjects light?
Return, forgetful Muse, and straight redeem
In gentle numbers time so idly spent.
Sing to the ear that doth thy lays esteem,
And gives thy pen both skill and argument.
Rise, resty Muse, my love's sweet face survey,
If Time have any wrinkle graven there;
If any, be a satire to decay,
And make Time's spoils despisèd everywhere.
    Give my love fame faster than Time wastes life,
    So thou prevent'st his scythe and crookèd knife.

سونيت ١٠١

صمت الإلهام

يا عروسَ الإلهام الهاربة، ما الذي ستفعلينه
لتعوّضي عن إهمالك للحقيقة المشرَبة بالجمال؟
كلا الحقيقة والجمال مرتهنان بحبيبي،
وكذلك أنت، وبذا تُكرَمين وتُبجَّلين.
أجيبي يا عروس، لعلّك ستقولين:
«إن الحقيقة في غنى عن أن تزيَّن، فإن زينتها مثبتة فيها،
والجمال لا يحتاج إلى قلم يلوّن حقيقته،
لأن الأفضل هو دائماً أفضل، إذا لم يُخالط؟».
هل ستصمتين لأنه لا يحتاج إلى مديح؟
لا تعتذري للصمت هكذا، لأن بوسعك
أن تجعليه يحيا لأطول مما تبقى الأضرحة المذهّبة،
وأن يُمدَح في الأجيال التي ستأتي في مقبل الأيام.
إذن قومي بأداء ما عليك، يا عروس، وأنا أعلمّك
كيف تجعلينه يبدو في الأيام البعيدة
تماماً كما يبدو في هذه اللحظة.

Sonnet 101

O truant Muse, what shall be thy amends

For thy neglect of truth in beauty dyed?

Both truth and beauty on my love depends:

So dost thou too, and therein dignified.

Make answer, Muse, wilt thou not haply say

'Truth needs no colour with his colour fixed,

Beauty no pencil beauty's truth to lay,

But best is best if never intermixed'?

Because he needs no praise, wilt thou be dumb?

Excuse not silence so, for 't lies in thee

To make him much outlive a gilded tomb,

And to be praised of ages yet to be.

    Then do thy office, Muse, I teach thee how,

    To make him seem long hence, as he shows now.

سونيت ١٠٢

فصاحة الصمت

لقد ازداد حبّي قوّةً، مع أنه يبدو أشدَّ ضعفاً،
أنا لا أحبّ أقلّ < مما كنت > ، مع أن ما يظهر أقلّ.
إن الحبّ الذي ينشر نفاستَه لسانُ العاشق
في أرجاء الأرض ليَغدو سلعة.
لقد كان حبّنا جديداً، وكان عندها في ربيعه،
حين اعتدْتُ أن أحتفي به بأغنياتي،
كما تغرِّد فيلوميل[٨٦] عندما يهلّ الصيف،
ثم يحجم عن الغناء ويصمت نايُه مع نضج الأيام:
لا لأن الصيف غدا أقلّ إمتاعاً الآن،
مما كان عليه حين أسكنتْ أنغامَ ندبها[٨٧] الليالي.
لكن لأن الموسيقى الصاخبة تثقل كلّ الأغصان،
والأشياء الحلوة حين تصبح مألوفة تفقد متعتها النفيسة.
لذلك فإنني، مثلها، أمسك لساني أحياناً عن الغناء،
لأنني لا أريد أن أثير مللَك بأغنياتي.

---

(٨٦) «فيلوميل» هي أخت زوجة أو زوجة أخي تيريس الذي يغتصبها ويقطع لسانها، وهي تتحول في الأسطورة إلى أنثى الهزار.

(٨٧) يلاحظ تغيّر الضمير من التذكير إلى التأنيث في الإشارة إلى فيلوميل. ولا أعرف مسوّغاً لذلك وأجد تعليق مجلد أوكسفورد تمحّلاً وفذلكة لا جدوى منها، ومحاولة لتسويغ خطأ لمجرّد أن مرتكبه هو شيكسبير.

Sonnet 102

My love is strengthened though more weak in seeming;

I love not less, though less the show appear.

That love is merchandized whose rich esteeming

The owner's tongue doth publish everywhere.

Our love was new, and then but in the spring,

When I was wont to greet it with my lays,

As Philomel in summer's front doth sing,

And stops his pipe in growth of riper days:

Not that the summer is less pleasant now

Than when her mournful hymns did hush the night,

But that wild music burdens every bough,

And sweets grown common lose their dear delight.

    Therefore, like her, I sometime hold my tongue,

    Because I would not dull you with my song.

سونيت ١٠٣

فقر الإلهام

ويحَ نفسي، ما أفقر ما تولّده عروسُ إلهامي،
فمع أن لديها مجالاً رحباً لإظهار ما تزهو به،
فإن كلّ موضوع يكون أكثر جمالاً وهو عارٍ
مما يكون عليه إذا أُسْبِغَ عليه مديحي.
آه، لا تلُمْني لأني لم أعد قادراً على الكتابة!
أنظر إلى مرآتك، وسيطلّ عليك وجهٌ
يُعجِز ابتكاراتي المُكْهَمَة تماماً،
فيجعل أبياتي باهتة، ويضرّجني بالعار.
أليس إثماً، إذن، أنني فيما أسعى إلى التحسين،
ألطّخ الموضوع الذي كان من قبلُ جميلاً؟
إذ ليس لشعري من مدارٍ يرومُه،
سوى تصوير جلال بهائك وسرد نِعَمِك.
وأكثر، أكثر بكثير، مما يمكن أن يتّسع له شِعري،
تجلو لك مرآتك، عندما تحدّق فيها.

Sonnet 103

Alack, what poverty my Muse brings forth,

That having such a scope to show her pride

The argument all bare is of more worth

Than when it hath my added praise beside.

O, blame me not if I no more can write!

Look in your glass, and there appears a face

That overgoes my blunt invention quite,

Dulling my lines, and doing me disgrace.

Were it not sinful then, striving to mend,

To mar the subject that before was well?

For to no other pass my verses tend

Than of your graces and your gifts to tell.

    And more, much more, than in my verse can sit

    Your own glass shows you, when you look in it.

** سونيت ١٠٤

موت صيف الجمال

في عينيّ، أيّها الصديق الجميل، أنت لا يمكن أن تهرم أبداً،
إذ إنك، الآن، ما تزال تبدو جميلاً مثلما كنت
حين وقعت عيناي للمرة الأولى على عينيك.
لقد هزّت ثلاثة شتاءات باردة آتية من الغابات
كبرياء ثلاثة من فصول الصيف،
وانقلبت ثلاثة ربيعات فائقة الجمال
إلى ثلاثة خريفات صفراء
في مسار الفصول التي شهدتها عيناي.
واحترقت عطور ثلاثة نيسانات في ثلاثة حزيرانات حارّة،
منذ أن رأيتك يانعاً غضّاً، وما تزال مع ذلك يانعاً أخضر.
أوّاه، بيد أن الجمال يختلس من جسمانه،
كما تفعل ذراع الساعة الشمسية،
في خفاء لا تراه العين،
وهكذا فإن حُسْنَك العذب، الذي ما أزال أراه مشرئبّاً،
له حركة، وعيني قد تكون مخدوعة.
وخشية ذلك، أصغوا إلى هذا، أيّها الذين لم تبرعم أعمارُهم بعد:
قبل أن تولدوا كان صيف الجمال قد مات.

Sonnet 104

To me, fair friend, you never can be old,

For as you were when first your eye I eyed,

Such seems your beauty still. Three winters cold

Have from the forests shook three summers' pride,

Three beauteous springs to yellow autumn turned

In process of the seasons have I seen,

Three April perfumes in three hot Junes burned,

Since first I saw you fresh, which yet are green.

Ah yet doth beauty, like a dial hand,

Steal from his figure, and no pace perceived;

So your sweet hue, which methinks still doth stand,

Hath motion, and mine eye may be deceived.

    For fear of which, hear this thou age unbred:

    Ere you were born was beauty's summer dead.

** سونيت ١٠٥

ثالوث العشق

لا تُسَمُّوا حبّي شِرْكاً،
ولا تقولوا إن حبيبي يبدو كالوثن،
لأن كلّ أغانيّ ومدائحي لواحد، وعن واحد،
كانت، وما تزال، وستبقى أبداً.
حنون حبّي اليوم، وسيكون غداً حنوناً،
وثابتاً دائماً بامتياز عجيب،
ولذلك فإن شعري المنذور للثبات،
معبّراً عن شيء واحد فقط، يُسْقِط كلّ فرق.
«جميل حنون وصادق» هي كلّ موضوعي،
«جميل حنون وصادق» مهما تنوّعت الكلمات.
وفي هذا التنويع أبذل جهد ابتكاري.
ثلاثة موضوعات في واحد، تتيح مجالاً رائعاً < للإبداع > .
«جميل، حنون وصادق» كثيراً ما عاشت منفردة.
ولم تجتمع ثلاثتها أبداً في فرد واحد قبل الآن.

Sonnet 105

Let not my love be called idolatry,

Nor my belovèd as an idol show,

Since all alike my songs and praises be

To one, of one, still such, and ever so.

Kind is my love today, tomorrow kind,

Still constant in a wondrous excellence;

Therefore my verse, to constancy confined,

One thing expressing, leaves out difference.

'Fair, kind, and true' is all my argument,

'Fair, kind, and true' varying to other words;

And in this change is my invention spent,

Three themes in one, which wondrous scope affords.

    Fair, kind, and true have often lived alone,

    Which three till now never kept seat in one.

** سونيت ١٠٦

مثال الجمال

عندما أرى في مسارد الزمن الضائع

أوصافاً لأجمل البشر،

والجمال يجعل القوافي القديمة جميلة،

في مديح سيّدات رحلْنَ وفرسان رائعين،

أرى في مواصفات الجمال الحلو الأمثل

للأيدي والأقدام والشفاه والعيون والحواجب^(٨٨)،

أن أقلامهم العريقة كانت تعبّر عن

مثل هذا الجمال الفاتن الذي تملكه أنت الآن.

وهكذا فإن كلّ مدائحهم لم تكن إلا نبوءات

عن زمننا هذا، تتكهّن بكلّ ما فيك،

ولولا أنهم كانوا ينظرون بأحداق العرّافين،

لما كان لهم من الموهبة ما مكّنهم من التغنّي برفعة شأنك.

فإننا نحن الذين نشهد الآن الأيام الحاضرة

لدينا أحداق تغمرها الدهشة، لكن ليس لنا ألسنة قادرة على المديح.

---

(٨٨) وقد يكون الأدق هنا أن تترجم brow «الجبين»، لكن «الحواجب» لها مكانتها في جمال الوجوه والعيون أيضاً.

Sonnet 106

When in the chronicle of wasted time

I see descriptions of the fairest wights,

And beauty making beautiful old rhyme

In praise of ladies dead, and lovely knights;

Then in the blazon of sweet beauty's best,

Of hand, of foot, of lip, of eye, of brow,

I see their antique pen would have expressed

Even such a beauty as you master now.

So all their praises are but prophecies

Of this our time, all you prefiguring,

And, for they looked but with divining eyes,

They had not skill enough your worth to sing:

 For we, which now behold these present days,

  Have eyes to wonder, but lack tongues to praise.

سونيت ١٠٧

لا شيء إلا الحبّ والشعر

لا مخاوفي أنا، ولا روح النبوءة في العالم الشاسع،
وهي تحلم بما سيأتي، بقادرة
على التحكم بأجَل حبّيَ الحقّ،
الذي يُفترَض أنه معرّض لنهاية محتومة.
لقد تحمّل القمر (٨٩) الفاني خسوفه وظلّ حيّاً،
والمنجمّون الحزانى يهزأون الآن من تنبؤاتهم.
وكلّ ما كان موضعَ ريبة أصبح الآن يقيناً متوّجاً،
والسلام يعمّ ويرفع أغصان الزيتون الأزلي.
والآن، مع قطرات هذا الزمن البلسمي
الذي يفيض عافية،
يأتلق حبّي غضّاً، ويخضع الموت لي (٩٠)،

---

(٨٩) أذكّر هنا بأن القمر في الإنكليزية مؤنث. فالتعبير هو: «القمر الفانية تحملت...» ويحتمل أن في هذا إشارة إلى وفاة الملكة أليزابيث الأولى عام ١٦٠٣.

(٩٠) ويرى بعض الدارسين أن هذه العبارة، والسونيت بأكملها، تمثل احتفاءً بتولّي الملك جيمس العرش بعد وفاة أليزابيث وبإطلاقه الفوري لسراح دوق ساوثهامبتون من السجن الذي كانت قد زجّت به الملكة فيه. ويرون في هذا ترجيحاً لكون دوق ساوثهامبتون هو «الفتى» الذي تتوجّه إليه السونيتات من ١ إلى ١٢٦.

Sonnet 107

Not mine own fears, nor the prophetic soul

Of the wide world, dreaming on things to come,

Can yet the lease of my true love control,

Supposed as forfeit to a confined doom.

The mortal moon hath her eclipse endured,

And the sad augurs mock their own presage.

Incertainties now crown themselves assured,

And peace proclaims olives of endless age.

Now with the drops of this most balmy time

My love looks fresh, and death to me subscribes,

إذ إنني، رغماً عنه، سأحيا في هذه القافية المسكينة،
فيما يتبختر هو منتصراً على قبائل البلادة الذين لا صوت لهم.
وأنت في هذه الأبيات ستجد صرحك الأبيد،
في حين تفنى دروع[٩١] الطغاة، والأضرحة النحاسية.

(٩١) بالدروع لا أعني ألبسة الحرب، بل الرموز المنقوشة أو المحفورة التي تختارها أسر النبلاء، مثلاً، كعلامات مائزة لها.

Since, spite of him, I'll live in this poor rhyme,

While he insults o'er dull and speechless tribes.

And thou in this shalt find thy monument,

When tyrants' crests and tombs of brass are spent.

سونيت ١٠٨

الحبّ المتجدّد

أيّ شيء يوجد في الفكر وبوسع الحبر أن يكتبه،
لم يصوّر لك روحي الحقيقية؟
وما الجديد ليقال، وما أُدوّن الآن،
مما يمكن أن يجسّد حبّي، أو شمائلك النفيسة؟
لا شيء، أيّها الصبيّ الحلو، لا شيء،
ومع ذلك لا بدّ لي كلّ يوم، مثل الصلاة الإلهية،
أن أعيد قول الأشياء ذاتها،
غير معتبر أيّ شيء قديم قديماً، أنت لي، وأنا لك،
تماماً مثل أول مرة قدّستُ فيها اسمك الجميل،
من أجل ألا يحمل الحبّ الأبديّ،
في صيغة الحبّ الجديدة، غبار الزمن وجراحه،
ولا يُفسح للتجاعيد، التي لا مهرب منها، مكاناً،
بل يجعل القِدَمَ إلى الأبد غلاماً خادماً له.
واجداً الصورة الأولى للحبّ تُربّى هناك،
حيث يجعله الزمن والمظهر الخارجي يبدو ميتاً.

Sonnet 108

What's in the brain that ink may character,

Which hath not figured to thee my true spirit?

What's new to speak, what now to register,

That may express my love, or thy dear merit?

Nothing, sweet boy; but yet, like prayers divine,

I must each day say o'er the very same,

Counting no old thing old, thou mine, I thine,

Even as when first I hallowed thy fair name.

So that eternal love in love's fresh case

Weighs not the dust and injury of age,

Nor gives to necessary wrinkles place,

But makes antiquity for aye his page,

    Finding the first conceit of love there bred,

    Where time and outward form would show it dead.

سونيت ١٠٩

كلّ شيء أنت

آه، لا تقل أبداً إن لي قلباً زائفاً،
مع أن الغياب يجعل شعلة حبّي تبدو كأنها قد خبت.
إنه لأسهل عليّ أن أغادر نفسي
وأفارق روحي، التي تسكن في صدرك أنت:
ذلك هو بيت حبّي، فمهما طوّفتُ في الآفاق،
فإنني، مثل المسافر، إليه أعود،
في الوقت المرغوب تماماً، دون أن أكون مع الزمن قد تغيّرت،
لكي تغسل نفسي وَصْمَتَها عنها.
لا تصدّق أبداً أنها يمكن (مع أنها يسودها
ما يحاصر كلّ دم في البشر من الضعف)،
أن تُلطَّخ بهذه الصورة العبثية
فتتخلّى من أجل لا شيء
عن كلّ ما لديك من فيض خير:
فإنني في هذا الكون كلّه، يا وردتي، لا أروم شيئاً
سواك أنت. فأنت لي، فيه، كلّ شيء.

Sonnet 109

O, never say that I was false of heart,

Though absence seemed my flame to qualify.

As easy might I from myself depart,

As from my soul which in thy breast doth lie:

That is my home of love; if I have ranged,

Like him that travels I return again,

Just to the time, not with the time exchanged,

So that myself bring water for my stain.

Never believe, though in my nature reigned

All frailties that besiege all kinds of blood,

That it could so preposterously be stained,

To leave for nothing all thy sum of good:

    For nothing this wide universe I call,

    Save thou, my rose; in it thou art my all.

سونيت ١١٠

منذور للحبيب

آه، إنها لحقيقة. لقد طوّفتُ هنا وهناك،
وجعلت من نفسي أبلهاً للعيون،
طعنتُ أفكاري، وبعتُ النفيس بثمن بخس،
وأحييتُ الإساءات العاطفية القديمة من جديد.
وإنها لحقيقة أكيدة أنني نظرت إلى الحقيقة
نظرةً غريبة ومتعالية، لكنْ وحقِّ كلّ من في العلى،
إن هذه الانحرافات منحت قلبي شباباً جديداً،
وبرهنتْ لي تجاربُ أسوأُ أنك خيرُ حبّ لي.
والآن وقد تمَّ كلّ شيء، خُذْ ما لن تكون له نهاية.
لن أشحذ بعد اليوم شهيّتي لبرهانٍ أجدّ،
وأجرّب صديقاً قديماً،
هو إله في الحبّ، أنا منذور له وحسب.
إذن رحّبْ بي، أنت أيّها الأغلى عليّ بعد السماء،
إلى صدرك الطاهر والأعظم الأعظم حبّاً.

Sonnet 110

Alas 'tis true, I have gone here and there,

And made myself a motley to the view,

Gored mine own thoughts, sold cheap what is most dear,

Made old offences of affections new.

Most true it is that I have looked on truth

Askance and strangely; but, by all above,

Those blenches gave my heart another youth,

And worse essays proved thee my best of love.

Now all is done, have what shall have no end.

Mine appetite I never more will grind

On newer proof, to try an older friend,

A god in love, to whom I am confined.

    Then give me welcome, next my heaven the best,

    Even to thy pure and most most loving breast.

سونيت ١١١

الشفقة الشافية

آه، أنت، من أجلي أنا، مع القدر،
تؤنّب الإلهة المذنبة لأفعالي المؤذيةِ،
التي لم توفّر ما هو أفضل لحياتي
من الوسائل العامة التي تولّد السلوك العامّي.
ومن ذلك ينبعُ كونُ اسمي يوصم،
ومنه تقريباً(٩٢) أن طبيعتي أُصيبتْ بالخضوع
لما تمارس العمل فيه، كما تفعل يد الصبّاغ.
أشْفِقْ عليّ إذن، وتَمَنَّ لي أن أتجدّد،
فيما أتجرّع، مثل مريض راضٍ،
جرعاتٍ من الخلّ ضدّ المرض الحادّ الذي حلّ بي.
لن أجد أشدّ المرارات مريرة،
ولن أتردّد في الكفّارة المضاعفة،
من أجل أن أُصلح ثانيةً ما قد تمّ إصلاحه.
أشفِقْ عليّ إذن، أيّها الصديق الغالي،
وأؤكّد لك
أنه حتى شفقتك تلك تكفي لشفائي.

---

(٩٢) وأنا أمقت «تقريباً» في نص شعري، لكن موقعها في الجملة أساسي ولذلك لا مفر منها.

Sonnet 111

O, for my sake do you with Fortune chide,

The guilty goddess of my harmful deeds,

That did not better for my life provide

Than public means which public manners breeds.

Thence comes it that my name receives a brand,

And almost thence my nature is subdued

To what it works in, like the dyer's hand.

Pity me then, and wish I were renewed,

Whilst, like a willing patient, I will drink

Potions of eisel 'gainst my strong infection.

No bitterness that I will bitter think,

Nor double penance to correct correction.

    Pity me then, dear friend, and, I assure ye,

    Even that your pity is enough to cure me.

سونيت ١١٢

صَمَمُ الأفعوان

إن حبّك وعطفك يملآن الحَفْرَ
الذي طبعَه على جبيني كلامُ الفضائح الخسيس،
فما الذي يعنيني في ما يقوله الآخرون، خيراً كان أو شراً،
ما دمت أنت تتغاضى عن سيئاتي، وتتقبّل حسناتي؟
أنت عالمي كلّه، وعليّ أن أجهد
لأعرف عيوبي ومحاسني من لسانك أنت.
لا أحد سواك لي، ولست أنا لأحد حيّ،
يلين قيادي أو يغيِّر خطأ أو صواباً.
وإنني لأطرح في هاوية عميقة الأغوار
المبالاةَ بأصوات الآخرين، حتى أنّ إحساسي الأفعواني
بمن ينتقد ومن يطري قد تعطّل.
لاحظ كيف أنّي لا أعير اهتماماً لكون العالم يتجاهلني.
إنك لمغروس تنمو بقوّة في صلب كلّ ما أفكّر فيه،
إلى درجة أنني أشعر أنك بالنسبة للعالم كلّه ميت(٩٣).

(٩٣) هناك احتمال لتأويل آخر لهذا السطر هو:
إلى درجة أنني أشعر أن العالم كله من حولي ميت.

Sonnet 112

Your love and pity doth th' impression fill

Which vulgar scandal stamped upon my brow,

For what care I who calls me well or ill,

So you o'er-green my bad, my good allow?

You are my all the world, and I must strive

To know my shames and praises from your tongue.

None else to me, nor I to none alive,

That my steeled sense or changes right or wrong.

In so profound abysm I throw all care

Of others' voices, that my adder's sense

To critic and to flatterer stoppèd are:

Mark how with my neglect I do dispense.

    You are so strongly in my purpose bred

    That all the world besides me thinks y' are dead.

سونيت ١١٣

وخلق العالم على صورة الحبيب

منذ أن غادرتك وعيناي في عقلي،
وذلك الذي يتحكم بي في تنقلاتي،
قد قسّم وظيفته وصار نصف أعمى،
يبدو وكأنه يبصر، لكنه في الحقيقة مطفأ:
لأنه لم يعد ينقل إلى القلب
الصورة التي يشبكها لطائر، أو زهرة، أو هيئة.
ليس للعقل نصيب من أشيائه السريعة،
كما أن بصره هو لا يحفظ ما يلتقطه:
فهو إذا رأى أخسّ منظر أو ألطف منظر،
أو أحلى ما يُسْتَحسَن، أو كائناً مشوّه الخلقة،
أو الجبل، أو البحر، أو النهار، أو الليل،
أو الغراب، أو اليمامة، فإنه يصوغها كلّها على صورة محيّاك.
عاجزاً عما هو أكثر، مُشبَعاً بك،
فإن عقليَ الأصدق هكذا يجعل عيني غيرَ صادقة.

Sonnet 113

Since I left you, mine eye is in my mind,

And that which governs me to go about

Doth part his function, and is partly blind,

Seems seeing, but effectually is out:

For it no form delivers to the heart

Of bird, of flower, or shape which it doth latch.

Of his quick objects hath the mind no part,

Nor his own vision holds what it doth catch:

For if it see the rud'st or gentlest sight,

The most sweet-favour or deformèd'st creature,

The mountain, or the sea, the day, or night,

The crow, or dove, it shapes them to your feature.

　　Incapable of more, replete with you,

　　My most true mind thus makes mine eye untrue.

سونيت ١١٤

لذّة السمّ

أم < أقول > إنَّ عقليَ المتوَّج بك
يشرب طاعونَ الملوك، هذا التملّق،
أم أقول إنّ عيني تقول الحقّ،
وإن حبّك علّمها هذه الخيمياء؟
أن تصنع من التنانين، والأشياء التي لا شكل لها،
ملائكةً كتلك التي تشبهها نفسك الحلوة،
محوّلة كلّ ما هو سيّئ إلى ذروة الكمال
بالسرعة التي تتجمّع بها الأشياء إلى أشعتها؟
آه، بل إنه الأمر الأول، إنه التملّق في رؤيتي،
وعقلي العظيم يجرعه بأبّهة ملكية.
إن عيني لتعرف جيداً ما يتلاءم مع ذوقه،
ومن أجل ما يروق لذوقه تُعِدّ الكأس.
ولئن كان مسموماً إن ذا أهون الإثمين،
أن عيني تحبّه وأنها تأخذ الرشفة الأولى.

السونيتات أو التواشيح

Sonnet 114

Or whether doth my mind, being crowned with you,

Drink up the monarch's plague this flattery,

Or whether shall I say mine eye saith true,

And that your love taught it this alchemy?

To make of monsters, and things indigest,

Such cherubins as your sweet self resemble,

Creating every bad a perfect best

As fast as objects to his beams assemble?

O, 'tis the first, 'tis flatt'ry in my seeing,

And my great mind most kingly drinks it up.

Mine eye well knows what with his gust is 'greeing,

And to his palate doth prepare the cup.

    If it be poisoned, 'tis the lesser sin,

    That mine eye loves it and doth first begin.

سونيت ١١٥

الحبّ دائماً ينمو

تلك الأبيات التي كتبتُها من قبل تكذب،
حتى تلك التي قالت إنني لا أقدر أن أحبّك أكثر،
ومع ذلك، فإن ملكة المحاكمة عندي لم تكن عندئذٍ تعرف أيّ سبب
يجعل شعلتي المتوقّدة أقصى التوقّد تكون بعد ذلك أشدّ اضطراماً.
غير أن الزمن المتقلّب المحاسب الذي تزحف عوارضه بملايينها
لتفصل بين المتعاهدين، وتغيّر مراسيم الملوك،
تلطّخ الجمال المقدّس، وتكهم أحدّ النيّات نصلاً،
يحوِّل أقوى العقول إلى مدار الأشياء المتغيرة.
ويح نفسي، لماذا لم يكن لي أن أقول عندئذٍ، خائفاً طغيان الزمن،
«الآن أحبّك أكمَلَ الحبّ»،
ما دمتُ على يقين في عالم اللايقين،
متوِّجاً الحاضر، ومرتاباً بكل ما سواه؟
الحبّ طفل وليد، إذن أليس لي أن أقول هذا،
لأمنح النموّ الكامل لما يظلّ دائماً يتنامى؟

Sonnet 115

Those lines that I before have writ do lie,

Even those that said I could not love you dearer,

Yet then my judgement knew no reason why

My most full flame should afterwards burn clearer.

But reckoning time, whose millioned accidents

Creep in 'twixt vows, and change decrees of kings,

Tan sacred beauty, blunt the sharp'st intents,

Diverts strong minds to th' course of alt'ring things.

Alas why, fearing of Time's tyranny,

Might I not then say 'Now I love you best',

When I was certain o'er incertainty,

Crowning the present, doubting of the rest?

    Love is a babe, then might I not say so,

    To give full growth to that which still doth grow.

** سونيت ١١٦

الحبّ نجم هدى

لن أسلِّمَ[٩٤] بـ < وجود > ما يحول دون اقتران العقول الصادقة.
فالحبّ ليس حبّاً
إن كان يتغيّر حين يلمس تغيّراً،
أو ينكفئ لكي ينأى عن من نأى.
آه، لا. بل إنه علامة راسخة مؤبّدة،
يرقب العواصف تهبّ، ولا يهتزّ أبداً.
إنه نجمُ الهدى لكلّ زورق تائه،
نجم لا تُدرَك قيمتُه، مع أن علوّه يُقاس.
الحبّ ليس بهلول الزمن،
رغم أن الشفاه والخدود الوردية
تقع في مطال منجله المعقوف.

---

(٩٤) يسمح هذا النص بقراءتين مختلفتين تماماً، في الأولى يعني الفعل Admit في النص الإنكليزي «أسلّم بـ، أعترف بـ»، وفي الثانية يعني الفعل «أسمح بدخول أو تدخّل». والقراءتان تعتمدان على هوية «العقول» التي يذكرها النص: فإذا كانت الكلمة تشير إلى عقلي الشاعر وحبيبه، تستحسن القراءة الأولى، وإذا كانت تشير إلى عقل حبيبه وعاشق آخر، تستحسن القراءة الثانية. ولا ينبغي أن تؤخذ كلمة Mind بدلالتها المعاصرة التي تفصل العقل عن العاطفة والقلب. ففي زمن شيكسبير، كما في اليونانية والثقافة العربية القديمة، يتبادل العقل والقلب مكانهما في تصور النفس. و را. دراستي لهذه المسألة في كتابي:

Al-Jurjani's Theory of Poetic Imagery, Aris and Phillips (Warminster, 1979), Chapter 7.

Sonnet 116

Let me not to the marriage of true minds

Admit impediments; love is not love

Which alters when it alteration finds,

Or bends with the remover to remove.

O no, it is an ever-fixèd mark,

That looks on tempests and is never shaken;

It is the star to every wandering barque,

Whose worth's unknown, although his height be taken.

Love's not Time's fool, though rosy lips and cheeks

Within his bending sickle's compass come.

الحبّ لا يتغيّر مع ساعاته وأسابيعه الوجيزة،
بل يظلّ صامداً حتى إلى حافة القيامة.
إن يكن هذا خطأً، ويثبتْ ذلك عليّ،
فأنا لم أكتبْ (شيئاً) أبداً،
ولم يعشقْ بشرٌ أبداً.

Love alters not with his brief hours and weeks,

But bears it out even to the edge of doom.

    If this be error and upon me proved,

    I never writ, nor no man ever loved.

سونيت ١١٧

ديمومة الحبّ

إتّهمْني هكذا: أنني أغفلتُ كلّ ما يتيح لي
ردّ الجميل لك على كلّ حسناتك العظيمة،
ونسيت أن أدعو حبّك الأغلى،
الذي تشدّني إليه كل الوشائج يوماً بيوم،
وأنني كثيراً ما قضيت وقتي مع عقول مجهولة،
وأهدرت للزمن حقك المُشترى بثمن عالٍ،
وأنني نشرت الشراع لكل ريح
بوسعها أن تنقلني إلى أقصى مكان عن بصرك.
سجّل عليّ كلا تصلّبي وأخطائي،
وأضفْ إليها ما شئتَ من ظنون، استناداً إلى ما أُثْبِتَ عليّ،
وضعْني في مرمى عبوسك،
لكن لا تطلق عليّ النار في فورة كراهيتك،
فإن استرحامي يقول إنني بذلت أقصى الجهد
لأمتحنَ[٩٥] ثباتَ حبّك وفضائله.

(٩٥) تحمل الكلمة هنا أيضاً معنى «لأبرهن».

Sonnet 117

Accuse me thus, that I have scanted all

Wherein I should your great deserts repay,

Forgot upon your dearest love to call,

Whereto all bonds do tie me day by day,

That I have frequent been with unknown minds,

And given to time your own dear-purchased right,

That I have hoisted sail to all the winds

Which should transport me farthest from your sight.

Book both my wilfulness and errors down,

And on just proof, surmise accumulate,

Bring me within the level of your frown,

But shoot not at me in your wakened hate,

    Since my appeal says I did strive to prove

    The constancy and virtue of your love.

سونيت ١١٨

دواء الحبّ داء

مثلما أننا من أجل أن نجعل شهيّتنا أشدّ حدّة،
نحرّض مَذاقنا بمركّبات مثيرة،
وكما نتّقي أمراضنا اللامرئية،
فنتقيّأ لندرأ المرض حين نتطهّر،
هكذا وجّهْتُ، أنا المليء بحلاوتك التي لا تشمئزّ منها النفس أبداً،
ما أتغذّى به من قوت نحو المَرقات المرّة،
وقد وجدت نوعاً من الملاءمة، أنا المصاب بالقرف من العافية،
في أن أعتلّ قبل أن تنشأ حاجة حقيقية لذلك.
هكذا تطوّرتْ سياسة في العشق، <هي> أن أتوقّع
الأمراض التي لم تكن بعد،
فصرتُ أرتكب ذنوباً مؤكّدة،
وأوصلتُ إلى حيث تحتاج العلاج حالة من الصحّة السليمة،
التي أمرضَتْها العافية، وستُشفى بالاعتلال.
من هذا تعلّمت، وإنني لأجد الدرس سليماً،
أن الأدوية تسمّم من يمرض <عشقاً> بك.

Sonnet 118

Like as to make our appetites more keen

With eager compounds we our palate urge,

As to prevent our maladies unseen

We sicken to shun sickness when we purge;

Even so, being full of your ne'er-cloying sweetness,

To bitter sauces did I frame my feeding,

And, sick of welfare, found a kind of meetness

To be diseased ere that there was true needing.

Thus policy in love, t' anticipate

The ills that were not, grew to faults assurèd,

And brought to medicine a healthful state,

Which, rank of goodness, would by ill be curèd.

    But thence I learn, and find the lesson true,

    Drugs poison him that so fell sick of you.

سونيت ١١٩

مكاسب الشرّ

أيّة جرعاتِ سحرٍ شربت من الدموع المغوية[٩٦]،
مقطرة من ينابيع مقيتة كالجحيم التي في الأعماق،
معالجاً المخاوف بالآمال، والآمال بالمخاوف،
خاسراً دائماً مع أنني أرى نفسي رابحاً؟
أيّة أخطاء فادحة اقترف قلبي،
فيما كان يظنّ نفسه مباركاً أبداً؟
وكيف نُقِلَتْ عيناي من فضائهما
في شتات هذه الحمّى الجنونية؟
آه يا لفائدة المرض، الآن أكتشف أنه صحيح
أن الأفضلَ يصير بالشرّ دائماً أفضل،
وأن الحبّ المدمّر حين يُبنى من جديد
يغدو أجمل مما كان المرّة الأولى،
وأقوى، وأعظم بكثير.
وهكذا أعود مُؤنَّباً إلى منبع رضاي،
وأكسب بما اقترفته من ذنوب ثلاثة أضعاف ما كنت قد أنفقت.

---

(٩٦) تتضمّن اللفظة إشارة إلى الأسطورة اليونانية ورحلة يوليسيس. فالسيرينات هنّ المخلوقات اللواتي يسحرن بغنائهنّ السامعين، وهنّ مزيج من طيور وإناث بشريات.

Sonnet 119

What potions have I drunk of siren tears,

Distilled from limbecks foul as hell within,

Applying fears to hopes, and hopes to fears,

Still losing when I saw myself to win?

What wretched errors hath my heart committed,

Whilst it hath thought itself so blessèd never?

How have mine eyes out of their spheres been fitted

In the distraction of this madding fever?

O benefit of ill, now I find true

That better is by evil still made better,

And ruined love, when it is built anew,

Grows fairer than at first, more strong, far greater.

    So I return rebuked to my content,

    And gain by ills thrice more than I have spent.

سونيت ١٢٠

الإساءة تمحو الإساءة

إنّ كونَك عاملتني بقسوة يريحني الآن،
وبسبب ذلك الأسى، الذي عانيته يومها،
ينبغي عليّ أن أنحني تحت عبء إساءتي إليك،
إلا إذا كانت أعصابي من النحاس أو الفولاذ المطروق.
ذلك أنك إذا كنت قد ارتججتَ لقسوتي عليك،
كما كنت أنا قد ارتججتُ لقسوتك،
فقد عانيتَ وقتاً جهنمياً،
ولم أجد، أنا الطاغية، فسحةً من الوقت،
لأقدّر كم كنتُ مرّة قد عانيتُ من جريمتك.
آه، لو أن ليلة ويلاتنا كانت قد ذكّرتْ
إحساسيَ الأعمق بأيّ عنفٍ يضرب الأسى الحقيقي،
وكنتُ قدّمتُ لك فوراً، وقدّمتَ أنت لي عندها،
البلسمَ المتواضع الذي تستطيبه الصدور الجريحة.
لكنّ إساءتك تلك تصبح الآن دِيَةً،
فإساءتي تفتدي إساءتك، وإساءتك ينبغي أن تفتديني.

Sonnet 120

That you were once unkind befriends me now,

And for that sorrow, which I then did feel,

Needs must I under my transgression bow,

Unless my nerves were brass or hammered steel.

For if you were by my unkindness shaken,

As I by yours, y' have passed a hell of time,

And I, a tyrant, have no leisure taken

To weigh how once I suffered in your crime.

O that our night of woe might have rememb'red

My deepest sense how hard true sorrow hits,

And soon to you, as you to me then, tend'red

The humble salve, which wounded bosoms fits!

    But that your trespass now becomes a fee;

    Mine ransoms yours, and yours must ransom me.

سونيت ١٢١

السيادة بالشرّ

أن تكون فاسقاً أفضل من أن يعتبرك الناس فاسقاً
حين تؤنَّب، وأنت لست فاسقاً(٩٧)، على الفسق،
وحين تخسر المتعة العادلة، والتي تعتبر كذلك،
لا بسبب شعورنا بل بسبب رؤية الآخرين.
إذ لماذا ينبغي أن تغمز أعين الآخرين الزانية الزائفة
من دمي اللعوب؟
ولماذا يتجسّس آخرون على نقاط ضعفي
وهم أشدّ ضعفاً مني؟
ويعتبرون سيّئاً ما أراه أنا حسناً؟
لا، فأنا ما أنا، وأولئك الذين
يستهدفون إساءاتي، إنما يحصون إساءاتهم هم.
ولعلّني أكون أنا المستقيم، وهم المُعْوَجّين.
ولا ينبغي الحكم على تصرّفاتي بمقياس أفكارهم الماجنة،
إلا إذا كانوا يؤمنون بهذا الشرّ الشامل:
كلّ البشر أشرار، وبِشَرِّهم يَسُودون.

---

(٩٧) يبدو لي أن النص الإنكليزي يقول: «حين تؤنّب، لأنك لست فاسقاً، على الفسق»، وذلك متهافت.

Sonnet 121

'Tis better to be vile than vile esteemèd,

When not to be receives reproach of being,

And the just pleasure lost which is so deemèd

Not by our feeling, but by others' seeing.

For why should others' false adulterate eyes

Give salutation to my sportive blood?

Or on my frailties why are frailer spies,

Which in their wills count bad what I think good?

No, I am that I am, and they that level

At my abuses reckon up their own;

I may be straight though they themselves be bevel.

By their rank thoughts my deeds must not be shown,

    Unless this general evil they maintain:

    All men are bad and in their badness reign.

سونيت ١٢٢ (٩٨)

دفاتر الذاكرة

الدفاتر التي أهديتني منقوشة في دماغي،
ومحفورة بحروف الذاكرة التي لا تفنى،
والتي ستبقى لزمن يتجاوز تلك الأسطر الخاملة،
ما بعد كلّ التواريخ، وحتى أبد الآبدين.
أو، على الأقلّ، ما دام الدماغ والقلب
يملكان القدرة طبيعياً على البقاء،
إلى أن يُسْلِمَ كلّ منهما لمحو الزوال الجزءَ الذي يحفظه منك،
فإن سجلّ أفعالك لا يمكن أبداً أن يضيع.
إن تلك الحافظة المسكينة لا تستطيع أن تحتفظ بالكثير،
وأنا لست بحاجة لأن أدوّن بالإحصاء حبّك الغالي،
ولذلك فقد كنتُ شجاعاً إذ وهبتُها،
لأعهد بحفظك لتلك الدفاتر التي تستقبلك استقبالاً أفضل.
فأن أحفظ شيئاً خارجياً يرتبط بك لأتذكّرك به،
هو أن أعترف بأنني عُرْضَة للنسيان.

---

(٩٨) يلف الغموض هذه السونيت، لكن يبدو أنها مرتبطة بالسونيت رقم ٧٧، وأنها تمثل اعتذاراً لكون الشاعر وهب (أو أضاع) دفتراً أهداه إياه الرجل المحبوب. ويستغل بعض الباحثين هذه السونيت وأمثالها للبرهان على أن شيكسبير كان يكتب عن تجربة شخصية وعلاقة حقيقية بينه وبين رجل يحبه، ولا يصدر عن بلاغيات الذاكرة الشعرية والأعراف المتبعة.

Sonnet 122

Thy gift, thy tables, are within my brain

Full charactered with lasting memory,

Which shall above that idle rank remain

Beyond all date even to eternity;

Or at the least so long as brain and heart

Have faculty by nature to subsist,

Till each to razed oblivion yield his part

Of thee, thy record never can be missed.

That poor retention could not so much hold,

Nor need I tallies thy dear love to score,

Therefore to give them from me was I bold

To trust those tables that receive thee more.

    To keep an adjunct to remember thee

    Were to import forgetfulness in me.

سونيت ١٢٣

سأكون صادقاً

لا! أيّها الزمن، لن تتباهى بأنني قد تغيّرت.
إن أهرامك المبنيّة بقوّة جديدة
ليست بالنسبة لي شيئاً جديداً أو غريباً،
بل هي أردية تكسو منظراً قديماً.
إن آجالنا وجيزة، ولذلك نعجب
بما تطرحه علينا، وهو عتيق،
ونفضّل أن نعتبره وليداً لرغباتنا
على أن نفكّر أننا قد سمعناه يُروى من قبل.
إني لأتحدّى سجلاتك كما أتحدّاك،
دون أن أتعجّب من الحاضر، أو من الماضي،
لأن سجلاّتك، وما نراه، كلّها تكذب،
وهي كلّها تكاد تكون وليدة استعجالك المستمر.
إنني لأقسم على هذا، وهذا سيكون إلى الأبد:
سأكون صادقاً وفيّاً رغم منجلك ورغمك.

Sonnet 123

No! Time, thou shalt not boast that I do change.

Thy pyramids built up with newer might

To me are nothing novel, nothing strange;

They are but dressings of a former sight.

Our dates are brief, and therefore we admire

What thou dost foist upon us that is old,

And rather make them born to our desire

Than think that we before have heard them told.

Thy registers and thee I both defy,

Not wond'ring at the present, nor the past,

For thy records, and what we see, doth lie,

Made more or less by thy continual haste.

    This I do vow and this shall ever be:

    I will be true despite thy scythe and thee.

سونيت ١٢٤

حمقى الزمان

لو كان حبّي الغالي لك ليس إلا وليد الأحوال،
لكان طفلَ زنى لصروف الزمان تُنْكَرُ أبوّتُه
لأنه عُرْضَةٌ لحبّ الزمن، كما هو عُرْضة لكرهه،
أعشاب ضارّة بين أعشاب ضارّة،
أو أزهار مع أزهار تُجَمَّعُ.
لا، لقد بُنِيَ حبّي بعيداً عن أعراض الزمان،
فهو لا يعاني في الأبّهة المتبسّمة،
ولا يسقط تحت ضربات السخط المستعبَد،
إلى حيث يدعو زمنُنا المغري مسالكَنا.
وهو لا يخاف السياسة، تلك الهرطقة
التي تعمل ضمن آجال من الساعات المعدودة،
بل ينتصب وحيداً مستقلاً عظيم الحكمة،
لا ينمو مع الحرارة، ولا يغرق حين تهطل الأمطار.
إلى هذا أدعو شهوداً لي بهاليلَ الزمان
الذين يموتون في سبيل الخير،
الذين عاشوا حياتهم للجريمة.

Sonnet 124

If my dear love were but the child of state

It might for Fortune's bastard be unfathered,

As subject to time's love, or to time's hate,

Weeds among weeds, or flowers with flowers gathered.

No, it was builded far from accident,

It suffers not in smiling pomp, nor falls

Under the blow of thrallèd discontent,

Whereto th' inviting time our fashion calls.

It fears not policy, that heretic,

Which works on leases of short-numb'red hours,

But all alone stands hugely politic,

That it nor grows with heat, nor drowns with show'rs.

    To this I witness call the fools of Time,

      Which die for goodness, who have lived for crime.

سونيت ١٢٥

الجاسوس المأجور

هل يُجديني في شيء أن أحمل مظلّة لذي عرش،

مكرماً مظاهر ذوي السلطة بمظهري الخارجي؟

أو أن أرسّخ أسساً عظيمة لأبديةٍ

ينكشف أنها أكثر قِصَراً من الإهدار أو الدمار؟

أوَلَمْ أشهد من يقطنون المظاهر والمِنَنَ

يخسرون كلّ ذلك، وأكثر، بدفعهم إيجاراً زائداً،

ويضَحُّون بالمذاق البسيط، من أجل مركّبات حلوة،

أثرياء يثيرون الشفقة، تائهين في ما يفتن أبصارهم؟

لا، دعني أكنْ خاشعاً في قلبك،

واقبلْ أنت قرباني، فقيراً لكنْ حرّاً،

غير مختلط بالأعراض، ولا يعرف التبرّج،

بل هو استسلام متبادل، أنا وحسب مقابلك [٩٩] .

وهكذا، أيّها المخبر المأجور: إن الروح الصادقة،

حين تكون متّهمة أسوأ اتهام

تنتصب أبعد ما تكون عن سيطرتك .

---

(٩٩) أخالف في تأويلي لهذه العبارة تفسير مجلّد أوكسفورد وغيره .

Sonnet 125

Were 't aught to me I bore the canopy,

With my extern the outward honouring,

Or laid great bases for eternity,

Which proves more short than waste or ruining?

Have I not seen dwellers on form and favour

Lose all and more by paying too much rent,

For compound sweet forgoing simple savour,

Pitiful thrivers in their gazing spent?

No, let me be obsequious in thy heart,

And take thou my oblation, poor but free,

Which is not mixed with seconds, knows no art,

But mutual render, only me for thee.

    Hence, thou suborned informer: a true soul

    When most impeached, stands least in thy control.

** سونيت ١٢٦

دَين الطبيعة للزمن(١٠٠)

آه، يا فتاي الجميل، يا من تحمل في يدك
مرآة الزمن المتقلّب، وساعة منجل حصاده،
يا من ازددت بالتناقص نموّاً، فكشفت
ذبول عشاقك، فيما تنمو نفسك الحلوة ـ
إذا كانت الطبيعة، (وهي سيّدة الدمار القديرة)،
وأنت تمضي قُدُماً إلى الأمام، تنتزعك دائماً إلى الوراء،
فإنها تحفظك لهذا الغرض: إن مهارتها
قد يجلّلها الزمن بالعار، وتقتلها دقائقه.
ومع ذلك، فلْتَخْشَ غائلتها، آه، أنت يا أثير ملذّاتها:
فهي قد تمسك بكنزها، لكنها لا تحفظه دائماً!
إن حسابها، رغم أنه قد يؤخّر، لا بد أن يُدفَع،
وتسديد دينها للزمن سيكون تسليمَك أنت.
(   )
(   ).

(١٠٠) هذه التوشيحة ناقصة لأسباب غير معروفة وهي تختلف عن السونيتات كلها بأن نظام التقفية فيها هو نظام المزدوجة، أي ا ا ب ب ت ت ث ث ج ج ح ح. وتختتم في الكوارتو بأقواس مائلة محل البيتين المفترضين ١٣ و١٤ كأنها تنتظر الاستكمال.

Sonnet 126

O thou my lovely boy, who in thy power

Dost hold Time's fickle glass, his sickle hour;

Who hast by waning grown, and therein show'st

Thy lovers withering as thy sweet self grow'st—

If Nature (sovereign mistress over wrack)

As thou goest onwards still will pluck thee back,

She keeps thee to this purpose, that her skill

May Time disgrace, and wretched minutes kill.

Yet fear her, O thou minion of her pleasure:

She may detain, but not still keep, her treasure!

Her audit (though delayed) answered must be,

And her quietus is to render thee.

(   )

(   )

** سونيت ١٢٧[(١٠٢)]

الجمال الأسود

في العصور الغابرة لم يكن السواد يُحسب جميلاً،
ولئن كان، لم يكن يحمل اسم الجمال.
أمّا الآن فإن السواد هو الوريث الشرعيّ للجمال،
والجمال صار يوصَمُ بعار الزندقة:
فمنذ أن تلبّست كلّ يد قوّة الطبيعة،
محسّنة القبيح بالوجه الزائف المستعار للتجميل،
لم يعد للجمال الحلو اسمٌ، أو كعبةٌ مقدّسة،
بل صار مدنّساً، إن لم يكن يعيش في العار.
ولذلك فإن عينَيْ عشيقتي سوداوان كالغراب،
وحاجبيها متناغمان تماماً < معهما >
وتبدوان كأنهما تندبان أولئك الذين
لا ينقصهم الجمال، مع أنهم لم يولدوا جميلين،
يشينون الخَلْقَ بالإجلال الزائف.
لكنهما تندبان بصورة تجعلهما في أساهما
تبدوان من البهاء بحيث أن كلّ لسان يقول:
كذا فلْيكنِ الجمال.

---

(١٠٢) في التقسيم المتّبع للسونيتات تنتهي قبل هذه السونيت السونيتات الموجّهة للفتى وتبدأ تلك الموجّهة للمرأة الداكنة.

Sonnet I27

In the old age black was not counted fair,

Or if it were it bore not beauty's name;

But now is black beauty's successive heir,

And beauty slandered with a bastard shame:

For since each hand hath put on Nature's power,

Fairing the foul with Art's false borrowed face,

Sweet beauty hath no name, no holy bower,

But is profaned, if not lives in disgrace.

Therefore my mistress' eyes are raven black,

Her brows so suited, and they mourners seem

At such who, not born fair, no beauty lack,

Sland'ring creation with a false esteem.

    Yet so they mourn, becoming of their woe,

    That every tongue says beauty should look so.

سونيت ١٢٨

الخشب المنتشي

كم مرّة وأنت، يا موسيقى روحي، تعزفين الموسيقى،
على ذلك الخشب المبارك الذي تصوِّت حركته
مع أناملك الحلوة، وأنت تُمايسين بنعومة
التناغم الوتريّ الذي يسحر أذنيَّ،
أحسد تلك الروافع التي تتقافز برشاقة
لتُقبِّل باطنَ كفّك اللدن،
فيما تقف شفتاي المسكينتان، وهما أجدر بأن تجنيا ذلك الحصاد،
إلى جانبك، متورّدتين خجلاً أمام شجاعة الخشب!
من أجل أن تداعَبا هذه المداعبة سوف تتبادلان حالتهما وموضعهما مع تلك الصفائح الراقصة،
التي تدرُج عليها أناملك بأناقة مرهفة،
جاعلةً الخشب الميت مبارَكاً أكثر من الشفاه الحيّة.
ما دامت الروافع الماكرة مغتبطة إلى هذا الحدّ بهذا،
فامنحيها أناملَك، وامنحيني أنا شفتيك لأقبّلهما.

Sonnet 128

How oft, when thou, my music, music play'st

Upon that blessèd wood whose motion sounds

With thy sweet fingers when thou gently sway'st

The wiry concord that mine ear confounds,

Do I envy those jacks that nimble leap

To kiss the tender inward of thy hand,

Whilst my poor lips, which should that harvest reap,

At the wood's boldness by thee blushing stand.

To be so tickled they would change their state

And situation with those dancing chips,

O'er whom thy fingers walk with gentle gait,

Making dead wood more blest than living lips.

 Since saucy jacks so happy are in this,

 Give them thy fingers, me thy lips to kiss.

**سونيت ١٢٩

جحيم الجنس ونعيم الجسد

شبقُ الجسد، في حمّى الفعل، إهدارٌ للروح في خرائب العار،
وقبل الفعل يكون الشبق كذّاباً، قاتلاً، دموياً، مكتظّاً بكلّ ما يُلام،
متوحّشاً، متطرّفاً، همجيّاً، فظّاً، لا يُؤْمَنُ جانبه،
ما أنْ يُروى منه الغليلُ حتى يُحتقر.
يُتصيَّد بشَرَهٍ يتجاوز حدودَ العقل،
لكن ما أنْ يُنال
حتى يُمقَت مقتاً يتجاوز حدودَ العقل
كطُعْمٍ للصيد تمّ ابتلاعُه
مطروحٍ عمْداً ليُصاب من يلتقطه بالجنون،
الجنونُ وهو يسعى إليه
والجنون وهو يمتلكه.
والشبق وقد تمّ نيْلُه، متطرّفٌ،
ومتطرّف وهو يُنال، وفي السعي إليه.
إنه نِعمةٌ وهو يُمارَسُ،
ومحضُ نقمةٍ وقد انتهتْ ممارستُه.
غبطةٌ موعودة قبلُ، وحُلُمٌ بعدُ.
كلّ هذا يعرفه العالم جيّداً
لكنْ لا أحدَ يعرف جيّداً
كيف يتحاشى النعيم
الذي يقود البشرَ إلى هذا الجحيم(١٠٣).

---

(١٠٣) الجحيم أو جهنّم تعبير مجازي في الإنكليزية الدارجة عن الفرج.

Sonnet 129

Th' expense of spirit in a waste of shame

Is lust in action, and, till action, lust

Is perjured, murd'rous, bloody, full of blame,

Savage, extreme, rude, cruel, not to trust,

Enjoyed no sooner but despisèd straight,

Past reason hunted, and, no sooner had,

Past reason hated as a swallowed bait

On purpose laid to make the taker mad,

Mad in pursuit, and in possession so,

Had, having, and in quest to have, extreme,

A bliss in proof and proved a very woe,

Before, a joy proposed; behind, a dream.

    All this the world well knows, yet none knows well

    To shun the heaven that leads men to this hell.

** سونيت ١٣٠

صور زائفة للحبيبة

عينا عشيقتي لا شبه لهما بالشمس أبداً،
والمرجان أشدّ حمرة بكثير من حمرة شفتيها.
إذا كان الثلج أبيض، فلماذا إذن نهداها أشهبان؟
وإذا كان الشعر أسلاكاً، فإن أسلاكاً سوداء تنمو على رأسها.
لقد رأيت وروداً دمشقية، بخطوط حمراء بيضاء،
لكنني لا أرى مثل هذه الورود في وجنتيها.
وإن في بعض العطور من المتعة أكثر
مما في الأنفاس التي تفوح[١٠٤] من عشيقتي.
أحبّ أن أسمعها تتكلم، لكنني أعرف جيداً
أن للموسيقى أصواتاً أعذب من صوتها.
أسلّم بأنني لم أرَ أبداً إلهة ترحل:
وعشيقتي حين تمشي تخطو على التراب.
ومع ذلك فإنني، وحقّ السماء، أعتبر حبيبتي نادرة
ندرة أيّة حبيبة مَدَحْتُها زوراً بالمقارنات الزائفة.

---

(١٠٤) «تفوح» لكن للرائحة الكريهة. را. المقدمة، نهاية فقرة ١٣ لتوضيح ذلك.

Sonnet 130

My mistress' eyes are nothing like the sun,

Coral is far more red than her lips' red;

If snow be white, why then her breasts are dun;

If hairs be wires, black wires grow on her head.

I have seen roses damasked, red and white,

But no such roses see I in her cheeks,

And in some perfumes is there more delight

Than in the breath that from my mistress reeks.

I love to hear her speak, yet well I know

That music hath a far more pleasing sound.

I grant I never saw a goddess go:

My mistress when she walks treads on the ground.

  And yet, by heaven, I think my love as rare

  As any she belied with false compare.

سونيت ١٣١

أفعالك السوداء

أنتِ طاغية، وأنتِ كما أنتِ،
مثل أولئك اللواتي يجعلهنّ جمالُهنّ قاسيات بكبرياء،
لأنك تعلمين جيداً أنك بالنسبة لقلبي المتيّم
أجمل الجواهر وأنفسها.
لكن بعض من يرونك يقولون، بنيّة طيبة، إن وجهك
لا يملك القدرة على أن يجعل الحبّ يئنّ.
وأنا لا أجرؤ أن أتشجّعَ فأقول إنهم على ضلال،
مع أنني أقسم بصحّة ذلك في دخيلة نفسي.
ولا ريب أن ما أُقسم عليه غير زائف،
فإن ألف أنَّة، الواحدة تمسك بعنق الأخرى،
حين أفكّر بوجهك، تقف شاهدة
أن سوادك هو الأكثر جمالاً في حُكْمي.
أنتِ لست سوداء في شيء إلا في أفعالك،
ومن هنا، في ظنّي، ينبع هذا التجريح لك.

Sonnet 131

Thou art as tyrannous, so as thou art,

As those whose beauties proudly make them cruel,

For well thou know'st to my dear doting heart

Thou art the fairest and most precious jewel.

Yet in good faith some say, that thee behold,

Thy face hath not the power to make love groan;

To say they err I dare not be so bold,

Although I swear it to myself alone.

And to be sure that is not false I swear

A thousand groans but thinking on thy face

One on another's neck do witness bear

Thy black is fairest in my judgement's place.

    In nothing art thou black save in thy deeds,

    And thence this slander as I think proceeds.

** سونيت ١٣٢

إنّ الحُسن أسود

أحبّ عينيك، وهما (كأنما إشفاقاً عليّ،
لأنهما تعلمان أن قلبك يعذّبني بازدراء)،
قد تسربلتا بالسواد، وتندبان بحبّ،
وترنوان برحمة جميلة إلى آلامي.
والحقّ أنه لا شمس السماء الصباحية
تليق بوجنتَي الشرق الرماديتين،
ولا ذلك النجم المكتمل الذي يتقدّم المساء،
يسبغ نصف ذلك المجد على الغرب الرزين،
كما تليق هاتان العينان النادبتان بوجهك.
آه ليكن، إذن، أيضاً، مما يلائم قلبك
أن ينوح عليّ (فإن النواح يجلّلك بالبهاء)،
ويسربلَ بشفقتك كلّ جزء.
عندها سأقسم أن الجمال نفسه أسود،
وأن القبيح هو كلّ من ينقصه لونُ بشرتك.

Sonnet 132

Thine eyes I love, and they, as pitying me,

Knowing thy heart torment me with disdain,

Have put on black, and loving mourners be,

Looking with pretty ruth upon my pain.

And truly not the morning sun of heaven

Better becomes the grey cheeks of the east,

Nor that full star that ushers in the even

Doth half that glory to the sober west

As those two mourning eyes become thy face.

O, let it then as well beseem thy heart

To mourn for me, since mourning doth thee grace,

And suit thy pity like in every part.

    Then will I swear beauty herself is black,

    And all they foul that thy complexion lack.

سونيت ١٣٣

السجن في الداخل

تبّاً لذلك القلب الذي يجعل قلبي يئنّ
لذلك الجرح العميق الذي يُنزله بصديقي وبي.
ألا يكفي أن يعذّبني وحدي،
ليُكبَّل في أغلال العبودية صديقي الأحلى؟
لقد انتزعتني عيناك القاسيتان من نفسي،
ولقد طوّقتِ نفسيَ الثانية بما هو أقسى،
وهجرتِني أنتِ، وهو، ونفسي[١٠٥]،
ثلاثة عذابات مضاعفة ثلاثاً عليّ هكذا أن أعبرها.
أُسجني قلبي في زنزانة صدرك الفولاذية،
لكن دعي قلبي المسكين عندها يفتدي قلبَ صديقي.
وأيّاً كان من تُولينه أمر حراستي، دعي قلبي يكن حارساً له،
فلن تستطيعي عندها أن تستخدمي الشدّة في سجني.
ومع ذلك ستفعلين لأنني، أنا المسجون فيك،
مُلْكُكِ حُكْماً، وكل ما هو فيّ ملككِ أيضاً.

---

(١٠٥) أخالف قراءة مجلّد أوكسفورد لهذه العبارة.

Sonnet 133

Beshrew that heart that makes my heart to groan

For that deep wound it gives my friend and me.

Is 't not enough to torture me alone,

But slave to slavery my sweet'st friend must be?

Me from myself thy cruel eye hath taken,

And my next self thou harder hast engrossèd.

Of him, myself, and thee I am forsaken,

A torment thrice threefold thus to be crossèd.

Prison my heart in thy steel bosom's ward,

But then my friend's heart let my poor heart bail,

Whoe'er keeps me, let my heart be his guard;

Thou canst not then use rigour in my jail.

    And yet thou wilt, for I, being pent in thee,

    Perforce am thine, and all that is in me.

سونيت ١٣٤

تنازُع

حسناً. الآن وقد اعترفتُ بأنه لكِ،
وأنني أنا نفسي مرهون لمشيئتك،
سأُسْلِمُ نفسي لك غرامةً، على أن تعيدي
الآخر الذي هو لي كما كان
ليكون دائماً نبع راحتي.
لكنك لن تفعلي، ولن يكون هو حرّاً،
لأنك شرهة < الشهوة > ، وهو طيّب القلب.
لقد تعلّم ككفيلٍ أن يكتب ضماناً لي
تحت ذلك القيد الذي يوثقه بإحكام مماثل.
أنت ستتقاضين كلّ ما يخوِّلك سَنَدُ جمالك أن تتقاضيه،
أيّتها المرابية التي تسخّر كلّ شيء لتكسب،
وتقاضين صديقاً صار مديناً من أجلي:
وهكذا أخسره بسبب إساءة استعمالي.
أنا خسرته، وأنت تملكينه وتملكينني،
وهو يدفع الكلّ، ومع ذلك أنا لستُ حرّاً.

Sonnet 134

So now I have confessed that he is thine,

And I myself am mortgaged to thy will;

Myself I'll forfeit, so that other mine

Thou wilt restore to be my comfort still.

But thou wilt not, nor he will not be free,

For thou art covetous, and he is kind.

He learned but surety-like to write for me,

Under that bond that him as fast doth bind.

The statute of thy beauty thou wilt take,

Thou usurer that put'st forth all to use,

And sue a friend came debtor for my sake:

So him I lose through my unkind abuse.

 Him have I lost, thou hast both him and me;

 He pays the whole, and yet am I not free.

سونيت ١٣٥

لعبة الأسماء والشهوات[١٠٦]

مهما يكن لامرأة مما ترغبه، فأنتِ لك وِلْيَمُكِ/ < *شهوتك* > ،
ولك أيضاً وِلْ/ < *شهوات* > حتى الفيض، ولك *وِلْ*/ < *شهوات* > بإسراف.
إنني أكثر من كافٍ لك، أنا الذي يتعقبك دائماً،
مضيفاً هكذا إلى شهوتك الحلوة المزيدَ.
هل ستوافقين مرة، أنت يا ذات الشهوة الشاسعة الواسعة،
أن تخبّئي شهوتي داخل شهوتك؟
أم ستبدو لك الشهوة في الآخرين مباركة خيرة،
ولن يشعّ قبولٌ حلو منك في شهوتي أنا؟
إن البحر متخم بالمياه، ولكنه مع ذلك
دائماً يستقبل المطر،
ويضيف بغزارة إلى خزانه،

---

(١٠٦) تكاد ترجمة هذه التوشيحة أن تكون مستحيلة، لأنها تقوم على تلاعب بكلمة Will والكلمة تعني من جهة «الإرادة» و«الرغبة» و«الشهوة»، وهي من جهة أخرى صيغة التدليل للاسم William وليم، وهو اسم شيكسبير الأول، واسم أحد الذين يظن أنهم كانوا عشاقاً لعشيقته. وأحد من يحملون هذا الاسم الرجل الذي يظن أنه كان الفتى الذي كتبت له التواشيح الأولى من هذه المجموعة.
وفي النص والنصوص التالية مباشرة أيضاً كنايات عن الأعضاء الجنسية للمرأة والرجل. وقد استخدمت كلمة «شهوة» كناية عن الفرج والقضيب.
وقد رأيت أن أثبت المعنى الضمني للكلمة إضافة إلى معناها الظاهر، ووضعته بعد عارضة مائلة وداخل زاويتين هكذا: وليمك/ < شهوتك > .

Sonnet 135

Whoever hath her wish, thou hast thy Will,

And Will to boot, and Will in overplus;

More than enough am I that vex thee still,

To thy sweet will making addition thus.

Wilt thou, whose will is large and spacious,

Not once vouchsafe to hide my will in thine?

Shall will in others seem right gracious,

And in my will no fair acceptance shine?

The sea, all water, yet receives rain still,

And in abundance addeth to his store;

وهكذا أضيفي أنت، الغنية بـ *وِلْ/* < *الشهوات* > ، إلى *وِلْيمِك/* < *شهوتك* >
شهوةً واحدة مني لتجعل *وليمَك/* < *شهوتك* > الضخمة أضخم.
لا تدعي «لا» القاسية، تقتل قاصداً جميلاً،
إعتبري الجميع واحداً، وضعيني أنا
في ذلك الـ وِلْ الواحد/ <*تلك الشهوة الواحدة*> .

So thou, being rich in Will, add to thy Will

One will of mine to make thy large Will more.

    Let 'no' unkind no fair beseechers kill:

    Think all but one, and me in that one Will.

سونيت ١٣٦

الشهوة اسمي لأملأك

إذا كانت روحكِ تؤنّبك لأنني أقترب منك إلى هذا الحدّ،
فأقسمي لروحك العمياء أنني أنا وِلْيَمُك/ *شهوتك*،
والشهوة، كما تعرف روحك، مسموح لها أن تَلِجَ،
إلى ذلك الحدّ، من أجل الحبّ، لبّي يا حلوتي نداء حبّي.
هل سيملأ وِلْ كنز(١٠٧) حبّك،
آه، املئيه تماماً بالشهوات، ولتكن شهوتي إحداها.
بالأشياء التي تتسع للكثير بسهولة نُبَرْهِنُ
أن الواحد ضمن مجموع لا يُحسب له حساب،
إذن في المجموع دعيني أعبُرْ دون أن يشعر بي أحد،
مع أنني في حساب خزّانك سأحسب واحداً،
لأنه لا شيء يمسكني، لذلك أرجوك أن تمسكيه،
هذا اللاشيء، الذي هو أنا، شيء حلو لك.
لا تجعلي سوى اسمي حباً لك، وأحبّي ذلك دائماً،
وعندها تحبينني، لأن اسمي وِلْ.

---

(١٠٧) الكنز في هذا النص كناية عن الفرج.

Sonnet 136

If thy soul check thee that I come so near,

Swear to thy blind soul that I was thy Will,

And will, thy soul knows, is admitted there:

Thus far for love my love-suit sweet fulfil.

Will will fulfil the treasure of thy love,

Ay, fill it full with wills, and my will one.

In things of great receipt with ease we prove

Among a number one is reckoned none;

Then in the number let me pass untold,

Though in thy store's account I one must be;

For nothing hold me, so it please thee hold

That nothing me, a something sweet to thee.

    Make but my name thy love, and love that still,

    And then thou lov'st me for my name is Will.

** سونيت ١٣٧

أن ترى ولا تبصر

أنت أيّها الحب، أيّها الأحمق الأعمى، ما الذي تفعله بعينيّ
فتريان ولا تبصران ما تريان؟
إنهما تعرفان ما هو الجمال، وتريان أين يكمن،
لكنهما تعتبران الأسوأ هو الأفضل.
إذا كانت العينان تفسدان بنظرة الهوى
وترسوان في الخليج الذي يركب فيه كلّ الرجال،
فلماذا من زيف العيون صنعت أنت كلاليب
شُدّ إليها وثاق قدرة قلبي على المحاكمة؟
لماذا ينبغي على قلبي أن يفكّر أن الحاكورة الخاصة التي يألفها أرضٌ
مَشاع لكلّ البشر؟
ولماذا تقول عيناي، وهما تريان هذا، إنه ليس كذلك،
لتنشرا < غلالة > الحقيقة الجميلة على وجه بكلّ هذا القبح؟
لقد أخطأت عيناي وقلبي في معرفة الحقيقة الحقّ،
وها هما قد تحوّلتا الآن إلى هذا الطاعون الزائف.

Sonnet 137

Thou blind fool love, what dost thou to mine eyes

That they behold and see not what they see?

They know what beauty is, see where it lies,

Yet what the best is, take the worst to be.

If eyes corrupt by over-partial looks

Be anchored in the bay where all men ride,

Why of eyes' falsehood hast thou forgèd hooks,

Whereto the judgement of my heart is tied?

Why should my heart think that a several plot,

Which my heart knows the wide world's common place?

Or mine eyes seeing this, say this is not,

To put fair truth upon so foul a face?

    In things right true my heart and eyes have erred,

    And to this false plague are they now transferred.

** سونيت ١٣٨

مراوغات العشّاق

حين تقسم عشيقتي أنها من طينة الصدق جُبِلَتْ
أصدّقها، مع أنني أعرف أنها تكذب،
وأصدّقها لأنني أريدها أن تظنّ أنني صبيّ غرّ
غير مجرِّب،
لم يتفقّه بلطائف العالم المزيّفة.
وهكذا، إذ أظن بعبثية أنها تظنني فتيّاً،
رغم أنها تعلم أن الزمن قد تجاوز بي ربيع العمر،
أتظاهر ببساطة أني أصدّق زيف لسانها المعسول.
وهكذا، من كلا الطرفين، تُقْمَع الحقيقة البسيطة.
لكن، لماذا لا تعترف هي بأنها خؤون؟
ولماذا لا أعترف أنا بأنني هرمت؟
آه، السبب أن أروع عادات العشق هي الثقة الظاهرة،
وأن العمر، في العشق، يكره
أن تُذْكَر السنوات وتُحصَى.
ولذلك فأنا أكذب معها / *أضاجعها*/ (١٠٨) وهي تكذب معي / *تضاجعني*/
ونحن مغتبطان، مع كلّ عيوبنا، بالأكاذيب.

---

(١٠٨) رأيت هنا أن أورد كلا المعنيين لكلمة lie لأن الشاعر في رأي دارسيه على الأقل يلعب هنا على كون اللفظة ذات معنيين أحدهما «يكذب» والثاني «يضاجع»، ويستحيل إقصاء أيهما من دلالات البيت. ـ

Sonnet 138

When my love swears that she is made of truth,

I do believe her though I know she lies,

That she might think me some untutored youth,

Unlearnèd in the world's false subtleties.

Thus vainly thinking that she thinks me young,

Although she knows my days are past the best,

Simply I credit her false-speaking tongue.

On both sides thus is simple truth suppressed:

But wherefore says she not she is unjust?

And wherefore say not I that I am old?

O, love's best habit is in seeming trust,

And age in love loves not to have years told.

    Therefore I lie with her, and she with me,

    And in our faults by lies we flattered be.

** سونيت ١٣٩

قتيل العيون

آه، لا تسأليني أن أسوّغ الذنب الذي
تقترفه قسوتكِ بحقّ قلبي.
لا تجرحيني بعينيكِ، بل بلسانك،
إستخدمي القوّة مع القوّة، ولا تذبحيني بتفنّن.
قولي لي إنك تحبّين مكاناً آخر، لكن أمام عيني،
أيّتها القلب الغالي، أحجمي عن أن ترمي بطرفك جانباً.
لماذا تحتاجين أن تجرحي بدهاء في حين أن قوّتك
أعظم بكثير من أن يصدّها دفاعي المنهك؟
دعيني أجد لك عذراً: «آه، إن حبيبتي تعلم
أن ألحاظها الجميلة كانت وما تزال أعدائي،
ولذلك تشيح بخصومي عن وجهي،
لعلّها تقذف بطعناتها إلى مكان آخر».
لكن، لا تفعلي هذا، إذ ما دمتُ أكاد أكون ذبيحاً،
فاقتليني مباشرة بألحاظك، وخلّصيني من آلامي.

Sonnet 139

O call not me to justify the wrong

That thy unkindness lays upon my heart:

Wound me not with thine eye but with thy tongue,

Use power with power, and slay me not by art.

Tell me thou lov'st elsewhere; but in my sight,

Dear heart, forbear to glance thine eye aside.

What need'st thou wound with cunning when thy might

Is more than my o'erpressed defence can bide?

Let me excuse thee: 'Ah, my love well knows

Her pretty looks have been mine enemies,

And therefore from my face she turns my foes,

That they elsewhere might dart their injuries.'

 Yet do not so, but since I am near slain,

 Kill me outright with looks, and rid my pain.

سونيت ١٤٠

جنون الهجاء

كوني حكيمة بقدر ما أنت قاسية، ولا تضغطي

على صبري المعقودِ اللسان بازدراء مفرط،

لئلا يمنحني الأسى كلاماً، فتعبّر الكلمات عن

حال ألمي الذي يستجدي الشفقة.

إذا كان لي أن أعلّمك الفطنة، فالأفضل أن تكون

«مع أنك لا تحبّين، يا حبيبة، فقولي لي ذلك»،

كما أن الرجال المرضى كثيري التبرُّم، حين يدنو موتهم،

لا يعرفون خبراً من الطبيب سوى أنهم معافون.

فإنني إذا أُصِبْتُ باليأس سأصاب بالجنون،

وفي جنوني قد أنطق بسوء عنك.

والآن إن هذا العالم المولع بسوء التأويل قد أصبح فاسداً،

مُفْتَرُون مجانين تصدّقهم آذان مجنونة.

من أجل ألا أكون أنا كذلك، وألا تتعرّضي أنتِ للتشهير،

صوّبي عينيك باستقامة، رغم أن قلبك المتكبّر ينحرف بعيداً.

Sonnet 140

Be wise as thou art cruel; do not press

My tongue-tied patience with too much disdain,

Lest sorrow lend me words, and words express

The manner of my pity-wanting pain.

If I might teach thee wit, better it were,

Though not to love, yet, love, to tell me so,

As testy sick men, when their deaths be near,

No news but health from their physicians know.

For if I should despair I should grow mad,

And in my madness might speak ill of thee.

Now this ill-wresting world is grown so bad,

Mad slanderers by mad ears believèd be.

    That I may not be so, nor thou belied,

    Bear thine eyes straight, though thy proud heart go wide.

** سونيت ١٤١

جائزة الألم

بصدق، أنا لا أحبّك بعينيّ
إذ إنّهما تلحظان فيك ألف عيب،
ولكنّ قلبي هو الذي يعشق ما تزدريه عيناي،
قلبي الذي يلذّ له رغم المنظر أن يتولّه.
وليست أذناي بنغمات لسانك مغتبطتين،
ولا الشعور الرقيق للّمسات الخسيسة توّاقٌ،
ولا الذوق، ولا الشمّ، يشتهيان أن يُدْعيا
إلى أيّة وليمة شبقيّة معك وحدك.
لكن لا مَلَكاتي الخمس ولا حواسّي الخمس
تستطيع أن تثنيَ هذا القلب الأحمق عن خدمتك،
هو الذي يترك ما فيه من شبه بالرجال جامحاً لا يُلْجَم،
ليكون عبد قلبك المتكبّر وأجيرك البائس.
إنني لا أحسب حتى الآن ربحاً كسبته سوى طاعوني:
أن تلك التي تجعلني أقترف الإثم تكافئني بالألم.

Sonnet 141

In faith I do not love thee with mine eyes,

For they in thee a thousand errors note,

But 'tis my heart that loves what they despise,

Who in despite of view is pleased to dote.

Nor are mine ears with thy tongue's tune delighted,

Nor tender feeling to base touches prone,

Nor taste, nor smell, desire to be invited

To any sensual feast with thee alone;

But my five wits nor my five senses can

Dissuade one foolish heart from serving thee,

Who leaves unswayed the likeness of a man,

Thy proud heart's slave and vassal wretch to be.

    Only my plague thus far I count my gain:

    That she that makes me sin awards me pain.

سونيت ١٤٢

المعاملة بالمثل

الحبّ إثمي، وفضيلتك النفيسة الكراهية،
كراهية إثمي القائم على حبّ آثم.
آه، لكنْ قارني حالتي بحالتك
وستجدين أنها لا تستحقّ التأنيب.
وإذا استحقّته، فليس من شفتيك هاتين
اللتين دنّستا زينتهما الأرجوانية
وعقدتا من وشائج الحبّ الزائفة قدْرَ ما عقدت أنا،
وسرقتا من أسرّةِ آخرين عائدات تأجيرها.
لِيكن شرعاً أن أحبّك كما تحبّين أنت
أولئك الذين تغويهم عيناك وأنا أضرع إليك.
جذّري الشفقة في فؤادك، لعلّها حين تنمو
تستحقّ شفقتك أن تقابَل بالشفقة.
إذا كنت تسعين لكي تنالي ما تخبّئينه،
فقياساً على ما تفعلين: ليكن أن يُنْكَرَ ذلك عليك.

Sonnet 142

Love is my sin, and thy dear virtue hate,

Hate of my sin, grounded on sinful loving.

O, but with mine compare thou thine own state,

And thou shalt find it merits not reproving,

Or if it do, not from those lips of thine

That have profaned their scarlet ornaments

And sealed false bonds of love as oft as mine,

Robbed others' beds' revenues of their rents.

Be it lawful I love thee as thou lov'st those,

Whom thine eyes woo as mine importune thee.

Root pity in thy heart, that, when it grows

Thy pity may deserve to pitied be.

    If thou dost seek to have what thou dost hide,

    By self example mayst thou be denied.

** سونيت ١٤٣

المطاردة

أنظري، مثلما تجري ربّةُ بيتٍ حريصةٌ لتمسك
بطائر من طيورها هرب منها، طارحة طفلها على الأرض، وجارية بأقصى سرعة، تطارد ذلك الذي تتمنّاه أن يبقى لها، فيما يطاردها طفلها المهمَل متشبّثاً بأذيال ثوبها، وهو يبكي محاولاً أن يلحق بها،
تلك التي لا يشغلها إلا أن تلحق بذلك الطائر
أمام وجهها، غير آبهة لعذاب طفلها المسكين،
كذلك تجرين أنتِ خلف ذلك الذي يطير هارباً منك،
فيما أطاردك، أنا طفلك، بعيداً خلفك.
لكن إذا أمسكتِ بمن هو أمَلُك فالتفتي إليّ،
والعبي دور الأمّ، قبّليني، كوني رؤوماً.
إذن، سأصلّي من أجل أن تنالي مَرامَك[١٠٩]،
إذا كنت ستلتفتين بعدها إليّ وتهدّئين نحيبي.

(١٠٩) الكلمة الإنكليزية هنا غير قابلة للترجمة فهي الصيغة المختصرة للاسم **وليم (ول)**، وهو اسم شيكسبير الأول، وفي الوقت نفسه اسم النبيل الذي يقال إنه كان عشيق المرأة الداكنة، حبيبة شيكسبير، ويمكن لـ **(ول)** أن تعني مرام، مراد، رغبة. وأنا شخصياً أرى في هذه التوشيحة (السونيت) دليلاً قوياً على أن الرجل المجهول (الفتى الجميل) في التواشيح (السونيتات) هو وليم هربرت، إيرل أوف بمبروك، وهو في رأيي من أهديت القصائد له بالأحرف الأولى من اسمه حين طُبعت ونُشرت للمرة الأولى.

Sonnet 143

Lo, as a careful housewife runs to catch

One of her feathered creatures broke away,

Sets down her babe and makes all swift dispatch

In pursuit of the thing she would have stay,

Whilst her neglected child holds her in chase,

Cries to catch her whose busy care is bent

To follow that which flies before her face,

Not prizing her poor infant's discontent;

So runn'st thou after that which flies from thee,

Whilst I, thy babe, chase thee afar behind.

But if thou catch thy hope, turn back to me

And play the mother's part: kiss me, be kind.

 So will I pray that thou mayst have thy Will,

 If thou turn back and my loud crying still.

** سونيت ١٤٤

العشيقان

لديّ معشوقان، في واحدٍ الراحةُ، وفي الآخر اليأسُ،
وهما، مثل روحين، يغويانني دائماً.
الملاك الخيّر رجل تامّ الجمال أبيض،
والروح السيئة امرأة ملوّنة بالقبح.
من أجل أن تفوز بي قريباً للجحيم،
تغوي أنثاي الشريرة ملاكيَ الصالح وتأخذه من جانبي،
وتسعى لإفساد قدّيسي وتحويله إبليساً،
مغوية نقاءه بكبريائها[١١٠] القذرة.
وينتابني الشكّ في أن ملاكي قد يتحوّل إلى روح شريرة،
غير أني لا أستطيع الجزم قاطعاً بذلك،
لكن لأن كليهما بعيد عني، وكلاً منهما صديق الآخر،
فإنني أظنّ أن أحد المَلاكين في جحيم الآخر.
ولكنني لن أعرف ذلك أبداً بيقين، وسأعيش في شكٍّ،
إلى أن يقذف ملاكي الشريرُ ملاكيَ الخيّر خارج جحيمه.

---

(١١٠) يرى الدارسون أن كلمة pride في عدد من النصوص كناية عن الفرج. وقد يكون استخدامها في هذا النص أقوى دليل على احتمال ذلك، ولذلك استخدمت كلمة «كبرياء» لترجمتها هنا رغم أنني استخدمت غيرها في مواضع أخرى. كذلك يرون أن كلمة hell كناية عن الفرج.

Sonnet 144

Two loves I have, of comfort and despair,

Which like two spirits do suggest me still.

The better angel is a man right fair;

The worser spirit a woman coloured ill.

To win me soon to hell my female evil

Tempteth my better angel from my side,

And would corrupt my saint to be a devil,

Wooing his purity with her foul pride.

And whether that my angel be turned fiend

Suspect I may, yet not directly tell,

But being both from me, both to each friend,

I guess one angel in another's hell.

    Yet this shall I ne'er know, but live in doubt,

    Till my bad angel fire my good one out.

** سونيت ١٤٥

لعبة الحبيبة

هاتان الشفتان اللتان صاغهما إلهُ الحبّ بيديه
أصدرتا الصوتَ الذي قال: «أنا أكره»،
لي، أنا الذي ألوب عذاباً بسببها،
لكن حين أبصرتْ حالتي المزرية،
حلّتِ الرحمةُ فوراً في قلبها،
فأنَّبَتْ ذلك اللسان، الذي كان دائماً معسولاً،
والذي استُعْمِل في إصدار الحكم اللطيف،
ولقّنتْه أن يهمس هكذا من جديد:
«أنا أكره»، ثم حوّرتها بخاتمة تبعَتْها
مثلما يتبع النهارُ العذبُ الليلَ
الذي يُقْذَفَ طائراً، كما تطير روح شريرة،
من الجنّة إلى الجحيم.
«أنا أكره»، أفرغتْها من الكراهية
فأنقذت حياتي،
إذ أكملت قولها: «غيرَك، لا أنت».

Sonnet 145

Those lips that love's own hand did make
Breathed forth the sound that said 'I hate'
To me that languished for her sake;
But when she saw my woeful state,
Straight in her heart did mercy come,
Chiding that tongue, that ever sweet
Was used in giving gentle doom,
And taught it thus anew to greet:
'I hate' she altered with an end
That followed it as gentle day
Doth follow night, who, like a fiend,
From heaven to hell is flown away.
    'I hate' from hate away she threw
    And saved my life, saying 'not you.'

** سونيت ١٤٦ (١١١)

الروح والجسد

أيّتها الروح البائسة، يا مركز أرضيَ الخاطئة،
< يا حبيسة > (١١٢) هذه القوى المتمرّدة التي بها تتسربلين،
لماذا تتضوّرين في الأعماق، وتعانين الفاقة،
وتُزخرفين جدرانك الخارجية بهذه الحليِّ البهيجة المترفة؟
لماذا تهدرين هذا الثمن الباهظ،
وأجَلُكِ قصيرٌ قصير،
على هيكلك المتداعي؟
هل سيلتهم الدود، وارثُ كلّ هذا التبذير،
وديعتك؟ أوَتكون هذه النهاية المحتومة لجسدك؟
إذن، أيّتها الروح، تَغذّي على ما يخسره خادمك < الجسد > ،
ودعيه هو يتضوّر ويضمحلّ، لتزدادي أنت ثراءً ونعمة،
واشتري ملكوتَ الله، بما تبيعين من ساعات التفاهة والمتعة الزائلة.
تغذّي واكتنزي في الداخل، أمّا خارجياً فعُوفي الثراء:
وبذا تتغذّين أنت على الموت، الذي يتغذّى على البشر،
وحين، أخيراً، يموت الموت، لا يكون ثمّة موتٌ بَعْد ذاك.

---

(١١١) هذه في عُرف الباحثين هي السونيت الوحيدة «المسيحية»، أي التي تصدر عن رؤيا مسيحية للإنسان، في المجموعة كلها. فهي تعلي من شأن الروح وتزدري الجسد، وتضفي على الجسد صوراً دنيوية مدنسة فيما ترفع الروح إلى مرتبة الطهر والنقاء، كما تجسّد حنيناً إلى تجاوز الجسد وملذاته الحسية العابرة بحثاً عن بقاء الروح في عالم السموّ العلوي.

(١١٢) ثمة كلمة ناقصة من أول هذا البيت، وهناك اقتراحات عديدة بما يعوّض عنها، وقد أخذت بما بدا لي متناسقاً مع السياق.

Sonnet 146

Poor soul, the centre of my sinful earth,

Spoiled by these rebel powers that thee array,

Why dost thou pine within and suffer dearth,

Painting thy outward walls so costly gay?

Why so large cost, having so short a lease,

Dost thou upon thy fading mansion spend?

Shall worms, inheritors of this excess,

Eat up thy charge? Is this thy body's end?

Then, soul, live thou upon thy servant's loss,

And let that pine to aggravate thy store;

Buy terms divine in selling hours of dross;

Within be fed, without be rich no more.

    So shalt thou feed on Death, that feeds on men,

    And Death once dead, there's no more dying then.

** سونيت ١٤٧

حمّى العشق

حبّي كالحمّى، فهو أبداً يتوقُ
إلى ما ينعش المرض لفترة أطول
متغذّياً بما يديم الداء،
لكي يرضي الشهيّة المريضة المتقلّبة.
أمّا عقلي، طبيبُ عشقي، فقد هجرني،
غاضباً لأنني لا أنصاع لما يصفه لي من دواء،
وأنا أشهد الآن، في يأس مطبق،
أن الشهوة هي الموت، وهي ما نهى عنه الطبّ.
إنني أبعد من أن أشفى، الآن، والعقل أبعد من أن تُسعفه العناية،
ومضطرب بجنون، يعصف به قلق لا يهدأ،
وأفكاري كأقوالي، أفكار المجانين وأقوالهم،
أهرف اعتباطاً بما لا حقيقة فيه.
فلقد أقسمت أنك جميلة، وآمنتُ أنك متألّقة،
أنت السوداء سواد الجحيم، الحالكة حلكة الليل البهيم.

السونيتات أو التواشيح

Sonnet 147

My love is as a fever, longing still

For that which longer nurseth the disease,

Feeding on that which doth preserve the ill,

Th' uncertain sickly appetite to please.

My reason, the physician to my love,

Angry that his prescriptions are not kept,

Hath left me, and I desperate now approve

Desire is death, which physic did except.

Past cure I am, now Reason is past care,

And, frantic-mad with evermore unrest,

My thoughts and my discourse as madmen's are,

At random from the truth vainly expressed.

    For I have sworn thee fair, and thought thee bright,

    Who art as black as hell, as dark as night.

** سونيت ١٤٨

الحب المضلِّل

آه، يا أنا!
أيّ عينين وضع العشقُ في رأسي،
لا تَطابُقَ بين ما تريانه والبصر الحقّ،
وإذا كان ثمّة تطابق، فما الذي دهى محاكمتي للأمور، فهي تشجب، خطأً،
كلّ ما تراه عيناي رؤية سليمة؟
وإذا كان ما تتولّه به عيناي المزيّفتان[١١٣] جميلاً
فما الذي يجعل العالم يقول إنه ليس كذلك؟
وإذا لم يكن جميلاً، فإن العشق يثبت، إذن،
أن عين الحبّ ليست صادقة الرؤيا كعيون باقي البشر. لا. وكيف تكون؟
آه، كيف تكون عين العشق صادقة
وهي مبتلاة بالترقّب بالدموع؟
ليس غريباً، إذن، أن رؤيتي عشواء،
فالشمس نفسها لا تبصر إلا حين تنكشف السماء.
آه، أيّها الحبّ ما أدهاك، بالدمع تبقيني دائماً أعمى
لئلا تكتشف عيناي، إذا انجلى بصرُهما، عيوبك الفاحشة.

(١١٣) false هكذا في النص الأصلي وأظن الكلمة تناقض منطق النص وأفضّل حذفها.

Sonnet 148

O me! What eyes hath love put in my head,

Which have no correspondence with true sight,

Or if they have, where is my judgement fled

That censures falsely what they see aright?

If that be fair whereon my false eyes dote

What means the world to say it is not so?

If it be not, then love doth well denote

Love's eye is not so true as all men's: no,

How can it? O, how can love's eye be true

That is so vexed with watching and with tears?

No marvel then though I mistake my view:

The sun itself sees not till heaven clears.

　　O cunning love, with tears thou keep'st me blind,

　　Lest eyes well-seeing thy foul faults should find.

** سونيت ١٤٩

كراهية

هل بوسعكِ أن تقولي، أيّتها القاسية، إنني لا أحبّك،

فيما أنا أقف إلى جانبك ضدّ نفسي؟

ألا أفكّر بك في حين أنسى نفسي،

وكلّ ذلك من أجلك، أيّتها الطاغية؟

من ذا الذي يكرهك وأسمّيه صديقاً لي؟

ومن ذا الذي تعبسين في وجهه فأتودّد إليه؟

بل، إن قطّبتِ في وجهي أفلا

أنتقم من نفسي بالأنين الفوري؟

ولأية خصلة من خصالي أُكِنُّ احتراماً

إذا أبَتْ كبرياءً أن تكون في خدمتك

في حين أن أفضل ما فيّ يعبد عيوبك،

بإمرةٍ من تحرّكات عينيكِ؟

لكن، يا حبيبة، استمرّي في الكره، فإنني الآن أعرف كيف تفكّرين:

إنك تحبّين المبصرين، وأنا أعمى.

Sonnet 149

Canst thou, O cruel, say I love thee not

When I against myself with thee partake?

Do I not think on thee when I forgot

Am of myself, all tyrant for thy sake?

Who hateth thee that I do call my friend?

On whom frown'st thou that I do fawn upon?

Nay, if thou lour'st on me do I not spend

Revenge upon myself with present moan?

What merit do I in myself respect

That is so proud thy service to despise,

When all my best doth worship thy defect,

Commanded by the motion of thine eyes.

    But, love, hate on, for now I know thy mind:

    Those that can see, thou lov'st, and I am blind.

** سونيت ١٥٠

قوّة السحر

آه، مِن أيّ قوّة تستمدّين هذه القدرةَ الخارقة
على أن تُزيغي قلبي عن الحقّ رغم مثالبك؟
وعلى أن تجعليني أكذّب ما أراه بأمّ عيني،
وأقسمُ أن البريق لا يسربل ببهائه النهار؟
من أين لديك أن تجعلي كلّ قبيحٍ فيك يبدو جميلاً،
بحيث يكون في توافِه أفعالك
من القوّة ومعالم البراعة ما يعبث بعقلي
ويجعلني أرى أسوأ ما فيك يفوق أروع ما في سواك؟
مَن علّمك أن تجعليني أحبّك أكثر،
كلّما رأيتُ وسمعتُ أكثرَ
ممّا يسوّغ لي أن أكرهك؟
آه، رغم أنني أحبّ ما يزدريه الآخرون،
فإنك والآخرين لا ينبغي أن تزدروا ما أنا فيه.
وإذا كان عدم جدارتك قد استثار فيّ الحبّ،
فما أجدرني أنا بأن أكون مَن تُحبّين.

Sonnet 150

O, from what power hast thou this powerful might

With insufficiency my heart to sway,

To make me give the lie to my true sight,

And swear that brightness doth not grace the day?

Whence hast thou this becoming of things ill,

That in the very refuse of thy deeds

There is such strength and warrantize of skill

That in my mind thy worst all best exceeds?

Who taught thee how to make me love thee more,

The more I hear and see just cause of hate?

O, though I love what others do abhor,

With others thou shouldst not abhor my state.

    If thy unworthiness raised love in me,

    More worthy I to be beloved of thee.

** سونيت ١٥١

الحبّ والضمير

طفلٌ هو <إله> الحبّ، أصغر من أن يعرف معنى الضمير،
لكنْ مَنْ يجهلُ أن الضمير من الحبّ يولد؟
إذن، أيّتها الخائنة اللطيفة،
لا تتهميني بالمَكْر،
لعلّ نفسَك الحلوةَ أن تكون اقترفَتْ ذنوبي نفسها.
أنت تخونينني، فأخون نصفيَ الأنبلَ
مذعناً لشهوة جسدي المتمرّد.
إن روحي تنبئ جسدي أنه قد ينتصر في الحبّ،
فلا يطيق اللحمُ انتظاراً لسماع المزيد،
بل يشير إليكِ، منتصباً لذكر اسمك، كجائزة لانتصاره.
وفخوراً بامتلاكك
يكفيه أن يكون عبدك المسكين،
لينتصب لمآربك، ويهوي إلى جانبك.
لا تَحْسَبوه افتقاراً إلى الضمير أنني أسمّيها «الحبّ»
تلك التي من أجل حبّها الغالي أنتصب وأهوي.

Sonnet 151

Love is too young to know what conscience is,

Yet who knows not conscience is born of love?

Then, gentle cheater, urge not my amiss,

Lest guilty of my faults thy sweet self prove.

For thou betraying me, I do betray

My nobler part to my gross body's treason.

My soul doth tell my body that he may

Triumph in love; flesh stays no farther reason,

But, rising at thy name, doth point out thee

As his triumphant prize. Proud of this pride,

He is contented thy poor drudge to be,

To stand in thy affairs, fall by thy side.

    No want of conscience hold it that I call

    Her 'love', for whose dear love I rise and fall.

** سونيت ١٥٢

رياء

أنتِ تعرفين أنني في عشقي لك قد حنثت بيمين،
لكن أنت حنثت بيمينين، حين أقسمتِ أنك تحبينني:
الحقّ أنك خنت عهد فراش < الزواج > ،
ثم مزّقت يميناً جديداً إذ أقسمت
أن تكرهي من جديد بعد أن وهبت حباً جديداً.
لكن ما لي أتّهمك بانتهاك العهد مرّتين،
بينما أنتهك أنا عشرين عهداً؟ فأنا الأكثر كذباً،
لأن كلّ عهودي أيْمانٌ على أن أؤذيك،
وكلّ ثقتي النزيهة بك قد ضاعت،
فلقد أقسمتُ أيْماناً مغلظة أنك رقيقة القلب،
أيْماناً عن حبّك، وصدقك، وصونك العهدَ.
ومن أجل أن أُظْهرك مؤتلقة، أسلمتُ عينيّ للعمى،
أو جعلتهما تقسمان على كذب ما تبصران.
لقد أقسمت أنك جميلة، وكذبتْ عيناي
ضِعفَ ما كذبتُ،
إذ أقسمتا على صدق كذبة أشدّ فُحْشاً.

Sonnet 152

In loving thee thou know'st I am forsworn,

But thou art twice forsworn, to me love swearing:

In act thy bed-vow broke, and new faith torn

In vowing new hate after new love bearing.

But why of two oaths' breach do I accuse thee,

When I break twenty? I am perjured most,

For all my vows are oaths but to misuse thee,

And all my honest faith in thee is lost.

For I have sworn deep oaths of thy deep kindness,

Oaths of thy love, thy truth, thy constancy,

And to enlighten thee gave eyes to blindness,

Or made them swear against the thing they see.

    For I have sworn thee fair: more perjured eye,

    To swear against the truth so foul a lie.

** سونيت ١٥٣

عينا الحبيبة

إستلقى كيوبيد إلى جانب مِشعله واستسلم للنوم.
ووجدتْ واحدة من وصيفات ديانا الفرصة سانحة،
فأطفأت على عجلٍ ناره التي تضرم الحبّ
في غديرِ وادٍ بارد قريب، في تلك الأرض،
فاستعار الغديرُ من نار الحبّ المقدّسة تلك
حرارة حيوية أبدية، ما تزال له،
وتحوّل إلى حمّام فوّار، ما زال الرجال يتّخذونه
علاجاً شافياً لكل داء غريب.
بيد أن مشعل الحبّ اندلع من جديد بنظرة رمَتْه بها
عينا حبيبتي، وأراد فتى الحبّ كيوبيد أن يمتحن
مشعله، فمسّ به صدري.
وأردت أنا، المريض عشقاً، أن أستعين على دائي،
بحمّام العافية، فوردْتُه زائراً ينهشني الداء والأسى،
لكنني لم أجد شفاءً لدائي فيه.
آه، إن حمّام برئي لهو المكانُ
الذي قبس كيوبيد منه
النار الجديدة:
عينا حبيبتي.

Sonnet 153

Cupid laid by his brand and fell asleep.

A maid of Dian's this advantage found,

And his love-kindling fire did quickly steep

In a cold valley-fountain of that ground,

Which borrowed from this holy fire of love

A dateless lively heat, still to endure,

And grew a seething bath, which yet men prove

Against strange maladies a sovereign cure.

But at my mistress' eye love's brand new fired,

The boy for trial needs would touch my breast.

I, sick withal, the help of bath desired,

And thither hied, a sad distempered guest,

But found no cure; the bath for my help lies

Where Cupid got new fire: my mistress' eyes.

** سونيت ١٥٤

كيوبيد

ذاتَ يوم، وضعَ إلهُ العشق الصغير،
وهو يتمدّد نائماً، مشعله الذي يضرم النار في القلوب،
إلى جانبه.
وعندها جاء سربٌ من الحوريّات
اللواتي نذَرْنَ أنفسهنّ لحياة العفاف،
يتراقصن حوله.
غير أن أجمل العذارى المنذورات
خطفت بيدها ذلك المشعل
الذي كانت جحافلُ من القلوب الصادقة
قد نفثتْ فيه الحرارة.
وهكذا غدا ربُّ(١١٤) الشهوةِ المتوقّدة،
وهو يغُطّ في نومه،
أعزلَ، انتزعتْ سلاحَه يدُ عذراء،
أطفأت المشعل في بئرٍ قريبة باردة،
فاستمدّتِ البئرُ الحرارةَ الأبدية من نار العشق،

---

(١١٤) الكلمة الإنكليزية هي general وهي رتبة عسكرية في استخدامها المألوف، وليس هناك مقابل في العربية سيكون واضحاً للقارئ بسرعة في هذا السياق رغم وجود رتبة عسكرية معادلة يعبَّر عنها في بعض الجيوش العربية بكلمة «لواء» أو «فريق». وقد كدت أستخدم كلمة «قائد» لكنني في النهاية فضلت «رب». ولعلّ كلمة «رُبَّان» أن تكون لائقة هنا بدلاً من «ربّ».

Sonnet 154

The little Love-god lying once asleep

Laid by his side his heart-inflaming brand,

Whilst many nymphs, that vowed chaste life to keep,

Came tripping by; but in her maiden hand

The fairest votary took up that fire,

Which many legions of true hearts had warmed,

And so the general of hot desire

Was, sleeping, by a virgin hand disarmed.

This brand she quenchèd in a cool well by,

Which from love's fire took heat perpetual,

وغدتْ حمّامَ عافيةٍ وكوثرَ شفاءْ
للرجال المرضى.
أما أنا، أنا عبدَ سيّدتي،
فقد وَرَدْتُ البئرَ أطلبُ الشفاءْ
وها هيَ ذي الحقيقةُ التي تجلّت لي:
«إن نار العشق لتسخّنُ باردَ الماء،
أما الماء فلا يُطفئ نارَ العشق».

Growing a bath and healthful remedy

For men diseased; but I, my mistress' thrall,

    Came there for cure, and this by that I prove:

    Love's fire heats water; water cools not love.

نخبة من السونيتات

مترجمة الآن شعراً موزوناً ومقفّى ويحافظ على نظام التقفية في السونيت الشيكسبيرية، أي:

ABAB CDCD EFEF GG

لكن دون الحرص على العدد المحدّد نفسه من التفعيلات (أو المقاطع) في جميع الأبيات.

وقد رأيتُ مجدياً أن تطبع كلمة القافية في كل بيت بحرف أشدّ سواداً ليسهل على القارئ/ ة تتبع نظام التقفية في هذه السونيتات الشعرية، ويسوّغ ذلك أن الأبيات ليست جميعاً متساوية الطول، بل يوزع بعضها على سطرين، وقد يظن القارئ أن نهاية السطر تمثل القافية، فيبدو له نظام القوافي مضطرباً. بكلام آخر، ليست نهاية كل سطر طباعي هي نهاية البيت الشعري. مثلاً:

آهِ، لكن، حذارِ، فثمّة جرم مَهُول سأمنع كفّيك عن فعله: لا تحزَّ جبين حبيبي الجميل بساعاتك **الزاحفهْ**

لا، ولا ترسمَنَّ عليه بأقلامك **الباليَهْ**

غضون عبوركَ. واسمح له أن يظلَّ فتى لم تَمَسَّ ملامحَه أيُّ آفاتك **القاصفهْ**

ليظلَّ كأنموذج للجمال لأزمنة **آتيَهْ**.

في هذه الأبيات من سونيت ١٩، يوزع البيت الأول على سطرين طباعيين، فكلمة «الجميل» ليست نهاية البيت، أي ليست كلمة القافية، وكلمة «الزاحفه» هي القافية.

سونيت ١

أنانية الحبيب

مِنَ الكائنات الجميلة نرغبُ أنْ **تتكاثرْ**
لكي لا تموتَ مدى الدهر وردةُ (كُنْهِ) **الجمالِ**[١١٥]
ولكنَّ كلّ جميلٍ سيذبلُ يوماً ويرحلُ مهما **يُكابرْ**
وقد يحفظُ الذكرَ منه وريثٌ فتيٌّ، وذلك خيرُ **مآلْ**.
ولكنْ أراكَ نذرْتَ لعينيكَ، لامعتين كنجمِ **المساءْ**،
هواكَ، فصرتَ تغذّي بزيتِكَ شُعلتَكَ **اللاهِبَهْ**،
فأحللتَ حيثُ الخصوبةُ جدْباً كجدبِ **الشتاءْ**.
عدوُّكَ أنت، وفظٌّ على نفسِك **الواهِبَهْ**.
وها أنتَ يا زينةَ الكونِ في أوجِها، والبشيرُ **الوحيدْ**
بأنّ ربيعَ الحبورِ سيأتي بفتنتِهِ **يخطُرُ**،
تُكفِّنُ كلَّ كنوزِكَ في برعمِ القلبِ **حيث تبيدْ**،
وفيما تُخزِّنُ، يا يافعاً مُتْلِفاً، **تُهدِرُ**.
لتأخذْ برحمةٍ قلبكَ هذا الوجودَ، وإلا فكنْ ذلك الشَّرِها
ألذي يحرمُ الكونَ بالقبر مِن حقّهِ، مثلما يحرمُ النفسَ مِن حقّها.

(١١٥) القراءة الأدق والأجمل هي «وردة الجمال»، لكن وزن الشعر لا يستقيم بها، لذلك أضفت «كنه» ووضعتها بين قوسين، وهي قراءة مقبولة من حيث المعنى ويستقيم بها وزن البيت، لكنها أقل سلاسة ودقة. ويمكن أيضاً صياغة البيت كما يلي:
«لكي لا يموت مدى الدهر ورد الجمال».

سونيت ٣

موت الصورة

حدِّقْ في مرآتِكَ، قلْ للوجهِ الناظرِ منها حلواً **فتّانْ**:
الآنَ أوانُكَ: أنْ تخلقَ وجهاً آخرَ مِن **قسَماتِكْ**،
وإذا لم تحفظْ هذا الوجهَ جديداً **ريّانْ**
تخذلُ هذا العالمَ، تحرمُ أمّاً ما مِن فيضِ النعمةِ **في بَرَكاتِكْ**.
هل ثمّة أنثى مهما كانتْ غيداءَ **جميلَهْ**،
عذراءُ الرّحْم، ستأنفُ أنْ تحملَ بذرةَ حرثِكَ، أنْ تُنمِي **غرسَهْ**
منكَ؟ وهل ثمّة مهووسٌ ـ
كي يمنعَ أنْ يبقى للزمنِ الآتي، وبأيِّ **وسيلَهْ** ـ
يبغي أنْ يدفنَ في قبرٍ فيهِ **نفسَهْ**؟
مرآةٌ أنتَ لأمِّكَ، تسترجعُ فيكَ ربيعَ **شبابْ**
حلوٍ، كان لها، وهي تُغَنْدِرُ في نيسانِ **العمرْ**.
وكذلك أنتَ، فعبْرَ نوافذِ عمرِكَ، يا أغلى **الأحبابْ**،
سترى العهدَ الذهبيَّ لأوْجِ شبابِك، رغم تجاعيدِ **الدهرْ**.
لكنْ إنْ شئتَ العيشَ بلا ذِكْرٍ يبقى منكَ ولا أثرْ
مُتْ أعزبَ تَفْنَى صورتُكَ الحلوةُ، يا أحلى البشَرِ.

سونيت ٥

روح العبير

صاغتِ الساعاتُ هذا الوجه حلواً **زاهيا**
بصنيعٍ مرهفٍ حتى غدا مرمى **العيونْ**
وستأتيهِ غداً، تلعبُ دورَ **الطاغيَهْ**
فتعرِّيهِ مِنَ الحسْنِ، وتكسوه بآفاتِ **السنينْ**.
ذاك أنَّ الزمنَ المهووسَ لا يهدأُ يوماً في **قرارْ**،
فيقودُ الصيفَ مأسوراً إلى كهفِ **الشتاءْ**
وقدِ اغتالَ الصقيعُ النِّسْغَ فيه، وذوَتْ أوراقُه بعد **ازدهارْ**،
وترامى الثلجُ أكفاناً على ما كان فيه مِن **بهاءْ**،
وعلى كلِّ مكانٍ نشَرَ العُرْيُ رداءً **للزوالْ**.
هكذا لو أنَّ روحَ الصيفِ لم يَبْقَ **مُقطّرْ**
من زهورٍ غضّةٍ تحضنُ أسرارَ **الجمالْ**
ويُصَنْ في سجنِ حُقٍّ مِن زجاجٍ، **فيُعَمِّرْ**
لم تكنْ مِن كلِّ ما في الصيفِ مِن حسْنٍ **وروعَهْ**
بقيتْ حتى تواشيحُ لذكرى أو **أثرْ**،
ولَماتَ الصيفُ، واغتالتْ يدُ الدهرِ مواريثَ **الطبيعَهْ**
ومضى العِطْرُ كما تمضي الثواني **واندثرْ**.
آهِ، لكنَّ الأزاهيرَ، وقد قُطِّر منها العطرُ في زَهْوِ الصِّبا، لا تفقدُ
حين يأتيها الشتاءُ العضبُ إلا المظهرَ العابرَ،
أما الجوهرُ المكنونُ فيها فهو يبقى دائماً حلوَ الشذى لا ينفَدُ.

سونيت ١٢

سرّ البقاء

عندما أبصِرُ الساعةَ الآنَ تُحصي الدقائقَ، تُحصي **الثواني**
وأرى كيف يهوي النهارُ الشجاعُ إلى لُجّةِ الليلِ في **قُبحِهِ**
والبنفسجة تعبرُ أوْجَ الشبابِ وتدخلُ كهفَ الخريفِ، **تعاني**
لُجَجَ الموتِ، والخُصُلاتِ الجميلة، سوداءَ، يشتعلُ الشيبُ فيها،
مفضّضةً بالبياضِ ومن **لفحِهِ،**
عندما أبصِرُ الشجَرَ السامقاتِ وقد خلعَتْ ثوبَ أوراقِها **الناعسَهْ**
ألتي كانتِ الأمسَ وارفةً وتجيرُ القطيعَ منَ القيظِ في **حضنِها**
وأرى خضرةَ الصيفِ تغدو قِماطاً مِنَ العشبِ في رُزَمٍ **يابسَهْ**
وهي تُحمَلُ في العرباتِ بأشواكها الواخزاتِ وتبدو كمثلِ اللِّحى البيضِ في **لونها**
عند هذا أسائلُ في قلقِ الشكِّ والرِّيَبِ الداجياتِ
جمالَكَ عن حكمةٍ **خافيَهْ**
في غياهبِ نفسكَ. لا ريْبَ أنكَ تعرفُ أنكَ يوماً سترحلُ بين يبابِ **الزمانْ،**
فكلُّ جميلٍ وحلوٍ سيخرجُ من نفسِهِ ويموتُ كما تذبلُ الوردةُ **الفاغيَهْ**
بأسرعَ ممّا يرى غيرَهُ يتنامى ويكبرُ في لهفةٍ **وافتتانْ،**
ولا شيءَ، لا شيءَ يمكنُ أن يتحصّنَ ضدّ مناجلِ هذا الزمانِ الخؤونْ
بسوى النسْلِ، فهوَ سلاحُ التحدّي الوحيدُ له حين تطويكَ ريحُ المَنونْ.

سونيت ١٤

موت الحقيقة والجمال

أنا لا أنتزعُ الأحكامَ منَ الأبراجِ، ولا أقرأُ ما **تُمليهِ**
معْ ذلك أشعرُ أحياناً أنّي عرّافٌ، **لكنّي**
لا أتنبّأُ بالحظِّ وما يأخذُهُ أو **يعطيهِ**،
أو بالطاعونِ وبالموتِ وأعراضِ فصولِ **الكوْنِ**
وأنا لا أحسِنُ أن أتكهّنَ بالأنواءِ، وساعاتِ **الفصلْ**
وبما يحملُه من رعدٍ أو برقٍ أو أمطارٍ **وأعاصيرْ**
أو أنبئَ كلَّ أميرٍ في مجلسِهِ بالصعبِ **وبالسهلْ**
وأقولُ ستأتي الأشياءُ بما تبغيه منها **وتسيرْ**
فأنا أتبصَّرُ أحوالَ الكونِ وأُمْعِنُ في السمواتِ **النظرا**
وأرى ما لا يبصرُه غيري. لا، فأنا بصّارٌ أجني معرفتي
من ألقِ الأنجمِ في عينيكَ، ومن آلاءٍ أو **آياتْ**،
في غورهما. وأرى أنكَ والحسنَ وكلَّ حقائقِ هذا الكونِ، وما أبصرُ أو لستُ **أرى**
تزدهرونَ إذا أقصيتَ العينَ عن النفسِ وخزَّنتَ بذورَ **حياةْ**.
وإذا لم تفعلْ فبهذا أتنبّأُ عنكَ بصدقٍ لا أحسِنُ تنميقَهْ:
حين تؤولُ إلى الموتِ، فكلُّ جمالٍ سوف يؤولُ إلى الموتِ، وتفنى كلُّ حقيقهْ.

سونيت ١٥

تطعيم

بينَ آنٍ وآنٍ يُخامِرُني هاجسٌ **قاهِرُ**
أنَّ لا شيءَ ينمو ويبقى على ذروةٍ في الكمالِ سوى برهةٍ **وامضَهْ،**
أنَّ هذا الوجودَ، بما فيه، ليس سوى مسرحٍ هائلٍ لا يقدّمُ شيئاً، ولكنه **يُظهِرُ**
أنَّ هذي الكواكبَ تشهدُ وهي تعلّقُ سرّاً، وتضبطُ كلَّ المصائرِ في حكمةٍ **غامضَهْ،**
ثمّ يملأني هاجسٌ فاجعٌ حين أدركُ أنَّ **البشرْ**
مثلُ كلِّ النباتاتِ: تكبرُ، تُنْمِي تويجاتِها ثُم تُذبلُها نفسُ هذي السماءِ وأنوائِها **الدائرَهْ،**
تتبخترُ زاهيةً بتدفّقِ نسغِ الحياةِ بأعراقها، ثمّ تنقصُ مثلَ **القمرْ**
حين يصبحُ بدراً، وتمحو منَ **الذاكرَهْ**
زهوَ تاريخها الحلوِ. حين أفكّرُ في كلِّ هذا وفي غيرِهِ من خفايا إقامتِنا **الزائلَهْ**
أراكَ انتصبتَ أمامي جميلاً، تفيضُ بدفقِ **الشبابْ**
وأرى الزمنَ المُهدرَ العضبَ يغدو حليفَ الفناءِ بوحشته **القاتلَهْ**
ليحيلَ نهارَ شبابك ليلاً كئيباً، ويغرقه في خضمِّ **الغيابْ**
وأنا في اعتراكٍ دؤوبٍ معَ الزمنِ الغادر
لأني أحبُّكَ. يأخذُ منكَ فأعطيكَ، يُبلي، فأمضي أطعّمُ أيْكَةَ عمرِكَ،
غصناً فغصناً، أجدّدُها لتظلَّ كوردِ الرُّبى الناضر.

سونيت ١٦

الزمن الطاغية

وَيْكَ، لماذا لا تبحثُ عن سُبُلٍ أجدى لتحاربَ هذا الطاغية السفّاكَ: **الزمنُ**
وتحصّنُ نفسَكَ ضِدَّ غوائلِه في مَسْراكَ إلى ليل **النسيانْ**
بوسائلَ باركها اللّهُ فلا تفنى أو **تَهِنُ**
ممّا لم يمنحْه لأشعاري العاقرِ. ها أنتَ **الآنْ**
في ذروة ساعاتِ الغبطةِ والقوّةِ **تنتصبُ**
وهناك رياضٌ عذراءُ لا تُحصَى لم تُحرَثْ بعدُ ولم **تُزرَعْ**
تتشهَّى أن تحملَ منكَ بذورَ أزاهيرِك في أرحامٍ **ترتقبُ**
وستماثلكَ الأزهارُ الحلوةُ أكثرَ من أيِّ رسومٍ نمّقها فنانٌ **مبدعْ**.
ولذاكَ خطوطُ حياتِك يلزم أنْ تصلِحَ كُنْهَ حياتِك في دقّةِ **مُقتدِرِ**
وترمّمَه، إذ يعجزُ شعري المتتلمذُ أو أقلامُ الزمنِ **الحاضِرْ**
أن يجعلَك تحياها أنتَ بنفسكَ في عينِ **البشر**
في حسنِ شمائلِك الباطنةِ أو في ما تحملُ من حسنٍ **ظاهرْ**.
أنْ تعطيَ نفسَك يعني أنْ تبقى حيّاً حتى في الموتْ
ولزامٌ أن تبقى حيّاً، مرسوماً بيراعِ مهارتِك الحلوةِ أنتْ.

سونيت ١٨

الخلود بالشعر

أبيومٍ من أيّامِ الصيفِ أشبّهُكَ **الآنا؟**
لا. بل أنتَ أرقُّ مزاجاً وأشدُّ **بهاءً.**
إنّ الريحَ الهوجاءَ تهزُّ براعمَ أيّارَ الغضّة **أحيانا،**
ووجيزٌ أجَلُ الصيفِ يمرُّ كحلم **يتراءى.**
أحياناً ترسلُ عينُ الكونِ شواظاً لاهبةً **تكوي،**
وكثيراً ما تحجبُ بشرتَها الذهبية سحبٌ دكناءُ **اللونْ،**
وسيفقدُ كلُّ بهيٍّ يوماً رَوْنقَه، يضمرُ أو **يذوي،**
مُجتزّاً بالصدْفةِ أو بتغيُّرِ مجرى **الكونْ.**
أما أنتَ فصيفُكَ صيفٌ أبديٌّ غضٌّ **ونضيرْ**
لن يعروهُ ذبولٌ، أو يفقدَ ما تملكه أنت منَ الحُسنِ **وتحويهْ،**
والموتُ كذلك لن يتبجّحَ يوماً أنك في ظلّ جناحيْهِ **تسيرْ،**
إذ إنك تزدادُ بهاءً، تنمو والزمنَ الآتي في أبياتٍ خالدةٍ من غير **شبيهْ.**
ما دامتْ أنفاسٌ تخفقُ في صدرٍ، أو ظلّ النورُ يداعبُ عينا،
فستحيا هذي الأبياتُ وتمنحُك حياة لا تفنى.

سونيت ١٩

الزمن الوحش

أيها الزمنُ الغولُ، إنْ شئتَ ثلّمْ براثنَ أقوى **الأسودْ**
وأْسُرِ النّمْرَ في خِدْرِهِ، وانتزعْ منه أنيابَه **الباترَهْ**
واجعلِ الأرضَ تفترسُ الكائناتِ التي أنجبَتْها كأمٍّ **وَلودْ**
ثم أحرقْ بحقدكَ عنقاءَ مغربَ، وهي التي عمّرتْ مثلَ عمرِكَ،
في نارِ أعراقِها **الفائرَهْ**
وتصرّفْ كما تشتهي، أنتَ يا زمنَ القهرِ يا خاطفَ **القدمَيْنْ**:
موسماً للفجيعةِ كوِّنْ، وكوّنْ لفيضِ **الهناءْ**
موسماً، في اندفاعِكَ مشتعلَ **المقلتينْ**
وافعلَنْ ما تشاءُ بهذا الوجودِ الرحيبِ وكلِّ حلاواتِهِ وهي ترحلُ نحو **الفناءْ**.
آهِ، لكنْ، حذارِ، فثمّة جُرْمٌ مَهُولٌ سأمنعُ كفيكَ عن فعلِه: لا تحزَّ
جبينَ حبيبي الجميلِ بساعاتِكَ **الزاحفَهْ**
لا، ولا ترسُمَنَّ عليه بأقلامِكَ **الباليَهْ**
غضونَ عبورِكَ. واسمحْ له أنْ يظلَّ فتىً لم تَمَسَّ ملامحَه أيُّ آفاتِكَ **القاصفَهْ**
ليظلَّ كأُنموذجٍ للجمالِ لأزمنة **آتيَهْ**.
آه، لكنْ لِتأتِ بما تستطيعُ، فإنَّ حبيبي الجميلَ الإهابِ
سيظلُّ مدى الدهرِ في سحرِ شِعري، ورغمَ أذاكَ، نضيراً ومُؤتزِراً بالشبابِ.

سونيت ٣٠

مرثية الزمن الذي مضى

إلى روث التي تحبّها

١ ـ ترجمة شبه حرفية للنص:

حين إلى جلساتِ التأمُّلِ الحلوِ الصامتِ
أستدعي تذكّرَ الأشياءِ الماضية
أتنهّدُ على نقصِ أشياءَ كثيرةٍ سعَيْتُ إليها،
وأندبُ، وقد تجدّدتِ البلايا القديمةُ، هدْرَ زمني الغالي.
وعندها أُغرِقُ عيناً لم تَعْتَدْ أن تفيضَ،
على أصدقاءَ غالين خُبِّئوا في ليلِ الموت الذي لا أجلَ له،
وأبكي من جديد بلوى الحبِّ التي كانت قد أُلْغِيَتْ منذ زمنٍ بعيد،
وأنوحُ على خسرانِ مشاهدَ كثيرةٍ قدِ اختفتْ،
وعندها أستطيعُ أن أتفجّعَ على فواجعَ غبَرتْ
وبإعياءٍ أسردُ، بلوى تلوَ بلوى،
الحسابَ الحزينَ لنُواحٍ كنتُ قد نُحْتُه سابقاً،
أدفعُه مجدّداً كأنه لم يُدفَعْ من قبلُ.
لكنْ إذا فكّرتُ آنها بكَ، يا صديقيَ الغالي،
فإنَّ كلَّ الخسائرِ تُسْتَرَدُّ، والأسى ينتهي.

سونيت ٣٠

٢ ـ منظومة شعراً وعلى نظام التقفية في السونيت

حين إلى جلَساتِ التفكيرِ الحلوِ الصامتِ **أستدعي**
ذكرى أشياءِ الماضي، أتنّهدُ في **حسْرَهْ**
أنَّ كثيراً ممّا كنتُ سعيتُ إليه بما في **وسعي**
لم يتحققْ، وأروحُ، وقد عاد قديمُ الويلاتِ جديداً، أندبُ من زمني الغالي **هَدْرَهْ**.
عندئذٍ أتركُ عيناً لم تعتدْ أن تذرفَ دمعاً، **تَهمي**
من أجلِ أحبّاءٍ غالينَ طواهم في غَيْهبِهِ ليلُ الموتِ **الأبديّ**
أو أبكي ثانيةً أحزاناً للحبّ الغابرِ كانتْ قد مُحِيتْ، لكنْ عادت **تُدمي**،
وأنوحُ على صورٍ، كانتْ قد ألِفَتْها العينُ، تلاشتْ كالحلمِ **المنسيّ**.
عندئذٍ أتفجّعُ من أجلِ فجائعَ كان الماضي قد غيّبَها، **أروي**
بعضَ حكاياتٍ عن بلوى تتلو بلوى، في تعبٍ **مُضني**
وأعيدُ حسابَ أنينٍ في مِحَنٍ نُحْتُ عليها، عادتْ تنبضُ في القلبِ **وتكوي**
وأراني أدفعُ ثانيةً ثمناً، وكأني لم أدفعْ من قَبْلُ، فأغرقُ في لُجّةِ **حزني**.
لكنْ حين أفكّرُ فيكَ، صديقي الغالي، في هذي اللحظاتِ، يكادُ القلبُ يراكْ،
فإذا كلُّ الأحزانِ سرابٌ، وإذا كلُّ خسائرِ عمري عادتْ لي تحملُها عيناك.

سونيت ٣٠

٣ ـ الصيغة نفسها، مع تعديلات، خصوصاً للمقطع الأول

حين إلى خُلْوات الأفكار الصامتة **الحلوَهْ**
أستدعي ذكرى أشياء الماضي، **أتحسَّرْ**
أنّ كثيراً مما كنت سعيت إليه وأشعل في النفس **الصبوَهْ**
لم يتحقق، وأروح، وقد عاد جديداً ما كان قديماً من بلوى،
أندب ما أُهْدِرَ من زمني الغالي، **وتبعثرْ**.
عندئذ أترك عيناً لم تعتد أن تذرف دمعاً، **تهمي**
من أجل أحبّاءٍ غالين طواهم في غَيْهبِهِ ليلُ الموت **الأبديّ**
أو تبكي ثانية أحزاناً للحب الغابر كانت قد مُحِيت، لكن عادت **تُدمي**،
وتنوح على صُوَرٍ كانت قد ألفتْها ثمّ تلاشت كالحلم **المنسيّ**
عندئذ أتفجّع من أجل فجائع كان الماضي قد غيّبها، **أروي**
فيضَ حكايات عن بلوى تتلو بلوى، في تعب **مُضْني**
وأعيد حساب أنين في محنٍ نحتُ عليها، عادت تجتاح القلب **وتكوي**
وأراني أدفع ثانية ثمناً كنت دفعتُ، وأغرق في **الحزن**.
لكن حين أفكِّر فيك، صديقي الغالي، في هذي اللحظات، يكاد القلب يراكْ،
فإذا كل الأحزان سرابٌ، وجميع خسائر عمري ردّتها لي ذكراكْ.

سونيت ٣٣

احتجاب الشموس

وكم مرةٍ قد رأيتُ الصباحَ **المجيدا**
يمسّدُ هذي الذّرى الشامخاتِ **الأبيّهْ**
بعينٍ ملوكيّة تجعلُ الكونَ غضّاً **جديدا**
وفي وجهها الذهبي تقبّلُ خُضرَ المروجِ **النديّهْ**
وتذهّبُ فيها الجداولَ صافيةً **كاللُّجَيْنْ**
بفتنةِ خيميائها، مثلَ آلهةٍ **ساحرَهْ**
آهِ، لكنها فجأة تتركُ السحُبَ الداكناتِ تُغطّي **الجبينْ**
وتُخفي المُحيّا السماويَّ أكداسُ أطباقِها **الغامرهْ**
عن الكونِ والكونُ يبدو، وقد هجَرَتْه، كئيبَ المحيّا **ذليلَهْ**
وهي تزلقُ والجةً خلسةً غيْهبَ الغربِ، والعارُ تاجٌ لها **وإهابْ**.
ومعْ ذاك قد أشرقتْ ذاتَ صبحٍ وغطتْ جبينيَ بالسحرِ شمسي **الجليلهْ**
ولكنّها لم تكنْ لي سوى ساعةٍ حين هلّتْ، فقد حجبتْ
وجهَها الآنَ عني جيوشُ **السحابْ**.
غير أنَّ حبيبيَ لا يستحقُّ العتابَ لهذا، وما من سببْ
لِئِلامَ، فإن شموسَ الورى قد تغورُ، إذا حجبَ الكونُ شمسَ السماء، وقد تحتجِبْ.

سونيت ٤٣

نعيم الحلم

حين أغمضُ عينيَّ أبصرُ أجلى **البصرْ**
ذاكَ أنهما تريانِ التوافهَ عبْرَ النهارِ **الطويلْ**
وحين أنامُ أراكَ، تجيءُ إليَّ تشعشعُ في الحلمِ مؤتلقاً **كالقمرْ**
ويهدي العيونَ إليك التماعٌ على حُلْكةِ الليلِ ثرٌّ **جميلْ**.
وهما تسطعان بنورٍ تفيضُ به اللهفةُ **الحارقهْ**
فكيف تُرى ـ أنت يا من تصيرُ الظلالُ بطيفِه ساطعة **تبهَرُ** ـ
سوف يبدو تجسُّدُ طيفِك في لمَعانِ النهارِ وروعتِه **الفائقَهْ**
حين يغدو ضياؤك أكثرَ لألأةً، **يسحَرُ**
وطيفُكَ يبهرُ حتى العيونَ التي لم يَعُدْ يخفقُ الضوءُ في رحْبِ **آفاقها؟**
وكيف، أقولُ، ستَهمي على مُقلتي **البركاتُ**،
إنْ أراك نهاراً، وطيفُك في حُلْكةِ الليلِ يمكثُ ملءَ العيونِ التي هجَرَ الضوءُ **آمادها**
عبْرَ رحلتِها في غياهبِ نومٍ ثقيلٍ تحيقُ به **الظُّلُماتُ؟**
آهِ، كلُّ النهاراتِ تبدو لعينيَّ حالكةً كالليالي إلى أنْ أراكْ
والليالي نهاراتُ نورٍ يُشعشعُ حين يجيءُ بك الحلمُ حلواً مضيئاً كبدر السَّماكْ.

سونيت ٥٣

كُنْهُ الحبيب

مِنْ أيِّ كُنْهٍ أنت؟ ما **جوهرُكْ**؟
فهذه الأطيافُ تعنو **لكا**،
ليس لكلٍّ غيرُ طيفٍ، **ولكْ**
كلُّ الطيوفِ، فيك أو **مُلكُكا**.
وجهُ أدونيسَ، إذا ما **ارتسَمْ**
ليس سوى ظلٍّ منَ **الحُسنِ**
لوجهِك الحلوِ، إذا ما **ابتسَمْ**،
ووجهُ هيلينَ وقد زانَهُ بكلِّ ما في روعةِ **الفنِّ**
مصوّرٌ، ليس سوى **صورةٍ**
تجدّدتْ في زِيٍّ إغريقي
لوجهك العذْبِ وما ضمّهُ من **فتنةٍ**
تفوقُ في سحرِ الجمالِ كلَّ **تنميقِ**.
عن الربيع حين نحكي، وعن مواسمِ الحصادِ **في أوْجِهِ**،
يَجلو الربيعُ منك طيفَ **الجمالْ**
والموسمُ الوفيرُ يبدو كما لو كان منك مشتهى **فيضِهِ**
وكلُّ شكلٍ باركتْه السما نراك فيه يا كثيرَ **الظلالْ**
في كلِّ حسْنٍ ظاهرٍ لَمْسةٌ منك ولكنْ لا شبيهٌ لكا
كلاّ، وما مِنْ أحدٍ قلْبُهُ يشبهُ في ثباتِه قلْبَكا.

سونيت ٥٤

الجمال الباطن

آهِ، إنّ الجمالَ، على كلِّ ما فيه، يصبحُ أبهى **وأروعْ،**
حين تُضفي عليه الحقيقةُ زينتَها **وحُلاها**
هكذا الوردةُ: الحسنُ سِرْبالُها، غيرَ أنّا نراها أحبَّ **وأبدعْ**
بفضلِ الجمالِ الخفيِّ الذي يحتويه **شذاها.**
لورودِ البراري نصاعةُ لونِ الورودِ **الشذِيّهْ**
ولها مثلُ أشواكِها، وهي تَرْأدُ في غَنَجٍ **ودلالْ**
مثلها حين يفْجأُها الصيفُ، ينفثُ أنفاسَه **النديّهْ**
في براعمِها النائماتِ فيرعشُ فيها رفيفَ **الجمالْ**
آهِ، لكنَّ مظهرَها هو ميزتُها وفضيلتُها **الواحدهْ**
فلذلك تأتي وتمضي كنجمٍ يلألئُ في الأفْقِ ثم **يغورْ**
لا غواية تأسرُها، لا تبجِّلُها الأعينُ **الراصدهْ،**
وهي تذوي، وفي وحدةٍ لا تطاقُ تموتُ. ولكنْ ورودُ الشذى
لا تموتُ، فمِن موتِها تتقطّرُ أحلى **العطورْ.**
وكذا أنتَ، يا ساحرَ المقلتين، الفتيَّ الحبيبْ
سيقطّرُ شعري حقيقتَك المحضَ حين يلفُّك موجُ المغيبْ.

سونيت ٥٥

خلود الشعر

لا المرمرُ أو أنصابُ الأمراءِ الذهبيّةُ أو صخرُ **الصوّانْ**
تصمدُ في وَجْهِ الزمنِ الغادرِ أطولَ ممّا تصمدُ **أشعاري**
أمّا أنت فسوف تلألئُ في كلماتي في ألقٍ **فتّانْ**
أبهى من أحجارِ هياكلَ بعثرَها الدهرُ ولطَّخَها حِبرُ الزمنِ العاهرِ في مجراه **الناري**.
حين تدمّرُ أهوالُ الحربِ تماثيلَ **العظماءْ**
أو تجتثُّ صروحاً من صخرٍ ظلّتْ دهراً صامدةً في وجه **الدهْرْ**
فسيبقى ذكرُك حيّاً لن تمحوَه حرائقُها أو عصفُ **الأنواءْ**
أو يبترَه سيفُ المرّيخِ، ولا آلهةُ البرِّ أو **البحْرْ**.
وستمضي قُدُماً، رغم عداواتِ غفلاءَ، تصارعُ ضدّ الموتِ **وآفاتِهْ**،
وشمائلُك البيضاءُ ستلقى مدْحاً حتى في أحداقِ الزمنِ **الآتي**
يُبلي هذا العالمَ في ليلِ دمارِ **نهاياتِهْ**
ويكفّنُه في ريحِ الموتِ وموجِ رمادِ **الأمواتِ**.
وكذا، فإلى أن تُبْعثَ أنتَ بنفسك يومَ يحِقُّ الحقُّ ويُنفَخُ في الأبواقْ،
في هذي الأبياتِ ستحيا، وستسكنُ في أحداقِ العشّاقْ.

سونيت ٦٠

الموج

مثلَ الأمواجِ تُزاحمُ واحدتُها الأخرى نحو الشطآنِ **الحجريّهْ**
تتدافعُ أمواجُ دقائقِنا نحو **نهايتِها،**
كلٌّ تعتنقُ الأخرى، تحتلُّ مكانَ الأخرى، في حركةٍ دائبةٍ **أزليّهْ،**
وبكدحٍ يتجدّدُ تمضي تتسابقُ، كلٌّ تطلبُ **غايتَها.**
وطفولتُنا ما أنْ تبلغَ أرضَ النورِ وتحبو حتى تسرعَ نحو النضجِ وتسعى **للقمّهْ**
فتحاربُها الأنواءُ المعقوفةُ وهي تُتَوَّجُ في زهوِ **العمْرْ**
والزمنُ الواهبُ يأخذُ ما أعطاه بلا **رحمَهْ**
يحتزُّ بهاءَ شباب الأيامِ ويسرقُ منه **الزهْرْ**
ويخدّدُ وجهَ الحسنِ ويغتالُ جمالَ **الأشياءْ**
وعلى أندرِ ما في الكونِ يُغِيرُ ويقتاتُ لكي **ينمو**
ومناجلُه تحصدُ ما انتصبَ منَ الأشياءِ بلا **استثناءْ**
لا تبقى منها حتى ذكرى شاحبةٌ أو **وهْمُ.**
لكنْ شعري رغم الزمنِ الفتّاك سيعلو منتصباً في أملٍ برّاقْ
ليغنّي رفعةَ شأنِك يا أجملَ مَنْ شغفَ الشعرَ ويا زينَ العشّاقْ.

سونيت ٦٣

صراع الزمن

ضدَّ زمانٍ سيكونُ حبيبي قد أصبحَ فيه مثلي **الآنْ،**
هرِماً، رثّاً، سحقتْه أقدامُ الزمنِ **الفاتكْ،**
وامتصَّ عبورُ الأيامِ بريقَ نضارتِه، وغزتْ قسماتِ الوجهِ الحلوِ **الأغضانْ،**
واكْمَدَّ صباحُ فتوّتِه وهو يسير إلى مهوى ليلِ العمرِ **الحالكْ**
وغدتْ كلُّ محاسنِه الملكيّةِ في رونقِها الآنَ
رسوماً دارسةً لجمالٍ ماضٍ كان يُزيغُ **الأبصارْ**
وتلاشتْ كالوهم، وكاللصِّ اختلستْ في **رحلتها**
منه كنوزَ ربيعٍ كانت تحتارُ **الأنظارْ**
في روعةِ رونقِها ورواءِ الحسنِ الفائحِ من **فتنتِها**
من أجلِ زمانٍ عضْبٍ يأتي، أتحصّنُ هذي **اللحظَهْ،**
ضدّ دمارِ العمرِ الباغي يُشهرُ خِنجرَه **المسنونْ،**
كي أمنعَه أنْ يجتثَّ منَ الذاكرةِ **المكتظّهْ،**
أبدَ الدهرِ، جمالَ حبيبي الفاتنِ، حتى إنْ يخطفْ منه الروحَ **المكنونْ.**
وجمالُ حبيبي سيظلّ يُرى في هذي الأبياتِ السوداءْ
هيَ لن تفنى، وهو سيحيا فيها غصناً أخضرَ لا تُذبلُه الأنواءْ.

سونيت ٦٤

البكاء على الأطلال

الآن وقد أبصرتُ يدَ الزمنِ المرعبِ تعفو أروعَ ما صنعَتْه يدُ **الإنسانْ**
من أشياءَ يسربلُها المجدُ بسربالِ الفخرِ، **ثريّهْ**
وأرى أبراجاً كانت شامخةً يوماً تنهارُ ويطويها **النسيانْ**
وأرى كيف تحوّلَ كلُّ نُحاسِ الأرضِ الخالدِ عبداً لجموحِ الناسِ وأهوائهِمِ **العبثيّهْ**،
الآنَ وقد أبصرتُ البحرَ الجائعَ في جشَعٍ **يتوسّعْ**
مُجتاحاً مملكةَ الشطآنِ بلا **رحمَهْ**
والأرضَ الصلبةَ تغزو صدرَ البحرِ وتمتدُّ ولا **تشبعْ**
مثرية ما تخزنُه بالخسرانِ وما تخسرُه بالتخزينِ، ولا تعروها **التُخمَهْ**،
والآنَ وقد أبصرتُ تبادلَ هذي الأحوالِ وتلك **الأحوالْ**
بل أبصرتُ الأحوالَ جميعاً تبلى وتؤولُ إلى شرّ **مصيرْ**
فلقد علّمني ما أبصرتُ منَ التخريبِ لكلِّ **الأشكالْ**
أنّ الزمنَ الهاجمَ سوف يجيءُ ليخطفَ منّي كالنسرِ حبيبي الغالي، **ويطيرْ**.
موتٌ هذا الهاجسُ، موتٌ لا يقدرُ أنْ يفعلَ شيئاً أو يختارْ
إلا أنْ يبكيَ أنه يملكُ ما يخشى أن يخسرَه، أو ينهارْ.

سونيت ٦٥

الحبر اللألاء

وما دامَ أنْ: لا النحاسُ ولا الصخرُ، لا الأرضُ، لا البحرُ،
يمتدُّ دون حدودٍ لآماده **الضافيَهْ،**
سوف تبقى، ولكنْ ستصرعُها وتُطيحُ بها هجَماتُ الفناءِ **الحزينْ**
فكيف إذن للجمال، وهذا الهياجُ يطوِّقُه، أن يؤمّلَ خيراً ويسترحمَ القوّةَ **الباغيَهْ**
وهو في فعلِه ليس يملكُ أكثرَ من قوّة البُرْعُمِ اليانعِ **المُستكينْ؟**
كيف تصمدُ في وجهِ هذا الحصارِ المدمِّرِ للزمنِ المتجبّرِ في أوْج غُلْوائِهِ **الجامحَهْ**
رِقّةُ الصيفِ، أنفاسُه العذبةُ **العنبريّهْ؟**
والصخورُ العتيدةُ لا تستطيعُ الصمودَ أمام غوائلِه **الكاسحَهْ**
وبوّابةٌ بعد بوّابةٍ من صقيلِ الحديدِ وفولاذِه سوف تَبلى وتغتالُها قوّةُ الزمنِ **العنْجهيّهْ؟**
أيّهذا التأمّلُ أين، إذن، تختبي دُرّةُ الزمنِ **النادرَهْ**
من غوائلِ صندوقِهِ؟ وأيُّ يدٍ سوف تلجمُ أقدامَهُ **الخاطفَهْ**
وهو يعبرُ؟ مَنْ يستطيعُ، تُرى، أن يخبّئَ عنه غنيمتَه **الباهرَهْ:**
كنزَ هذا الجمال وفتنتَه **الواجفَهْ؟**
آهِ، لا شيءَ يقدرُ، لا شيءَ، إلا إذا كان للمعجزَهْ
أن تكونَ، فيبقى حبيبي يلألئُ في أسودِ الحبرِ في ما يطرِّزُ شعري وما طرَّزَهْ.

سونيت ٦٦

أسى الموت

مُرهَقاً أحملُ أعباءَ لأشياءَ أراها تملأُ الروحَ **شقاءْ**
وأنادي، صارخاً بالموت: «عجّلْ أيها الموتُ **المريحْ**»:
مَنْ أراهم يستحقون حياةَ العزِّ يشقَوْن ويسْتعطون في سوقِ **البلاءْ**
وسواهم مِن ذوي اللؤمِ أراهم في برودِ القزِّ يختالون، والقلبُ **جريحْ**.
وأرى طُهْرَ المواثيقِ وقد دنّسَه روحُ **الخيانَهْ**،
وحلولَ الشرفِ المُذْهَبِ في أدنى مكانٍ، **والفضيلَهْ**
وهي عذراءُ، مع العهرِ سواءً **ومُهانَهْ**،
والكمالَ الحقَّ موصوماً ضلالاً **بالرذيلَهْ**،
وأرى القوّةَ قد آلتْ إلى ضعفٍ، أرى الناسَ يُسمّون **الحقيقهْ**،
إنْ تكنْ كالضوءِ في الفجرِ بسيطاً، **بالبساطَهْ**
ولسانَ الفنّ مغلولاً مِنَ السلطةِ،
والحمقى على الحُذّاقِ حُكّاماً، كما يحكم ذو الطبِّ عليلاً،
وأرى الخيرَ أسيراً يخدمُ الشرَّ، وقد ضلَّ **طريقَهْ**
مثلما يخدمُ عبدٌ سيّداً خطّ له في الأرضِ بالرمحِ **صراطَهْ**
مرهقاً من هذه الأشياءِ، آهٍ، أتمنّى أن يجيءَ الموتُ أو أمضي عن الكلِّ بعيدا.
ثم يعروني أسى كالموتِ إذ أدركُ أني سأخلّي، إنْ مضيتُ الآنَ للموتِ،
حبيبي، مشتهى النفسِ، وحيدا.

سونيت ٧١

الرحيل

لا تبكِ عليَّ ولا تدخلْ من أجلي طقسَ حِدادٍ حين أموتُ ولا **تندُبْني**
زمناً أطولَ ممّا تسمعُ صوتَ الجرَسِ الناعي **يقرَعْ**
بوقارٍ، يُنذرُ هذا الكونَ **بأني**
قد أطلقتُ سراحي من هذي الدنيا الممقوتةِ كي أسكنَ والدودَ الأمقتَ في قبرٍ **أشنَعْ**.
كلا، لا تبكِ. وإمّا وقعتْ عيناك على هذا البيتِ فلا **تتذكّرْ**
يدَ مَنْ خطّ الكلماتِ، فإني لأحبّك حبّ **الولهانْ**
ولذلك لا أرضى بين الأفكارِ الحلوةِ في بالِك أن **أخطُرْ**
إنْ كانت ذكرايَ ستنشرُ في قلبِك غيمَ **الأحزانْ**.
وكذلك إنْ تبصرْ عيناك الغاليتان قصيدتيَ **الملهوفَهْ**
لا تأسَ، وقد صرتُ أنا معجوناً بترابِ الأرضِ، ومحْضَ **رفاتِ**
لا تفعلْ شيئاً، أبسطَ شيءٍ،
لا تتلفظّ حتى باسمي البائسِ، أو تسترجِعْ منه **حروفَهْ**
بل دَعْ حبّك يفنى مع موتِ **حياتي**،
خشيةَ أنْ يسخرَ هذا العالمُ في حكمتِه منك معي في قولٍ أو نظرَهْ
حين أكونُ رحلتُ ولا طاقةَ لي أنْ أدفعَ عنك بلاياه وشرَّهْ.

سونيت ٧٣

زمن العراء

قد تبصرُ فيَّ الآنَ الزمنَ العابرَ نحو حوافي **الموتْ**
زمناً تتدلّى فيه أوراقٌ صفراءُ، أو بضعُ وريقاتٍ، أو **لا أوراقْ**
من أغصانٍ في ريحٍ باردةٍ، **والصمتْ**
يعرو الأشياءَ، فتغدو أسرابَ كوارسَ[١١٦] عاريةً ومهشّمةً
كانت حتى الأمسِ تغرِّدُ فيها الأطيارُ الحلوةُ في **إشراقْ**.
قد تبصرُ في وجهي غسَقاً لنهارٍ يتلاشى موؤوداً في لُجَجِ الغربِ **الغابيّهْ**
شيئاً شيئاً، ويكفّنُه كهفُ الليلِ الحالكِ ـ ذاتُ الموتِ **الأخرى**
موتٌ يأسرُ كلَّ الأشياءِ ويرميها في لُجّةِ راحتِه **الأبديّهْ**
لا نفقهُ ما يفعلُه أو ندركُ من غَيْهبِه **سرّا**
قد تبصرُ فيَّ توهُّجَ نارٍ تستلقي فوق رمادِ شبابٍ **فاتْ**
كان لها. وهو الآنَ سريرٌ للموتِ عليهِ **تُحتضَرُ**
ولقد كان لها قُوتاً مِن قبلُ وفيضَ **حياةْ**
منه تمتاحُ نضارةَ شُعلتِها وبه **تستعِرُ**.
هذا ما سوف تراه عيناك، فيجعلُ حبّك أصلبَ عُوْداً وأشدّا
لتحبّ بوجدٍ حبّاً أعظمَ ما ستفارقَه بعد قليلٍ، لا بدّا[١١٧].

---

(١١٦) على مضض منّي استخدمت كلمة «كوارس» لأنني لا أجد في العربية ما يكافئها، ولأهميتها القصوى في هذا النص، ولكونها مما اقتبسه شعراء آخرون في قصائد مشهورة.

(١١٧) قد يكون هذا البيت أكثر ما كتبته في هذه الترجمات قرباً من لغة شيكسبير في التواشيح من حيث تركيبه النظمي والتقديم والتأخير فيه، وفي تأخير «لا بدا» لتكون كلمة القافية مثل واضح على ما أعنيه.

سونيت ٧٤

بقاء الروح

لكن لا تأْسَ ولا تندُبْ إذ يأسرُني الموتُ **الفتّاك**
وبعيداً يرحلُ بي، في سفرٍ لا آمَلُ منه رجوعاً أو إطلاقَ **سراحْ**
إذ إنَّ حياتي سوف تدومُ هنا في هذي الأبياتِ وسوف أظلُّ **أراكْ**
فيها، وستبقى أبداً توقظُ ذكري في قلبِك عذباً **فوّاحْ**
وإذا ما عدتَ لتقرأها ثانيةً في لحظةِ **توْقْ**
فستقرأُ منّي ما كان لحبِّك منذوراً من هذا **القلبْ**.
ما للتُرْبِ سوى التُرْبِ، ولن يحظى الطينُ بغير الطينِ، وذلك عينُ **الحقْ**
أمّا روحي فهي تخصُّك، ملكُك أنتَ، وتلك هي الجوهرُ **واللبْ**.
وإذن لن تخسرَ غيرَ رُفاتِ **حياتي**
لن تفقدَ غيرَ طعامِ الدودِ إذا جاءَ **الموتْ**
يخطفُ يوماً جسدي كغنيمةِ نصرٍ جابنةٍ، لا دربَ لها **للإفلاتِ**
من مُديةِ سفّاكٍ مُزْرٍ، أحقرَ من أنْ تتذكّرَه **أنتْ**.
أوّاهٍ، ليس لهذا الجسدِ الفاني من قدْرٍ أو قيمَهْ
إلاّ في ما يحويه وذلك هذي الأبياتُ، وهذي الأبياتُ ستبقى عندَك، بل فيك، مقيمَهْ.

سونيت ٧٥

أحوال العاشق

هكذا أنت لي، مثلما القوتُ للجسدِ الحيِّ، قوتُ **الحياة**
مطرٌ موسميٌّ يهِلُّ على الأرضِ يُخصِبُ **أعراقَها**.
وأنا بين أمرين في حَيْرة تتنازعُني **الرغَباتْ**
مثلما تتنازعُ شخصاً بخيلاً قوى ثروةٍ **نالها**:
فهو يزهو بها بُرهةً، يشتهي أنْ تراها **العيونْ**
ثم يخطفُه خوفُ أنْ يستبيها **الزمانْ**
وأنا برهةً أشتهي أنْ نكونَ معاً وحدنا، **وأكونْ**
لحظةً لاهفاً أنْ يرى الكونُ أنّا معاً، **عاشقانْ**،
ثم تخطفُني، لحظةً، نشوةُ أنْ نكونَ معاً، أنْ أراكَ،
فتكونَ لعينيَّ، لي، متعةً، كوثراً **وغِذاءْ**
وآناً أذوبُ حنيناً وجوعاً إلى نظرةٍ منكَ، لا رغبةً في **امتلاكْ**
لا، ولا لاهثاً خلفَ فيضِ الملذّاتِ، خلفَ **البهاءْ**
غيرَ ما نِلتُه منك، أو ينبغي أنْ أنالَ بمحضِ **رضاكْ**.
وكذا يذهبُ العمرُ بي: أتضوّرُ جوعاً وأغرقُ في طيِّباتِ الولائمْ
فأنا متخمٌ كلُّ شيءٍ لديَّ أو معدَمٌ أخمصُ البطنِ، لا نعمةٌ أو غنائمْ(١١٨).

---

(١١٨) وما يلي بديل معقول:

وكذا يذهب العمر بي: أتضوّر جوعاً وأغرق في طيّبات الولائم محتدمَ الشفتينْ
فأنا متخمٌ كل شيء لديّ أو معدم أخمص البطن صفر اليدينْ

سونيت ٨١

هوّة النسيان

إمّا أنْ أحيا كي أكتبَ شاهدةً فوق **ضريحِك**
أو تبقى مِن بعدي، وأنا أتفسّخُ مُنْحلاًّ في جسدِ **الأرضْ**.
إنَّ الموتَ لأعجزُ من أن يمحو ذكراك وإنْ يأخذْ **روحَك**
وأنا لن يبقى لي ذِكْرٌ، وسأُنسى فورَ همودِ **النبْض**
مكتوبٌ لاسمك أنْ يحيا محفوفاً بالهالاتِ مدى **الدهرْ**
وأنا ما أن أرحلَ حتى يمحوني الموتُ ويعفو **أثري**
من ذاكرةِ العالمِ. والأرضُ ستبخلُ لي إلا بفراغِ **القبرْ**
أمّا أنت فإنَّ ضريحَك سوف يكونُ عيونَ **البشَرِ**
وسيعلو نصباً تذكارياً لبهائك شعري السامي **ويردّدْ**
تقرأُه في عجَبٍ أحداقٌ شاخصةٌ لم تولدْ **بعدْ**
وستلهجُ باسمك تكراراً ألسِنةٌ تأتي في أزمنةٍ **تتجدّدْ**
حين يكونُ الموتُ طوى مَنْ هُمْ أحياءُ الآنَ بأعمقِ **لَحْدْ**.
أنت ستحيا أبداً ـ هذي موهبةٌ في شعري عظمى ـ
في أفواهِ الخلْقِ، هنالك حيثُ الأنفاسُ الحيّةُ تخفقُ في ذروتها الأسمى.

سونيت ٩٠

ذروة العشق

إنْ كنتَ ستكرهني يوماً فاكرهْني **الآنا**
والعالمُ طُرّاً يجهَدُ كي يُحبطَ كلَّ جهودي ويخيّبَ **آمالي**،
كنْ ضدّي مثلَ صروفِ الدهرِ، وزِدْني **أحزانا**
واجعلْني أحني الرأسَ وأرهِقْني بالأعباءِ ولا تأبَهْ **لكلالي**.
وتعالَ الآنَ، ولا تأتِ أخيراً بعد مئاتِ الطعَناتْ
ترمي بالسهم الرائشِ قلباً أنفقَ عمراً في ترميم **جراحِهْ**
لا تأتِ كآخرِ جنديّ في جيشٍ للنكَباتِ أكونُ هزمتُ كتائبَه ورددتُ **الهجَماتْ**
لا تُتبِعْ ليلَ أعاصيرٍ بِغدٍ تعصفُ أمطارُ **صباحِهْ**
لِتُديمَ دماراً، عن عمْدٍ، تحتَ كلاكلِه. لا. إنْ كنتَ ستهجرُني
لا تهجرْني في آخرةِ **الدربْ**
والأحزانُ التافهةُ الأخرى تنهشُ أعماقَ **الروحْ**
وتعالَ الآنَ على رأسِ نوائبِ هذا **القلبْ**
كي أتذوّقَ بدءاً أفدحَ ما يقذفُني الدهرُ به في هذا الجسد **المذبوحْ**.
بعدئذٍ لن تبدو فاجعةً أيُّ نوائبَ أخرى تبدو الآنَ فواجعَ، لن يبدو حتى الموتْ فاجعةً، يا كُنْهَ حياتي، إنْ قورنَ مَعْ فقدِكَ أنتْ.

سونيت ٩٣

العاشق المخدوع

وكذا سأعيشُ كما يحيا الزوجُ **المخدوعْ**
(مفترضاً أنك في الحبِّ وفيٌّ وصَدوقٌ وتظلُّ وفيّاً كلَّ **أوانْ)**
ويظلّ بهذا وجهُ الحبِّ يلوحُ لعيني حبّاً حقاً **ويضوعْ**
وُدّاً، رغم تبدّلِه. أنت معي وجهاً، لكنك قلباً في غيرِ **مكانْ**
وأنا في نُعمى أُوقِنُ أنَّ الزائفَ لا ينطقُ إلاّ عينَ **الصدقْ**
ولأنَّ الكرهَ مُحالٌ أنْ يحيا في عينيك، فإني
لا أقدِرُ أنْ أعرفَ أنَّ القلبَ **تغيّرْ**
مع أنَّ القلبَ الزائفَ في الناس كثيراً ما يُفصِحُ عمّا لا يفصحُ عنه **النطقْ**
فيخطُّ غُضوناً وتجاعيداً في الوجهِ وفيضاً لمشاعرَ ظلَّتْ دهراً لا **تظهرْ**.
أما أنت فقد قضَتِ السمواتُ بألا يقطنَ وجهَك إلاّ الحبُّ **الصافي**
يومَ بَرَتْكَ، فمهما اعتلجتْ في نفسك مِن **أفكارْ**
وبأيِّ هواجسَ يمتلئُ القلبُ **الجافي**
لن يفصحَ وجهُك عن شيءٍ إلاّ العذب **السارّْ**.
أوّاهٍ، كم سيكونُ جمالُك أشبهَ بالتفّاحَهْ
في يدِ حوّاءَ إذا لم يتطابقْ مع ظاهرِ وجهِكَ كُنْهُ شمائِلِك الفوّاحَهْ.

سونيت ٩٩

لصوص الطبيعة

هكذا للبنفسجةِ الغضَّةِ الحلوةِ **الرائحَهْ**
قلتُ، في عتَبٍ: أيّتُها اللصَّةُ **الماهرَهْ**
فإنْ لم يكنْ من حبيبي وأنفاسِه قد سرقْتِ حلاوتَك **الفائحَهْ**
فمن أين؟ والكبرياءُ التي تزدهي بَشْرةً فوق خدّيكِ، ريّانةً **عاطرَهْ**
أنتِ، لا ريبَ، لوّنْتِها من عروق حبيبي **السخيّهْ**.
وكذاك لعنتُ لأجلِ استراقِ بهاءِ يديك بلا خجلٍ هذه **النرجسَهْ**
مثلما اختلسَ المَرْدَكُوشُ نعومةَ شعرِك واللمعة **العسليّهْ**
في ضفائرِه. ورأيتُ الورودَ بأشواكها انتصبتْ، خشيةً، **هاجسَهْ**
بعضُها قد كساها احمرارٌ كما العارُ، والبعضُ بيضاءُ كاليأسِ في حلّةٍ **فاهيَهْ**
ثم ما لا احمرارَ لها أو بياضَ، ولكنها منهما استلّتِ اللونَ في خفّةٍ **باسمَهْ**
خلسةً، وأضافتْ له دفءَ أنفاسِك **الفاغيَهْ**،
ولسِرْقَتِها كلَّ ذاك فقد أكلتها عقاباً لها، وهي في أوجِها، دودةٌ **ناقمَهْ**.
ولقد أبصرتْ مقلتاي أزاهيرَ مِن كلِّ لونٍ وجنسٍ تميسُ بأردانِها
فلم أرَ واحدةً لم تكنْ سرقتْ منك طيبَ حلاوتِها أو رهافةَ ألوانِها.

سونيت ١٠٤

موتُ صيفِ الجمال

أنتَ في عينيَّ لا تهرَمُ بل تبقى مدى الدهر **فتيّا**
يا فتى الحبِّ الجميلَ، أنت يا نبعَ **المسرَّهْ**
هوَذا أنتَ، كما غندَرْتَ في الحُسْنِ **بهيّا**،
حين أبصرتُك لمْحاً، في سرابيلِ الصِّبا، أوّلَ **مرّهْ**
ذبُلتْ أغنيةُ الصيفِ ثلاثاً في شتاءاتٍ **ثلاثهْ**
وغدا زهوُ الربيعِ العذبِ مرّاتٍ ثلاثاً شاحبَ اللونِ **خريفا**
في فصولٍ عبرَتْ في مقلتي من فتنةِ الزهوِ إلى بؤسِ **الرثاثهْ**،
ومضى نيسانُ مراتٍ ثلاثاً وثلاثاً صارَ **صيفا**
يكتوي بالنارِ في قيظِ حزيرانَ **ويكوي**
كلَّ عطرٍ فيه، منذ ارتعشتْ عيني لمرآك صبيّاً يانعَ الغصنِ، رهيفاً، **تسمَرُ**
وكذا ما زلتَ غصناً يانعاً يقطرُ حُسْناً يُشبعُ العينَ **ويروي**.
آهِ، لكنّ الجمالَ الحلوَ شيئاً بعد شيءٍ **يَضمُرُ**
مثلما تزحفُ أيدي ساعةِ الشمسِ وتمضي في خفاءٍ ليس **يُدرَكْ**
لا ترى العينُ لها مِن نأْمةٍ وهي **تدورْ**
وكذا حسنُك، عذباً، مُشرئِباً، لم يزلْ في رَونقِ العمر، ولكنْ **يتحرَّكْ**،
دون أنْ نبصرَه، نحو دياجيرِ **المصيرْ**
إنْ تكنْ عينيَ لم تُخْدَعْ بما **تبصرهُ**.
ولذا يا أيّها الآتونَ، يا مَنْ لم **تبرعِمْ**
بعدُ أعمارٌ لهم، أصغوا لما **أخبرُهُ**،

فهو رؤيا شاعرٍ علَّمَه العمرُ وجلّى لرؤاه كلَّ مُبهَمْ.

فأصيخوا السمعَ: صيفُ الحُسْنِ ماتْ

قبل أن تأتوا إلى الدنيا وفي أعراقكمْ ترعشُ أنفاسُ الحياةْ.

سونيت ١٠٥

ثالوث العشق

لا تُسمُّوا حبّيَ اللاهفَ شِرْكاً أو تقولوا عن حبيبي: **وَثنُ**
فأنا لستُ أغنّي أو أحيكُ الشعرَ مدحاً
لسوى الواحدِ أو في غيرِ **واحِدْ**.
كلُّ ما غنَّيتُه (كان وما زال ويبقى أبداً) **مفتتِنُ**
بحبيبٍ واحدٍ مِن غير ثانٍ، فاتنِ اللحْظِ، **مُراوِدْ**.
إنَّ حبّي اليومَ فيضٌ من حنانٍ، وغداً فيضَ حنانٍ **سيكونُ**
ثابتاً دوماً. لذا شعري سيبقى (وهو منذورٌ لتبجيلِ **الثباتْ**)
يجتلي شيئاً وحيداً ويغنّيه، ويلغي كلَّ فرقٍ فيه أيّانَ **يبينُ**.
كلُّ موضوعي وما أُعْنَى به ثالوثُ أحلامي:
«جميلٌ وصَدُوق وحنونٌ»، وهي أغلى **الكلماتْ**،
سوف تبقى دُرّةَ الدهرِ: «جميلٌ وصَدوقٌ وحنونٌ» أبداً مهما **تنوَّعْ**.
ولهذا أنذرُ العمرَ وأسعى في ابتكاراتي **وأجهَدْ**
فهي ثالوثٌ، ولكنْ واحدٌ، تفتحُ أُفْقاً أرحبَ المدِّ **وأروعْ**
مثلَ ثالوثِ الأبِ الابنِ وروحِ القدْسِ ربٌّ واحدٌ لا **يتعدّدْ**.
ولقد ظلّتْ «جميلٌ وصَدوقٌ وحنونٌ» مفرداتٍ نادراً ما اجتمعَتْ في واحدِ
قبل أنْ كان حبيبي، فتلاقتْ واستكانتْ فيه، في قلبِ نبيلٍ ماجدِ.

سونيت ١٠٦

مِثال الجمال

وحين أرى في دواوينِ أزمنةٍ **غابرَهْ**
فنونَ الجمالِ وأوصافَ أحلى **البشرْ**
وكيف يُحيلُ الجمالُ القوافي القديمةَ أغنيةً **باهرَهْ**
في مديحِ نساءٍ رحَلْنَ وخيرِ الفوارسِ ممّن **عبَرْ**
أرى في فنونِ الجمالِ الذي كان يوماً **مِثالا**
لكلِّ جميلٍ، وفي وصفِ كلِّ التفاصيلِ، تلك التي
صاغها الشعراءُ قصائدَ مكنونةً **بارعَهْ**
لأحلى الشفاهِ وأبهى الجباهِ وأروعِ ما في العيون **جمالا**
وللقدميْنِ وللراحتيْنِ وللخَصْرِ والصدرِ والقامةِ **الفارعَهْ**
أنَّ كلَّ الذي قِيلَ، كلَّ الذي نسجَتْه الخيالاتُ في كلِّ عصرٍ وكلِّ **مكانْ**
كان يرسمُ لا شيءَ إلا الجمالَ الفتونَ الذي هو مُلْكُ **يديْكْ**.
وأُدركُ أنَّ الخيالَ العريقَ تنبّأ منذ سحيقِ **الزمانْ**
بما سيكونُ هنا في الزمانِ الذي نحن فيه بكلِّ الذي فيك، بالسحْرِ في **مُقلتيْكْ**.
وأعرفُ أيضاً بأنَّ الذين مضَوْا إنّما **نظروا**
بأحداقِ رائينَ، يكْتَنِهونَ **الغيوبْ**
ولو لم يكونوا كذاك، لَما امتلكوا نعمة الكشفِ أو **قدروا**
أنْ يرَوْا ويُجلّوا سموَّك أو يتغنّوا بما فيك مِن فتنةٍ **للقلوبْ**.
لأني أرانا ونحن بنو الزمنِ الحاضرِ
لنا أعينٌ ذاهلاتٌ بسحْرِ جمالِك دوماً
وليس لنا ألسنٌ قادراتٌ على مدحِ سُؤْدَدِك الباهرِ.

سونيت ١١٦

الحبّ نجم هدى

إلى دلال التي افتُتِنَتْ بها ورَوْنقت بعضَ عباراتها

لن أعترفَ أنْ ثمّةَ ما يمنعُ أنْ تقترِنَ عقولٌ صادقةٌ في **الوُدّْ**،
ليس الحبُّ بحبٍّ إنْ يتغيَّرْ إذْ يلمسُ ما يتغيّرُ في مَنْ **يهوى**،
أو يتحوّلْ كي يَجْزي الصدَّ **بصدّْ**.
أو يَهجُرْ إنْ يُهْجَرْ، أو يَجْفُ إذا استشعرَ **جفوَهْ**.
آهٍ، لا. بل إنَّ الحبَّ **علامَهْ**
راسخةٌ ومؤبّدةٌ. لا يتبدّلُ أو تخمدُ **جُذوتُهُ**.
الحبُّ يُطلُّ على العاصفةِ الهوجاءِ تهبُّ ولكن أبداً لا يهتزُّ، ولا تعروه **سَقامَهْ**.
نجمٌ يهدي الملاّحَ التائهَ في أيِّ بحارٍ أبحَرَ. يُدْرَكُ قَدْرُ علوِّهِ، لكنْ لا تُعرَفُ **قيمتُهُ**.
ما الحبُّ ببهلولٍ في أيدي الزمنِ **القاهِرْ**،
مع أنَّ مناجلَه المعقوفةَ قادرةٌ أنْ تحصدَ كلَّ شفاهٍ وخدودٍ **ورديّهْ**،
والحبُّ ثباتٌ، لا يتغيّرُ معْ مرِّ الساعاتِ وعبرَ أسابيعِ الزمنِ **العابرْ**
بل يبقى حتى يومِ قيامِ الساعةِ صُلْباً **وفتيّا**.
إنْ كان ضلالاً ما قلتُ، ويثبُتْ أني أخطأتُ أكنْ غرّاً لم أكتبْ حرفاً أبدا
مِن قبْلُ، ولم يعشقْ بشَرٌ مِنْ قَبلُ، ولا وَلَّهَ حبٌّ أحدا.

سونيت ١٢٦

دَين الطبيعة للزمن

يا فتايَ الجميلَ، لكَ اللّهُ ما **أجملَكْ**
أنت تحملُ مِرآةَ هذا الزمانِ اللعوبِ، وساعةَ منجلِه **الحاصِدِ**.
تتنامى برغم التناقصِ، يجلو ازدهارُك قَدْرَ ذبولِ المُحبِّينَ **لَكْ**
وهْيَ ذي نفسُك الحلوةُ الآنَ في زهوِها **الراغِدِ**.
غيرَ أنَّ الطبيعة سيدةَ المَحْوِ قادرةٌ أنْ تُحِلَّ **الخرابْ**
وهْي إمّا تشدَّك للخلفِ دوماً وأنت تَحُثُّ الخُطى **للأمامْ**
فهْي تفعلُ هذا لأنَّ مهارتَها قد يدثِّرُها الزمنُ الغولُ بالعارِ، **تغدو يَبابْ**
مَعْ عبورِ الدقائقِ، فهْي لذلك تحفظُ غُصنَك غضّاً، وتُبلي غصونَ **الأنامْ**.
آهِ، لكنْ لِتَخْشَ غوائلَها، أنتَ يا زينَ كلِّ ملذّاتِها، رغم ذلك، **واحذَرْ**،
فهْي قد تتشبَّثُ بالكنزِ حيناً ولكنّها لا **تصونُهْ**
دائماً. وحسابُ الطبيعةِ قد يتأخّرُ تسديدُه ويُؤجَّلُ لكنّه **ما تأخّرْ**
لا يزولُ ولا ينقضي، بل سيأتي معَ الوقت **حينُهْ**.
وهْي حين تسدِّدُ للزمنِ الغولِ ما أُقرِضَتْ ستكونْ
أنت مَنْ ستسلِّمُه (لتسدِّدَ دَيْناً عليها به) لرياحِ المَنونْ.
(   )
(   )

سونيت ١٢٧

الجمال الأسود

في عصورٍ مضَتْ لم يكنْ أحدٌ لِيظنَّ السوادَ **جميلا**،
ولَئِنْ كان لم يكُ يُمْنَحُ إسمَ **الجمالْ**
ثمَّ راح زمانٌ وجاء زمانٌ، وصار السوادُ شرْعاً وريثَ الجمالِ **الأصيلا**
غيرَ أنَّ الجمالَ غدا زائفاً، لم يَعُدْ طاهراً ونقيَّ **الخِصالْ**،
فكلُّ يدٍ سرقَتْ في زمانِ التبرُّجِ هذا قوّةَ **الطبيعَهْ**
واستعارتْ أناملَها لتزيّنَ قُبْحَ الوجوهِ بزُخْرُفِها المُستجَدِّ **الكريْهْ**
ولم يَعُدِ الحُسْنُ حسْناً، ولم يبقَ إسمٌ لعذبِ الجمالِ وآياتِه **البديعَهْ**
ولا كعبةٌ لقداستهِ، بل غدا دَنِساً، وَلَغَ الخِزْيُ **فيهْ**.
ولذا: لحبيبةِ روحيَ عينان مثلُ سوادِ **الغُرابْ**
ويناغِمُ لونُ حواجبها **المقلتينْ**،
وفي المقلتين ندى مثلُ غرغرةِ الدمعِ، بعضُ **اكتئابْ**
وهما ترنوان كأنهما تندبان بصمتٍ **حزينْ**
ألذين أتوا للوجودِ ولم يكُ حسْنٌ يسربِلُهمْ أو **بهاءْ**
ثم صار الجمالُ إهاباً لهم **ودِثارا**
وهُمُ دَنَسُ الخَلْقِ، عارٌ على خالقِ الحسن فيهِ،
يُجِلُّون حُسْنَ التجمُّلِ، يقترفون فنونَ **الثناءْ**
لتمجيدِه، وهو زيْفُ الجمالِ ويرشَحُ قُبحاً **وعارا**.
ولكنّ عينَيْ حبيبةِ روحيَ، إذ تندبانِ، وفي خفَقاتِ الأسى تومِضانْ
تبدوانِ، على الحزنِ، ساحرتيْنِ،
فيهمسُ كلُّ لسانٍ: «ألا، فلْيكنْ مثلَ هذا الجمالُ بكلِّ زمانٍ وكلِّ مكانْ».

سونيت ١٢٩

جحيم الجنس ونعيم الجسد

أَلشبقُ وهْو يعربدُ في حُمّى الفعلِ استنفادٌ للروحِ **وإهدار**
في أطلالِ العارِ، وقبلَ الفعلِ بكلِّ مَلومٍ **محتشِدُ**
سفّاكٌ كذّابٌ دمويٌّ **غدّارُ**
فظٌّ وحشيٌّ فتّاكٌ ومُغالٍ، لا يأمنُ جانبَه **أحَدُ**.
ما أنْ تكمُلَ متعتُه حتى يغدو **محتقرا،**
يُتصيَّدُ في نَهَمٍ يتجاوزُ حدَّ **العقلْ**
لكنْ ما أنْ يَروي الجسدَ **المستعِرا**
حتى يُمقَتَ مقتاً يتجاوزُ حدَّ **العقلْ**
مثلَ الطُّعْمِ ابتلعَهُ **الحلْقْ**
قد أُلقِيَ عَمْداً كي يعصفَ بالمرءِ **جنونُ**
وهْو يسيرُ إليه بأقصى **تَوْق**
وكذلك وهْو له ممتلِكٌ وبه **مفتونُ**.
والشبَقُ في السعي إليه غُلُوٌّ، وغُلُوّ وهو يُنالُ **ويُروى،**
وغُلُوٌّ حين يكونُ **تحقّقْ**
فيضٌ مِنْ نُعْمى وهو يُجرَّبُ، ثم يصيرُ وقد جُرِّبَ **بلوى،**
وهْو حُبورٌ موعودٌ قبل النَّيْلِ، ويغدو بعد النَّيْلِ سراباً في حلمٍ **يبرقْ**.
كلُّ العالمِ يعرفُ هذا معرفةً جيّدةً، لكنْ لا أحَدٌ
يعرفُ معرفةً جيّدةً سرّاً مِن أعتى الأسرارْ:
كيف يتجنَّبُ فِرْدَوساً يودي بالبشَر إلى هذي النارْ.

سونيت ١٣٠

صور زائفة للحبيبة

ليستْ عاشقتي في شيءٍ أبداً **كالشمسْ**
أو في عينيها شبَهٌ منها أو **قُرْبْ**
والمرجانُ بحُمرتِهِ أشهى **للنفسْ**
من لونِ شفتيها وأشدُّ نفاذاً **للقلبْ**.
إنْ كان بياضُ الثلجِ مِثالاً **للحُسْنْ**
فلماذا غَمَرَ اللونُ الأشهبُ **نهديْها**؟
وإذا كان الشَّعْرُ يُشبَّهُ بالأسلاك، **فمَنْ**
نشرَ الأسلاكَ السوداءَ **بصِدْغيْها**؟
ولقد شاهدتُ ورودَ دمشقَ تزيِّنُها ألوانُ خطوطٍ بيضاءَ **وحمراءْ**
لكنّي لا أبصرُ ما يشبِهُها في **خدَّيْها**
وهناك عطورٌ أحلى عبَقاً مِنْ أنفاسٍ تخرجُ مِن هذي **الحسناءْ**،
وأنا أهوى أنْ أسمعَها تحكي، لكنَّ لأنغامِ الموسيقى
وقعاً أعذبَ مرّاتٍ من صوتٍ يُنفَثُ من **شفتَيْها**.
أعترفُ أني لم أشهَدْ يوماً، أو أسمعْ أحداً يروي ممّن **شهدوا**
آلهةً تتمشَّى، تأتي أو **تمضي**،
لكنّ حبيبةَ قلبي، إذ تدنو أو **تبتعدُ**،
تمشي ـ مثلي ـ حين تسيرُ، على سطحِ **الأرضِ**.
معْ هذا، أشهدُ، بل أقسِمُ أغلى الأيْمانِ، بأني
أعتبرُ الحلوةَ، محبوبةَ قلبي، فاتنتي
نادرةً ندرةَ أيّةِ فاتنةٍ لفّقتُ لها مدحاً، زوراً، بالتشبيهاتِ الزائفةِ.

سونيت ١٣٠

منظومة شعراً، لكن بنيتها مغايرة لبنية الأصل في نظام التقفية وعدد أبيات الفقرة الثالثة، إلا أنها تستوفي جميع المعاني الواردة في الأصل. وهي في رأيي أجمل من الترجمة السابقة التي تتقيّد إلى درجة أبعد بتركيب السونيت الأصلية.

ما بين الشمسِ وعينَيْ عاشقتي مِن شَبَهٍ أبداً أو **قرْبْ**
والمرجانُ بحُمرتِه أنصعُ من شفتيها بكثيرٍ وأشدُّ **نقاءْ.**
إنْ كان بياضُ الثلج مِثالاً، فلماذا يغمرُ نهديْها لونٌ **أشهبْ؟**
وإذا كان الشَّعرُ يقارَنُ بالأسلاكِ، فإنَّ الأسلاكَ على رأسِ حبيبةِ روحي **سوداءْ.**
ولقد شاهدتُ ورودَ دمشقَ تزيّنُها ألوانُ خطوطٍ بيضاءَ **وحمراءْ**
لكني لا أبصرُ ما يشبهُها في **خدَّيْها،**
وهناك عطورٌ أحلى عبقاً من أنفاسٍ فاحَتْ من هذي **الحسناء.**
وأنا أهوى أنْ أسمعَها تحكي، لكنّ لأنغامِ الموسيقى
وقعاً أعذبَ مرّاتٍ من صوتٍ يُنْفَثُ من **شفتيْها.**
أعترفُ أني لم أشهدْ يوماً آلهةً تأتي أو **تمضي**
لكنَّ حبيبةَ قلبي حين تسيرُ تسيرُ على سطحِ **الأرضِ.**
معْ هذا، أشهدُ بل أقسِمُ أغلى الأيْمانِ
بأني أعتبرُ الحلوةَ، فاتنتي،
نادرةً ندرةَ أيَّةِ فاتنةٍ لفّقتُ لها مدحاً، زوراً، بالتشبيهاتِ الزائفةِ.

سونيت ١٣٢

فإنَّ الحُسن أسود

أُحِبُّ عينيكِ اللتين ترعشانِ في أسى **وتلمعانْ**
كأنما يغرورقُ الحنانُ في غورَيْهما، شفقةً **عليّا**
تتَّشحانِ بالسوادِ، تعلمان أنني أذوقُ في ازدراءِ قلبِكِ العذابَ، **تندبانْ**،
ببعضِ حبٍّ، ما أقاسي من ضنى، وترنوانِ رحمةً بألمي **إليّا**.
ألحقُّ ما أقولُ: لا شمسُ الصباحِ في **بهائِها**
تليقُ، وهي تزدهي، بوجنةِ الشرقِ **الرماديّهْ**،
لا، ولا تجودُ نجمةُ المساءِ في **اكتمالِها**
بنصفِ ذاك المجدِ للغربِ الرزينِ، من حُلّتِها **البهيّه**،
كما تليقُ مُقلتاكِ في عذوبةِ الأسى بوجهِكِ **الأسيلْ**.
فليكنِ النواحُ من أجلي، إذن، ملائماً لقلبِك **الرحيمْ**
إنَّ النواحَ يسكبُ البهاءَ فوق وجهِك الجميلْ،
ويغمرُ الأعضاءَ كلَّها برقّةِ الإشفاقِ في نعومةِ **النسيمْ**.
وعندها سأقسِمُ اليمينَ في تولُّهٍ، أنَّ الجمالَ أسودُ،
وأنَّ مَنْ ليس له لونُكِ لا يملِكُ في الجمالِ ما يُمَجّدُ.

سونيت ١٣٧

أن ترى ولا تبصر

أيُّها الحبُّ، أحمقُ أنتَ وأعمى، وقاسٍ **عليًا**
ما فعلتَ بعينيَّ، حتى استحالَ **النظرْ**
بهما زائغاً: نظراً دون **رؤيا؟**
فهما ترنوانِ ولا تريانِ. هما تعرفانِ الجمالَ وأسرارَه، ومواطنَه في **البشرْ**،
إنما تُغدِقانِ على الأسوأ الآنَ أجملَ ما في **الصفاتْ**.
لَئِنْ كانتِ المُقلتانِ تزوغانِ إذ تبصرانِ بعينِ الهوى **والمُيولْ**
وحيث امتطى الناسُ أجمعُهم ترسوانِ بدونِ **أناةْ**
فلماذا صنعتَ بزيْفِ العيونِ قيوداً مُحبّكةً لا **تزولْ**
إليها شددْتَ وثاقَ فؤاديَ فاختلّ في حكمِه، صار دونَ **اتّزانْ؟**
ولماذا على القلبِ أنْ يتقبّلَ أنَّ حديقتَه هيَ أرضٌ مشاعٌ لكلِّ الورى ورِياضٌ **مُباحَهْ؟**
ولماذا تُكابرُ عينايَ إذ تبصرانِ الحقيقةَ أو **تنكرانْ؟**
ثمّ في خَطَلٍ تُلبِسانِ رداءَ الحقيقةِ والحُسْنِ وجهاً بهذي **القباحَهْ؟**
إنَّ عينيَّ أخطأتا مثلما أخطأ القلبُ، ما عادتا تعرفانِ الحقيقهْ
وقد صارتا الآنَ طاعونَ زيْفٍ، وحُفرةَ تيهٍ عميقهْ.

سونيت ١٣٨

مراوغات العشّاق

عندما عاشقتي تقسمُ أنَّ الصدقَ من طينتِها صِيْغَ **أُصادِقْ**
عالماً عِلْمَ يقينٍ أنها تكذبُ في خُبثٍ **عليّا**،
غيرَ أني أبتغيها أنْ ترى فيَّ صبيّاً يافعاً لم يتمرَّسْ بنفاقِ الكونِ أو كيف **يُنافِقْ**
مثلَ هذا العالمِ الطاغي، فترتاحُ **إليّا**.
وكذا حين تراني فتناديني: «حبيبي، يا ربيعاً **يانعا**»
وهْي تدري أنَّ رَكْبَ الزمنِ الراكضِ قد جازَ **الربيعا**
أُظْهِرُ التصديقَ في خُبثٍ كما تفعلُ، أمضي **قانعا**
مُدركاً أنَّ كلينا يقمعُ الحقَّ، ويبدو صادقَ الوجهِ **وديعا**.
وأراني حائراً أسألُ نفسي في خفاءٍ **وفُضولْ**
لِمَ لا تعترفُ الحلوةُ يوماً أنها خانتْ مِراراً **وتخونْ**؟
أللسانُ العذبُ معسولٌ، وعيناها تبوحانِ بما ليس **يقولْ**،
وأنا أنكِرُ أني هَرِمٌ تأكلُ مِن وجهي **السنُونْ**؟
ثم تبدو لي **الحقيقهْ**:
إنَّ أحلى عادةٍ في العشقِ ألا يُذكَرَ العمرُ وتُحصى **السنواتْ**
وتكونَ الثقةُ العمياءُ قانونَ المحبِّينَ، ومِعْراجَ **الطريقهْ**
لغةً دائمةً حتى ولو محضَ هبابٍ عائمٍ فوق سطوحِ **الكلماتْ**.
ولهذا تكذبُ الحلوةُ جذلى، وأنا أكذِبُ، يوماً بعدَ يومْ
وكلانا غارقٌ في غِبطةٍ، رغم عيوبِ الكِذْبِ، لا يعروهُ لَوْمْ.

سونيت ١٣٩

قتيل العيون

بربِّكِ لا تسألي أنْ أُسَوِّغَ ما تُجْرمينَ به ضِدَّ **قلبي**
ولا تجرحيني بعينيكِ، بل إجرحي **باللسانْ**،
واذبحيني بأقسى وأعمقِ ما تستطيعينَ أنْ تذبحي، دون فنٍّ وأخْذٍ **وجَذْبِ**
وقولي بأنَّ هواكِ يُعشّشُ في غيرِ هذا **المكانْ**.
آهِ، لكنْ بربِّكِ لا تُرسلي الطرْفَ عِشقاً **وتوْقا**،
وعيناكِ قِبلةُ عينيَّ، يهفو إلى مطرحٍ ما **ورائي**،
أنتِ يا دُرّةَ القلبِ، يا مَنْ تُبَرِّحُني في هواها **فأشقى**،
لماذا يروقُكِ أنْ تجرحيني بكلِّ فنونِ **الدهاءِ**
وأنتِ القويّةُ، أنتِ القديرةُ أن تجمَحي وتدُكّي حصونَ دفاعي **الهزيلَهْ**؟
سألقى لكِ العُذْرَ: «إنَّ حبيبة روحي بفتنتِها **الآسِرَهْ**
لتعرفُ أنَّ عدوِّيَ ألحاظُها والرموشُ **الظليلَهْ**
لذلك تصرفُها عن فؤادي لترمي بطعْناتِها موضعاً **آخرا**».
آهِ، لكنْ بربّكِ لا تفعلي، لا تَحيدي بعينيكِ عنّيَ، بل صوِّبيني، وزيدي نزيفَ الجراحِ
فما دُمْتُ شبهَ ذبيحٍ، تعالي اقتليني بألحاظِكِ الآنَ، تُنهي عذابي ومُرَّ نواحي.

سونيت ١٤١

جائزة الألم

ألحقَّ الحقَّ أقولُ، أنا لا أهواكِ بعينيَّ، فهاتانِ **العينانْ**
تريانِ عيوباً فاحشةً فيكِ، ولكنْ قلبي هو مَن يعشقُ ما تحتقرُه العينانِ ويمضي **بمذلّهْ**
يتضوّرُ في لهبِ الحبِّ، يَلذُّ له، هذا التائهُ في غَيهبِه، أنْ يبقى **هيمانْ،**
رغم عيوبِ المنظرِ. أمّا أُذْني فهي تصَمُّ فلا تُطربُها نغماتُ لسانِكِ مهما لَطَّفَ **قولَهْ،**
وأحاسيسي لا يجْأَرُ فيها تَوْقٌ مُضْنٍ لخسيسِ اللمَساتِ،
ولا الذوقُ ولا الشمُّ تَهيجُهما **الشهوَهْ**
لليالٍ حمراءَ على صدرِكِ، أو **لِوليمَهْ**
من شبقِ الحسِّ، ولا تأخذُني **صَبْوَهْ.**
لكنْ، وا أسفاهُ، فلا مَلَكاتي الخمْسُ **المحمومَهْ**
تقدرُ، أو تقدرُ أيُّ حواسّي **الخمْسْ،**
أنْ تَثْنيَ هذا القلبَ الأحمقَ عن أنْ **يخدمْ**
كالمأجورِ جمالَكِ يا امرأةً يتلظّى **الجنْسْ**
في أعرُقِها. قلبٌ يَترُكُ، كالمسحورِ، جَموحاً لا **يُلجَمْ،**
ما فيه مِن عزّةِ نفسٍ أو شِبْهِ **رجولَهْ**
ليكونَ لقلبِكِ، هذا الصَّلِفِ المُتَكبّرِ، **عبدا**
وأجيراً مسكيناً، تسكنُه روحٌ **مغلولَهْ**
لامرأةٍ لا يعرفُ منها إلا **الصدّا.**
في حبِّكِ أعجزُ أنْ أحسبَ شيئاً أكسبُه ربحاً يَكشِفُ غَمّا
إلا طاعوناً ينهشُني: «ويْلي! تَجْزيني ألماً مَنْ تجعلني أقترفُ الإثما».

سونيت ١٤٣

المطاردة

وكما تتراكضُ مِن حرْصٍ ربَّةُ بيتٍ كي تمسكَ طيْرا
مِن سِرْبِ طيورٍ ربَّتْها يهربُ منها،
تاركةً طفلاً يبكي، وهْي تهرولُ لا تبغي أمرا
إلا أنْ تمسكَ ذاك الهاربَ مبتعداً عنها
والطفلُ الباكي يتشبَّثُ مذعوراً وكسيرَ القلبْ
بذيولِ ثيابِ الأمِّ اللاهثةِ العجْلَى
تخشى أنْ تفقدَ أغلى طيرٍ في السرْبْ
فهْي تطارِدُه، لا تأبهُ للطفلِ الباكي، لاهفةً وَجْلَى.
أنتِ كذلك تجرينَ وراءَ المعشوقِ الهاربِ منكِ،
وأنا طفلُكِ أجري خلفَكِ ظمآنَ حزينا.
لكنْ إنْ أمسكْتِ بذاك الهاربِ منكِ التفتي صَوْبي
ضُمِّيني كالأمِّ رؤوماً حين تضمُّ وليداً مسكينا
وهَبيني قُبلاً تُنعشُ روحي تُحيي قلبي.
وإذن سأصلِّي لتنالي الهاربَ منكِ وكلَّ مَرام
إنْ كنتِ بُعَيْدَ نوالِكِ تلتفتينَ إليَّ وتروينَ أوَامي.

سونيت ١٤٤

العشيقان

لي معشوقانِ، الأوَّلُ فيه الراحةُ، والثاني فيه **اليأس**
وهما روحانِ يفيضانِ بإغواءٍ لي يتلجْلَجُ في **بالي،**
رجلٌ روحُ ملاكِ الخيرِ، جميلٌ، أبيضُ في البَشْرةِ **والنفسْ**
والروحُ الشريرةُ إمرأةٌ كَفَّنَها القبحُ بأبشعِ **سِرْبالِ.**
تغوي أُنثايَ الشرّيرةُ روحَ ملاكي الصالحِ كي تَكْسَبَني نصْراً **لِجهنَّمْ**
وتروحُ به مبتعداً عنّي، وتغاويهِ كي تجعلَ منهُ **إبليسا**
بلهيبِ الشهوةِ في جنّةِ وردتِها **يتنعَّمْ.**
إنَّ الشكَّ لَيعصفُ بي أنَّ ملاكي الخيِّرَ سوف يصيرُ
إلى روحٍ للشرِّ، ويبقى للشرِّ **حَبيسا،**
لكنَّ الريبة تبقى دون جلاءٍ فأنا لا أقدرُ أنْ أجزمَ أو أحسمَ **أمرا.**
ولأنَّ كلا الروحينِ بعيدٌ عني، وهما خِلَّانِ **حَميمانْ**
أتصوَّرُ دوماً أنَّ الواحدَ مولوجٌ في كهفِ جحيمِ الثاني **سِرّا**
وهما يمتاحانِ رحيقَ العشقِ **ويَلْتذّانْ.**
لكنّي أبداً لن أعرفَ ما الحقُّ يقيناً، وأمتّعَ روحي بنعيمِهْ،
وسأبقى في بُحْرانِ الشكِّ إلى أنْ يقذفَ روحُ الشرِّ
بروحِ الخيرِ ويخرجَه مِن ليلِ جَحيمِهْ.

سونيت ١٤٥

لعبة الحبيبة

ألحلوةُ قالتْ وهي تُشيحُ بعينيها عن وجهي: «إني أكرهُ»، مِن هاتينِ الشفتينِ **الفاغيتينْ**
وهما مِن صَوغِ إلهِ الحبِّ بأنْملِهِ **الفنّانَهْ**.
قالتْها لي، الصبِّ المرهقِ عشقاً، ثم ائتلقَتْ في العينينِ **السوداويْنْ**
لمحةُ إشفاقٍ إذ أبصرتا حالةَ روحي **الأسيانَهْ**
وتبرعَمَ في القلبِ المُرهفِ فوراً وردُ **الرحمَهْ**
فارتعدتْ هاتانِ الشفتانِ الناضجتانِ كمثلِ الكرزِ **البرّيْ**
وبأسنانٍ بارقةٍ عضَّتْ فوقَهما، ولسانُ الحلوةِ يُخرسُه التأنيبُ
(وقد كان أداةَ النطْقِ لذاك الحُكْمِ المشهودِ) فلم يَأتِ **بنأْمَهْ**
ولقد كان يُقَطِّرُ دوماً أحلى الألفاظِ ويرشحُ بالشهْدِ **الذهبيّْ**.
لكنْ بعد التأنيبِ القاسي، لقّنَتِ الحسناءُ لسانَ الشهْدِ لِيهمسَ: **«إني أكرَهْ»**
ثم أضافتْ خاتمةً تَبِعَتْها مثلَ نهارٍ عذبٍ يتبعُ **ليلا**
يُقذَفُ كالطائرِ في هاويةٍ مِن أعلى **ذروَهْ**،
أو عفريتٍ شرّيرٍ يُعْزَلُ مِن مَلكوتِ الجنّةِ **عزلا**:
«إني أكرهُ»، تمتمَتِ الحلوةُ وهْي تعابثُ عينيَّ بعينيها في أعذبِ صمْتْ،
ثم أضافتْ، مُفرِغَةً ما قالته مِن آثارِ الكُرْهِ، ومُنعشةً روحي:
«لكنْ غيرَك، لا أنتْ».

سونيت ١٤٦

الروح والجسد

أيتُها الروحُ المسكينةُ، يا مركزَ أرضي المكتظَّةِ **بالإثْمْ**
وأسيرةَ بعضِ قوى تكسوكِ ولكنْ **تتمرّدْ**
آهِ، لماذا تتضوَّرُ في أعماقِكِ حتى قطراتُ **الدَّمْ**
وتعانينَ الفاقة فيما تُضْفينَ على قشرةِ جدرانِكِ زُخرفَ ألوانٍ مُترفةٍ **تتجدَّدْ**؟
ولماذا تَسْخِينَ على هيكلِكِ المتداعي أغلى **الأثمانْ**
والأجَلُ المكتوبُ عليكِ وجيزٌ **محتوْمْ**؟
هل يلتهمُ الدودُ، الوارثُ هذا التبذيرَ، وديعة هذا **الجُثمانْ**؟
وتكونُ بذاكَ نهايةُ هذا الجسدِ **المحموْمْ**؟
وإذن فلْتتغذّي أيتُها الروحُ على ما يخسرُهُ خادمُكِ **الجسَدُ**
ودَعيه يتضوَّرُ، يذوي، وازدادي أنتِ نعيماً **وبهاءْ**
وابتاعي ملكوتَ اللّهِ بساعاتٍ للمتعةِ زائلةٍ يَكُنِ **الأبدُ**
لكِ، وازدهري في الداخلِ، في الأعماقِ، ولا تَهَبي الخارجَ أيَّ **عطاءْ**.
وبهذا تتغذَّينَ على جسدِ الموتِ، المتغذِّي مِن أجسادِ البشَرِ،
فإذا ما أخذَ الموتُ الموتَ، مضى الموتُ، ولا يبقى مِن موتٍ بعدُ ولا سَفَرِ.

سونيت ١٤٧

حُمّى العِشق

حُبِّي كالحُمَّى، أبداً يشتاقُ إلى ما يُنْعِشُ بالقُوْتِ **الدَّاءْ**
ليطولَ به زمنُ العِلَّةِ وهْو غريقٌ في **أمواجِهْ**
يقتاتُ على ما يَغْذو الداءَ ويُحييه مِنَ **الأشياءْ**
كي يُرضيَ شهوتَه للعشقِ **وأثباجِهْ**.
أمّا عقلي، وهْو طبيبُ العشقِ، فقد هاجرَ **منّي**
في غضَبٍ، إذ إني لا أنصاعُ لما يعطيه لِيَشفي **قلبي**،
وأنا أشهدُ، بعد طويلِ مُكابرةٍ، في يأسٍ **مُضني**.
أنَّ الموتَ هوَ الشهوةُ، وهْي لذلك ما يَنْهَى عَنهُ حكَماءُ **الطِّبِّ**.
وأنا أبعدُ مِن أنْ أُشْفَى الآنَ بأيِّ **علاجْ**،
والعقلُ تجاوزَ حدَّ الدَّاءِ القابلِ أنْ **يُشفى**،
بجنونٍ يعملُ، لا يهدأُ، في قلقٍ أبداً **وهياجْ**،
والأفكارُ كأقوالي، تَهْذي بكلامٍ لا صدقَ ولا معنى فيهِ، **تَهْزفُ هَزْفا**.
ودليلي أني أقسمْتُ كما يُقْسِمُ معتوهٌ أنكِ بيضاءُ جميلَهْ
متألِّقةٌ، والحقُّ بأنكِ سوداءُ سوادَ جَهنَّمَ، كالِحةٌ كالليلِ، وعقلي قد ضَلَّ سبيلَهْ.

سونيت ١٤٨

الحبّ المضلِّل

واهاً لي!
ألعِشْقُ رمَى في رأسي عينيْنْ
لا تريانِ الشيءَ على صورتِهِ **أبدا،**
أحياناً تريانِ الشيءَ الواحدَ **إثنيْنْ**
وأحدِّقُ أحياناً في وجهٍ، لكنّي لا أبصرُ **أحَدا.**
وإذا كانتْ عينايَ بصدقٍ **تريانْ**
فبأيِّ ضلالٍ قد ضُرِبَ على عقلي **بالأسْدادْ**
كي يَشْجبَ رؤية عينيَّ ويرميها **بالزوَغانْ؟**
وإذا كانتْ ما تَتولَّهُ فيهِ عيناي جميلاً **مَيّادْ**
فلماذا ينكرُ كلُّ العالمِ روعتَه إذ **يظهَرْ؟**
وإذا لم يَكُ ما تُبصرُهُ العينانِ جميلاً **بيقيْنْ**
فهْو يُبرهنُ أنَّ عيونَ العشقِ مُعَمّاةٌ لا **تُبصِرْ**
مثلَ عيونِ البشرِ **الباقيْنْ.**
وَيْحَكَ! كيف تكونُ عيونُ العشقِ كباقي **البشَرِ**
صادقةً، وهْي ضحيَّةُ ما يُرْهقُها آناً بالسُّهْدِ، ويُغْرِقُها آناً بالدمعِ كأخبثِ **داءْ؟**
آهٍ، ليس غريباً أني لا أبصِرُ إلا كالأعشى فالشمسُ،
منارةُ هذا الكونِ، ترى رؤية عشواءِ **البصَرِ**
إذ تُدْمِعُ عينيها سحُبٌ داكنةٌ، أو يَغْشَى ما تبصرُهُ ما يحجُبُ عنها قَسَمَاتِ **الأشياءْ.**
أوّاهٍ، يا حبُّ، فما أدهاكَ لِتبقيني أبداً أعمى بالدمعِ غزيراً ينهمِرُ
كيلا تَكْشِفَ عيناي سوادَ عيوبكَ، إنْ يَصْفُ لعينيَّ البصَرُ.

سونيت ١٤٩

كراهية

كيف تقولينَ بأنّي لسْتُ أحبُّكِ يا قاسية **القلْبْ**؟
وأنا أنسى نفسي وأفكّرُ **فيكِ**.
وإلى جانبِكِ، الآنَ وكلَّ أوانٍ وبكلِّ مقامٍ أو **دربْ**،
أنساقُ، وضدَّ النفسِ أحاربُ كي **أُرْضيكِ**؟
أيّتُها الطاغيةُ السمراءُ، متى سَمَّيْتُ صديقاً لي مَنْ **يكرهُكِ**؟
ولِمَن أظْهَرْتُ الوُدَّ وقد أظهرْتِ لَهُ بعضَ **جفاءْ**؟
وإذا قطَّبَ وجهُكِ في وجهي أفَلا أتلوَّى ألماً فوراً **وأباركك**
منتقماً بأنيني مِن نفسي، وكأنَّا أعظمُ **أعداءْ**؟
وبأيٍّ من شِيَمي وخِصالي أعتزُّ وأُظْهِرُ **إكراما**
إنْ كانتْ ترفضُ أنْ تخدمَ عينيكِ إباءً منها أو تعصي لهما **أمْرْ**
وأعزُّ شمائلِ نفسي تعبدُ كلَّ عيوبِكِ، أو **تتعامى**
عنها بأوامرِ عينيكِ وما يُومضُ فيها مِن **سِحْرْ**؟
آهٍ، لكنْ ظلِّي ما أنتِ عليه، وامضي في كُرْهِكِ قدْما،
فأنا أعرفُ كيف يَجولُ الفكْرُ برأسِكِ:
أنتِ تحبِّينَ المُبْصِرَ، يا فاتنتي، وأنا رجُلٌ أعمى.

سونيت ١٥٠

قوّة السحر

واهٍ، مِنْ أيِّ قوى تمتاحينَ القدرةَ، فائقةً، أنْ تَسْبي قلبي **وتُزيغيهِ**
عن دربِ الحقِّ، وأنتِ كما أنتِ: عيوبُكِ لا تُحصى أو **تُنسى؟**
مِن أين تجيئينَ بقدرةٍ أنْ ترميني في **التيهِ**
فأكذِّبَ ما تبصرُهُ عينايَ، وأقسِمَ أنَّ بريقَ الضوءِ سواداً **أمسى؟**
مِنْ أين لديكِ القدرةُ أنْ يبدو كلُّ قبيحٍ فيكِ **جميلا**
وتصيرَ توافِهُ أفعالِكِ تمتلكُ **القوّهْ**
لِتعيثَ بعقلي وتُضلِّلني، فأرى أسوأ ما فيكِ **نبيلا**
أروعَ مِن أفضلِ ما في غيرِكِ مِن نُبْلٍ أو **نَخوَهْ؟**
مَنْ علَّمَكِ السحْرَ لفتنةِ قلبي لِيحبَّكِ **أكثرْ**
وأنا أسمعُ، بل أبصِرُ، أكثرَ ممّا يدعو **للمقْتْ؟**
آهٍ، رغماً مِن أنّي أعشقُ ما يُزري في نظَرِ الناسِ **ويُحقَرْ**
لا تحتقري ما أنا فيهِ مِن حالٍ مُزْرٍ أو **صَمْتْ**.
وإذا لم يَكُ فيكِ ما يجدُرُ بي أنْ أعشقَهُ، وعشِقْتُهُ،
آهِ فما أجدرني أنْ أحظى منكِ بحبٍّ قد رُمْتُهْ.

سونيت ١٥١

الحبّ والضمير

طفلٌ إلهُ الحبِّ لا يعرفُ ما معنى **الضميرْ**
لكنّما لا أحدٌ يجهلُ أنّهُ يكونُ بُرْعُماً في رَحِمِ **الحبِّ**
فلا تقولي أيّتُها الخائنةُ الحلوةُ إني ماكرٌ **كبيرْ**
فقد تكونينَ اقترفْتِ كلَّ ما اقترفتُهُ مِن **ذنْبِ**.
أنتِ تخونينَ فأعنو وأخونُ نصفيَ النبيلَ
مُذْعِناً لشهوةِ **الجسَدْ**.
تنبئُ روحي جسدي بأنَّهُ في الحبِّ قد **ينتصِرُ**
فلا يطيقُ اللَّحْمُ لحظةَ انتظارٍ بل يَفورُ، **يرتعِدْ**
وينتشي منتصِباً لاسمِكِ حين **يُذكَرُ**،
يُشيرُ، يا جائزةَ انتصارِهِ، إليكِ، يزدهي أنكِ أنتِ ملْكُهُ،
مُكْتفياً بأنْ يكونَ عبدَكِ **المسكيْنْ**،
مِن أجْلِ ما تبغينهُ، وكلِّ ما تبغينهُ، **ينتصِبُ**،
ومثلَ رمحٍ يلتوي، يهوي إلى جانبِكِ الدفيءِ حين **ترغبيْنْ**،
ينأى إذا أَردْتِ أنْ ينأى، وإنْ أردْتِهِ **يقترِبُ**.
لا تحسَبوني خاويَ الضميرِ أنْ سمّيتُها «الحبيبَهْ»
تلك التي مِن أجْلِ حبِّها النفيسِ أنحني وأستقيمُ، وارِداً منابعَ العذوبَهْ.

سونيت ١٥٣

عينا الحبيبة

ألقى كُيوبيدُ إلهُ الحبِّ إلى جانبِهِ يوماً مِشعلَهُ واستسلمَ للنومِ **قليلا**
وأتَتْ واحدةٌ من حوريّاتِ دَيانا تنتهزُ **الفرصَهْ**،
وعلى عجَلٍ أطفأتِ المشعلَ في نبعٍ للماءِ الباردِ، وهْي تُدَنْدِنُ لحناً للحبِّ **جميلا**
وتطاردُ سِرْبَ فراشاتٍ بيضاءَ، وغابتْ في نشوةِ **رقصَهْ**
حول النبع الساجي لاهيةً معْ سربِ الحوريّاتِ **النشوى**.
واقتبسَ النبعُ سريعاً مِن نارِ الحبِّ **القُدْسيَّهْ**
أسرارَ حرارتِها وحيويّتِها الأبديَّةِ، واضطرمَتْ فيه **الجذوَهْ**،
فغدا حَمَّاماً فَوَّاراً يَشفي عِلَلَ المرضى مهما كانتَ عَسْراءَ **عَصيَّهْ**.
لكنَّ النارَ اندلعَتْ في المشعلِ ثانيةً مِن **نظرَهْ**
مَسَّتْهُ بها عينا معشوقةِ قلبي ذاتَ أصيلٍ **عَذْبِ**،
وأرادَ فتى الحبِّ كُيوبِيدُ يُجرِّبُ مشعلَهُ فأتى كالحلمِ ومَسَّ بهِ صدري **مَرَّهْ**.
فكوَتْ شُعلتُهُ قلبي، وأردْتُ أنا الملسوعَ بنارِ العشقِ دواءً مِن حُمَّى **الحبِّ**
فورَدْتُ الحَمَّامَ لِأستشفي يَنْهَشُني الدَّاءُ، لهوفاً، أسيانْ،
لكنّي لم أَلْقَ شفاءً فيهِ. آهٍ، إنَّ دوائي حيثُ اقتبسَ كُيوبيدُ النارَ لمشعلِهِ:
عينا فاتنتي السوداوانْ.

سونيت ١٥٤

كيوبيد

كان إلهُ الحبِّ الطفلُ يُغَنْدِرُ في **غابَهْ**
يبحثُ عن بنتٍ عذراءَ لِيرميها بسهامِ **الحبْ**
وفتى يأسرُه بهواها، حتى أرهقَهُ التّجوالُ، وصوتُ **رَبابَهْ**
يأتي من خلفِ الأشجارِ بعيداً حيثُ يضيعُ **الدرْبْ**.
فتمدَّدَ قربَ غديرٍ ينسابُ إلى بئرٍ باردةٍ رقراقاً عَذْبَ **الأنغامْ**
وإلى جانبِهِ ألقى مِشعلَه السحريَّ الواهبَ نارَ العشقِ قلوبَ البشَر **الفانيْنْ**،
واستسلمَ للنومِ عميقاً تملأه أحلى **الأحلامْ**،
والنومُ إلهٌ لا تقدرُ أنْ تَعْصِيَهُ حتى أعينُ آلهةِ الأولمبِ **الباقِينْ**.
ومِنَ الغابةِ جاءتْ تتراقصُ حول النائمِ حوريّاتٌ **جذلى**
فاختطفتْ أحلاهنَّ المشعلَ ثم رمَتْهُ في البئرِ الباردِ في **استمراءْ**،
فانطفأتْ نارُ العشقِ وصار إلهُ العشقِ الساحرُ أعزلَ،
والبئرُ غدَتْ ساخنةً، صارتْ حَمَّامَ علاجٍ تشفي مَنْ كان مريضاً **مُعْتلاّ**
مهما كان الداءُ، وما زالتْ يأتيها المرضى مِن كلِّ **الأرجاءْ**.
وأتيتُ، أنا الملتاعَ وعبدَ حبيبةِ روحي، أستشفي
مِن داءِ الحبِّ ومِن وَلَهي بامرأة **لا ترحَمْ**،
فغمرْتُ بماءِ البئرِ الجسَدَ المسكونَ بداءِ العشقِ،
ولكنّي لم ألقَ شفاءً، بل زادَ ضرامُ **النارْ**.
وعرفْتُ الحكمة في ألم علَّمَني ما لم **أعلَمْ**،
وتجلّتْ لي في العشقِ أدقُّ وأغلى **الأسرارْ**:
«نارُ العِشقِ تسخّنُ بَرْدَ الماءِ وتُثريْهِ،
أمّا الماءُ فلا يطفئُ نارَ العشقِ ولا يَشفي مِن داءٍ فيْهِ».

ملحق رقم ٣
صِيَغٌ ثانية لثلاث سونيتات

سونيت ١٠٤

موت صيف الجمال

منظومة شعراً على نظام التقفية في السونيت، لكن نظام القوافي فيها مخالف للسونيت الشيكسبيرية، إذ تكرّرت في الفقرة الثالثة قافية وردت في الفقرة الأولى.

أنت في عينيّ لا تهرم بل تبقى مدى الدهر **فتيّا**،
يا فتى الحبِّ الجميلَ، أنت يا نبعَ **المسرّهْ**
هُوذا أنتَ، كما غندَرْتَ في الحسن **بهيّا**،
حين أبصرتك لمْحاً، في سرابيل الصبا، أوّلَ **مرّهْ**

ذَبُلتْ أغنية الصيف ثلاثاً في شتاءات **ثلاثهْ**
وغدا حُسْنُ الربيع العذب مرّاتٍ ثلاثاً شاحبَ اللون **خريفا**
في فصولٍ عبرتْ في مُقلتي من فتنة الزهو إلى بؤس **الرثاثهْ**،
ومضى نيسان مرّاتٍ ثلاثاً وثلاثاً صار **صيفا**

يكتوي بالنار في قيظ حزيران ويكوي كلَّ عطر فيه، منذ ارتعشت عيني لمرآك
صبيّا
يانعَ الغصنِ، وما زلتَ صبياً يانع الغصن. ولكنَّ الجمالَ الحلوَ شيئاً بعد شيءٍ
يَضمُرُ
مثلما تزحف أيدي ساعة الشمس وتمضي في خفاءٍ لا ترى العينُ له أثراً **جليّا**،
وكذا حُسنك، عذباً لم يزل في رَوْنَقِ العمرِ، يسير الآن، لكنْ خلسةً، لا **يُبصَرُ**

إن تكن عينيَ لم تُخدَعْ بما **تبصرُهُ**.
ولذا يا أيها الآتون، يا مَنْ لم **تُبرعمْ**
بعدُ أعمارٌ لهم، أصغوا لما **أخبرُهُ**،
فهو رؤيا شاعر علّمه العمرُ وجلّى لرؤاه كلَّ **مبهمْ**.

فأصيخوا السمعَ: صيفُ الحُسْنِ ماتْ
قبل أن تأتوا إلى الدنيا وفي أعراقكم ترعش أنفاسُ الحياةْ.

سونيت ١٤١

جائزة الألم

منظومة شعراً على نظام التقفية في السونيت، لكن عدد الفقرات فيها يزيد اثنتين عن السونيت الشيكسبيرية.

ألحقَّ الحقَّ أقولُ، أنا لا أهواكِ بعينيَّ، فهاتان **العينانْ**
تريان عيوباً فاحشةً فيكِ، ولكنْ **قلبي**
هو من يعشق ما تحتقره العينانِ ويبقى **ظمآنْ**
يتضوّر في لهبِ **الحبِّ**،

ويلذُّ له، هذا التائهُ في غَيهبهِ، أن **يتولَّهْ**
رغم عيوبِ المنظر. أمّا **أذني**
فهي تصمّ، فلا تطربها نغماتُ لسانك مهما لطّف **قولَهْ**
وللمساتِك في خِسّتها لا يعصف بأحاسيسي توقٌ **مضني**.

وكذلك، لا الذوقُ ولا الشمُّ يذوبان **بشهوهْ**
لليالٍ حمراء على صدرك، أو **لوليمَهْ**
من شبقِ الحسّ، ولا تأخذني **صبوَهْ**.
لكنْ، وا أسفاه، فلا ملَكاتي الخمسُ **المشؤومَهْ**

تقدر، أو تقدر أيُّ حواسي **الخمْسْ**،
أن تثنيَ هذا القلبَ الأحمق عن أن **يخدمْ**

كالمأجور جمالَك يا امرأةً يتلظى **الجنْس**
في أعرُقِها. قلبٌ يَتْرُكُ، كالمسحور، جَموحاً لا **يُلجَمْ**

ما فيه من عزّة نفس أو شبه **رجولَهْ**
ليكون لقلبك، هذا الصلِفِ المتكبّرِ، **عبدا**
وأجيراً مسكيناً، تسكنه روحٌ **مغلولهْ**
لامرأةٍ لا يعرف منها إلا **الصدّا**.

في حبّك أعجزُ أن أحسبَ شيئاً أكسبه ربحاً يكشفُ غمّا
إلا طاعوناً ينهشني: «ويلي! تَجزيني ألماً مَنْ تجعلني أقترف الإثما».

سونيت ١٤٨

الحبّ المضلِّل

منظومة شعراً على نظام التقفية في السونيت، لكن عدد الفقرات فيها يزيد اثنتين عن السونيت الشيكسبيرية.

واهاً لي!
ألعشق رمى في رأسي **عينينْ**
لا تريان الشيءَ على صورته **أبدا**
أحياناً تريان الشيءَ الواحدَ **إثنينْ**
وأحدّقُ أحياناً في شيءٍ، لكني لا أبصرُ **أحدا**

وإذا كانت عيناي بصدقٍ **تريانْ**
فبأيّ ضلالٍ قد ضُرِبَ على عقلي **بالأسدادْ**
كي يشجبَ رؤيةَ عينيّ ويرميها **بالزوَغانْ**؟
وإذا كانت ما تتولّه فيه عيناي جميلاً **ميّادْ**

فلماذا ينكر كلُّ العالم روعته إذ **يظهرْ**؟
وإذا لم يكُ ما تبصره العينان جميلاً **بيقينْ**
فالعشق يبرهن أن عيونَ العشقِ مُعمّاةٌ لا **تُبصِر**
مثلَ عيون البشر **الباقينْ**.

لا، لا، كيف تكون عيون العشق كباقي **البشرِ**
صادقةً؟ وهي ضحية داءٍ فتّاكٍ **لا يرحَمْ**

آناً يُغرقها بالدمع، وآناً يُرهقها **بالسهرِ**
فتظل الدهرَ كذا غارقةً في أثباجِ **الغَمّ**؟

آهٍ، ليس غريباً أني لا أبصر إلا مثلَ **الأعشى**
فالشمسُ، منارةُ هذا الكونِ، ترى رؤية **عشواءْ**
إن تُدْمِـع عينيها سُحبٌ داكنة، أو **يغشى**
ما تبصره ما يحجب عنها قسَمات **الأشياءْ**.

أوّاهٍ، يا حبُّ، فما أدهاك لتبقيني أبداً أعمى بالدمعِ غزيراً ينهمِرُ
كي لا تكشفَ عيناي سوادَ عيوبِك إنْ يَصْفُ لعينيّ البصرُ.

صيغة ثانية للسونيت ١٨

ترتيب القوافي في فقرتها الثالثة مغاير لترتيبها في الأصل الشيكسبيري

أبيومٍ من أيّام الصيف أشبّهك **الآنا**؟
لا. بل أنت أرقُّ مِزاجاً وأشدُّ **بهاءَ**.
إنَّ الريحَ الهوجاءَ تهزّ براعِمَ أيّارِ الغضّةَ **أحيانا**
ووجيزٌ أجلُ الصيفِ يمرّ كحلمٍ **يتراءى**.

أحياناً ترسل عينُ الكونِ شواظاً لاهبةً **تكوي**
وكثيراً ما تحجبُ بَشْرتَها الذهبيةَ سُحبٌ دكناء **اللونْ**
وسيفقد كلُّ بهيٍّ يوماً رَوْنقَه، يضمرُ أو **يذوي**
مجتزّاً بالصدفة أو بتغيّر مجرى **الكونْ**.

أما أنت فصيفك صيفٌ أبديٌّ لن يعروهُ **ذبولْ**
أو يفقد ما تملكه أنت من الحُسنِ **وتحويْه**
والموت كذلك لن يتبجّح يوماً أنك تمشي في ظلّ **جناحيْه**
إذ إنك تزداد بهاءً، تنمو والزمنَ الآتي في أبيات خالدة ليس **تزولْ**.

ما دامت أنفاسٌ تخفقُ في صدرٍ، أو ظلّ النور يداعب عينا
فستحيا هذي الأبياتُ وتمنحك حياة لا تفنى.

WILLIAM SHAKESPEARE

THE SONNETS

A BILINGUAL EDITION

EDITED AND TRANSLATED INTO ARABIC IN PROSE
(WITH 52 SONNETS RENDERED IN VERSE)
BY

KAMAL ABU-DEEB
EMERITUS PROFESSOR (CHAIR) OF ARABIC
IN THE UNIVERSITY OF LONDON

Saqi Books, Beirut & London